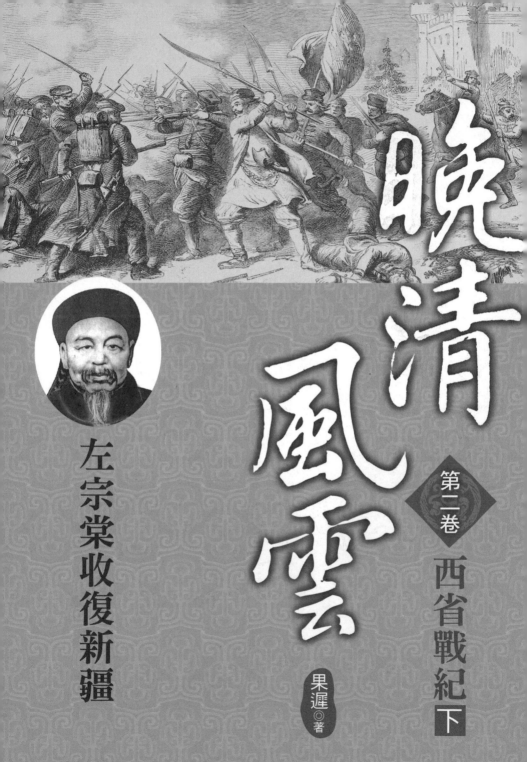

晚清風雲

第二卷

西省戰紀 下

果遲◎著

左宗棠收復新疆

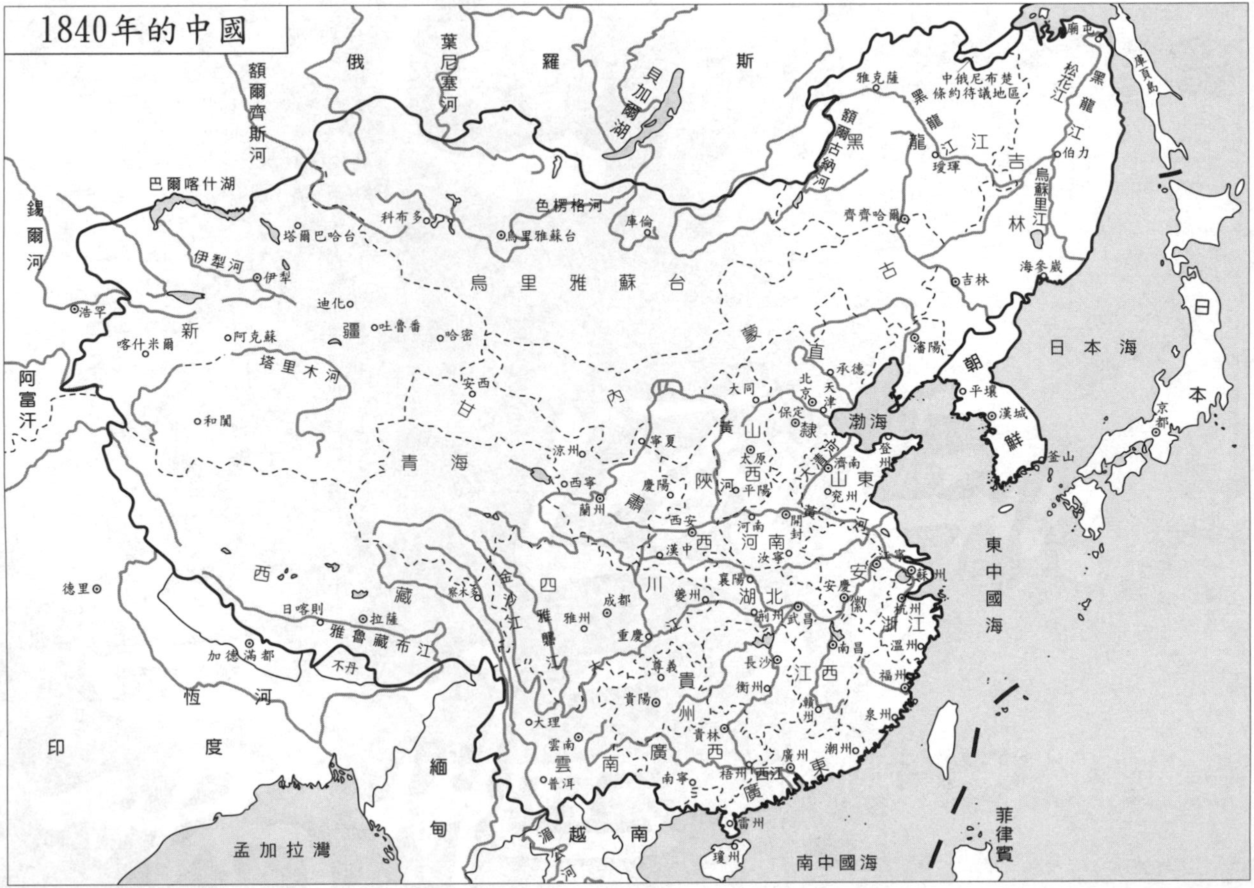
俄
羅
斯
葉尼塞河
貝加爾湖
額爾齊斯河
巴爾喀什湖
錫爾河
伊犁河
伊犁
塔爾巴哈台
科布多
烏里雅蘇台
色楞格河
庫倫
額爾古納河
黑龍江
雅克薩
中俄尼布楚條約待議地區
璦琿
松花江
烏蘇里江
伯力
廟屯
庫頁島
齊齊哈爾
吉林
海參崴
烏里雅蘇台
迪化
浩罕
喀什米爾
阿克蘇
新
疆
吐魯番
哈密
塔里木河
阿富汗
和闐
安西
甘
青海
內
蒙
古
直
隸
承德
北京
天津
大同
保定
寧夏
涼州
西寧
蘭州
肅
慶陽
陝
西
黃河
山
西
太原
平陽
濟南
山東
兗州
登州
大清河
渤海
瀋陽
朝
鮮
平壤
漢城
釜山
日本海
日
本
京都
河南
開封
汝寧
西安
漢中
德里
西
藏
日喀則
拉薩
雅魯藏布江
加德滿都
不丹
恆
河
印
度
孟加拉灣
察木多
金沙江
四
川
雅礱江
大
江
成都
雅州
重慶
夔州
襄陽
湖
北
荊州
武昌
安
徽
安慶
蘇州
杭州
浙
江
溫州
福州
泉州
南昌
江
西
贛州
長沙
衡州
貴
州
遵義
貴陽
大理
雲南
雲
南
普洱
廣
西
桂林
梧州
南寧
西江
廣州
廣
東
潮州
雷州
瓊州
緬
甸
湄
公
河
越
南
南中國海
東中國海
菲
律
賓

1840年的中國

目錄

第一章 大將巡邊

劉大闖

左宗棠能迅速收功西域，得力於劉錦棠的英勇善戰；劉錦棠一生功業，卻主要體現在手中這把軍刀上——他從一無名小卒到赫赫功勳的大將，完全是在生死搏鬥的硝煙鐵血中磨練成熟的。

——隆冬的帕米爾北部高原上，黃沙蔽日，白草連天，正是滴水成冰的季節。劉錦棠率一小隊騎兵，頂風冒雪，巡行在這莽莽高原。

為準備以武力收復伊犁，左宗棠進駐哈密之後，審察了敵我形勢，聽取了各路將領的意見，訂下了三路進攻伊犁的計畫。

即東路由署理伊犁將軍金順負責，扼守精河、庫爾喀喇烏蘇一線，防止俄國人進擾北疆，抄我軍後路；中路由嵩武軍統領張曜率領，從阿克蘇沿帖克斯川取道冰嶺，直取伊犁；西路由劉錦棠負責，取道烏什，從冰嶺之西經布魯特游牧地直指伊犁。

至左宗棠奉召東歸，劉錦棠署理督辦軍務欽差大臣，他為指揮方便，移行營於綏來，老湘營一軍交由老將方友升、易開俊、譚慎典等率領，自己在行營坐鎮指揮，所有方略及行軍路線仍一如左相的部署不變。

左宗棠臨行曾留下了兩句話，作為對劉錦棠、也是對全軍將士的訓令，即：在在不忘戰之念，時時不露戰之形。

為此，劉錦棠一直是枕戈待旦，聞雞起舞，不敢有絲毫鬆懈。此番，他為了督促各路大軍，加緊備戰，已頂風冒雪，出巡了二十多天，行程一千多里了。

涼秋九月，塞外草衰，胡地玄冰，邊土慘烈。戍邊將士，誰不以餐冰臥雪為苦？三十六歲的劉錦棠，處此隆冬的北疆，心中卻無半點寒氣，反感到渾身燥熱，彷彿因久未征戰，全身熱血在向周身四處賁張。

終於，他「刷」地一下，從腰間抽出佩刀，只見一道寒光，如閃電在手，在空中舞了舞，似銀蛇盤旋。軍人愛軍刀，如文人愛紙筆。劉錦棠手中這把刀，二十年來，一刻也不曾離身。這是一把貨真價實的日本長刀，把手較平常的略長，刀葉略彎，鋒利無比。這刀的原主人即名重一時的湘軍大將鮑超。

咸豐十年，劉錦棠和叔父劉松山隨主將張運蘭在皖南作戰。當時，長毛的忠王李秀成率大軍破黟縣，距曾國藩的大本營祁門僅八十里。而曾國藩身邊才三千防兵，實力懸殊。眼見危機緊迫，國藩乃急調鮑超、張運蘭軍回援。

鮑超首先奉調。他是名猛將，但勇猛有餘而謀略不足。當他帶領霆字營官軍在安徽休寧柏莊嶺與李秀成相遇時，他不待後軍主力張運蘭趕到，急匆匆便投入戰鬥。結果因輕敵陷陣，被李秀成麾兵四面包圍。從早上苦戰至中午，人饑馬乏，看看不支。正想突圍衝出去，不料坐騎忽然中彈翻倒，把他壓在馬下。

這時，一長毛勇將一眼瞥見，乃甩開對手，縱馬挺槍刺來，穩端端要取鮑超性命。正在這時，只聽背後一聲大喝：「住手！」

隨即一匹棗紅大馬從天而降，馬上一青年將領揮刀猛地從長毛背後砍來。那長毛一驚，回頭看時，已經晚了——這刀出手快，劈得猛，聲到刀到，砍到了腦後。他只好把頭一偏，終未能躲過——那刀砍在左肩上，砍破坎肩，竟深深地陷進胛骨，一時抽刀不出。長毛的馬受驚一躍，終於擺脫了持刀人，馱著那受了重傷的長毛帶著那把刀一齊奔逃了。

原來此時張運蘭的主力已趕到，前鋒劉錦棠聽說鮑超陷陣，乃帶本部人馬衝進來援助鮑超。劉錦棠性急馬也急，最先趕到，正好救了鮑超的命。於是，兩軍會合，終於殺退了李秀成。

鮑超在紮下營寨後，特地跑到劉松山的營中，尋訪到了救他一命的青年將領劉錦棠。

「好小子，你叫什麼名字？」鮑超上去，親熱地拉住了他的手，又拍著他的肩膀問。

「劉大闖。」一面對著曾大人的戰功顯赫的心腹愛將鮑超，劉錦棠尚有幾分靦腆，可一旁的隨從偏將黃萬鵬馬上報出了劉錦棠的諱名。

「好，好，好一個劉大闖。亂世出英雄。憑你這份闖勁，拜將封侯，只在眼前！」鮑超翹起大拇指誇獎劉錦棠，又解下自己的佩刀，親手繫在劉錦棠的腰間。

劉錦棠後來即憑這口刀征西，從蘇皖邊直指黃河，歷關隴而之天山。平長毛、平捻、平回，直至收復新疆，轉戰了大半個中國。大小上千戰，每戰必勝；半生功業，全憑著這口軍刀奪得來。而特別值得稱道的卻在西征北疆的那一戰。

初戰黃田卡

光緒二年夏間，劉錦棠出關西征，率老湘營等主力推進到北疆，打響了烏魯木齊周邊戰——古牧地之戰。

這一仗奠定了楚軍西征必然勝利的基礎，也使劉錦棠在十萬楚軍戰將如雲的隊伍中，成為無可爭議的領袖。

西征幾乎一開始，以金順為首的一班八旗世胄出身的將領便有心與楚軍爭雄。

當各路大軍出星星峽推進至濟木薩與古城一線時，北疆的叛軍與吐魯番及南路安集延人成一字長蛇陣擺在他們的面前。

即：北路以烏魯木齊為蛇頭，吐魯番為蛇腰，喀什噶爾為蛇尾，向著濟木薩、古城一線的我軍，昂昂吐信。

左宗棠認為，如果出哈密後，先打吐魯番的安集延人，取勝的把握雖大，怕就怕烏魯木齊的白彥虎部回竄關內，或東竄蒙古科布多和烏里雅蘇台，局面將不可收拾。

為此，他定出先北後南，緩進速決的總體方略，這也是王柏心漢口定策、先秦後隴、緩進速決的翻版。

即將最早出兵的張曜一軍部署在哈密防守後路，而在烏魯木齊以北的沙山子、馬橋一線由烏木齊領隊大臣錫倫率重兵防守，嚴防白彥虎由此東竄蒙古。然後，捨吐魯番的安集延人於不顧，集中兵力解決以烏魯木齊為中心的白彥虎為首的回民軍，然後再南下吐魯番，從東北向西南推進。

待各路人馬到齊，補充休整完畢已是五月尾了。

乘著天氣晴和，劉錦棠帶著親兵小隊從濟木薩一路察勘到精河一線，把北疆的地形、氣候及各種條件摸得清清楚楚。然後，他召集各路將領集會，金順也應邀到場。當商討進軍方略及各主攻任務時，金順提出，由他去打瑪納斯。

劉錦棠冷笑一聲，喚著金順的表字說：「和甫兄就不要說笑話了，瑪納斯距此數百里，城小而堅，易守難攻。就是打下來也於大局無補，打不下可拖了大軍的後腿。烏魯木齊乃蛇頭，北疆逆回的首腦所在。只有拿下烏魯木齊，才能南制吐魯番，北扼瑪納斯。所以，左爵相擬定先斬蛇頭，即先拿下烏魯木齊，待斬下蛇頭，其他各城便好說了。」

金順一聽是左相指陳的方略，這才不作聲。

要攻取烏魯木齊，必先拿下周邊要塞古牧地。

從濟木薩到古牧地三百餘里，全是戈壁，水源困難，雙方皆未駐兵。當討論到具體安排時，金順便又提出這個問題道：「毅齋，從這裡到古牧地有三百餘里，中間是戈壁無水源，無水何以安營？不連個歇腳的地方也沒有嗎？」

劉錦棠胸有成竹地說：「和甫兄，這個你就不懂。過兩天看我給你個歇足之處。」

金順一聽不知所以，半信半疑地回本部軍營。

第三天一大早，手下偏將旗人托雲布跑來向他報告，說與他們駐地相連的陝安鎮總兵余虎恩、漢中鎮總兵譚和義兩部於昨晚拔營整隊，不知開到哪裡去了。

金順一聽，好生納悶，想去問劉錦棠，又怕他怪他多事。不想早飯後，接劉錦棠的通知，說官軍昨晚偷襲阜康城成功，已於今晨佔領阜康。

劉錦棠下令，只留知府羅長祜、副將楊金龍兩軍守濟木薩，其餘各路大軍移營阜康，請金順亦率本部赴阜康會合。

金順此時方如夢初醒，忙把景廉留與他的軍事地圖找出來，尋阜康的位置。誰知怎麼也找不到阜康。

金順焦急，忙將營務處掌管圖書冊籍及熟悉新疆地理的一個師爺找來詢問。師爺一聽，忙點頭說：「有的，大人。阜康初為准夷圖爾古特的牧地。乾隆二十四年增兵屯田，第二年設縣丞，二十八年築城，高宗爺賜名阜康城，直屬迪化州州判呢。」

金順說：「那怎麼前任留下的地圖上沒有呢？」

原來阜康城小人口也不多。同治初年回民造反後幾經戰亂，居民流散一空，城池已沒於荊棘叢中，因此，作為一個地理名詞雖有，作為一個行政區域便因它沒有人煙而不存在了。

這情形在新疆的歷史上屢見不鮮，景廉的幕僚在製圖時便沒再把阜康標出來。這幕僚說著，翻出《乾隆輿圖》及《文獻通考》與金順看，金順一看上面果有阜康城，距濟木薩兩百餘里，距烏魯木齊才百里。

原來劉錦棠反覆察勘，發現阜康水源充足，是理想的前進基地。大軍東來後，白彥虎為防官軍進襲古牧地，乃派了一千多名回民軍在此駐守。因沒有居民，守軍頗懈怠，偷襲一下便成功了。出其不意拿下了阜康城，等於將數萬大軍運到了敵人的鼻子底下，大大地縮短了攻擊的距離。

看到這裡，金順不由佩服地歎了一口氣，對托雲布說：「他娘的，劉大闖天生是個打仗的種，咱有啥法子呢？」

於是，傳令拔寨起兵，跟在劉錦棠的屁股後面趕到了阜康。

阜康至古牧地才幾十里路，有兩條道路可通，一為大路，一為小路，大路為戈壁，水源困難，小路沿途山巒起伏，水源充足。敵人於黃田設卡，設防嚴密，待金順趕到後，劉錦棠已等候多時。

他把情況已摸清，便和金順商議說：「和甫兄，山道敵人有備，且不便大部隊展開攻擊；大道便於大部隊迴旋，且西樹兒頭一帶為舊時屯墾地，眼下墾務雖廢，但習井尚在，如派人疏浚，即可汲飲。是否先派人去準備呢？」

此時已是古曆六月，這年閏五月，到六月已是盛夏，天氣酷熱。金順一軍最後到達阜康，老湘營紮九營街，金順軍紮紫泥泉，紫泥泉水源不及九營街，金順軍汲飲艱難。

眼下見問，金順心想，在戈壁，無論行軍作戰，水源為第一要著，這回讓他佔了源頭，再往前可不能落後。於是馬上自告奮勇道：「毅齋，你是有主意的人，我事事依你，我帳下薩凌阿、沙克都林紮布皆景廉舊部，入疆多年，對挖渠引水、修復坎兒井等很內行，這事由我們包了吧。」

劉錦棠點頭笑著答應了他，他於是興沖沖地回去布置。

金順本部有十五營，入疆後接統景廉舊部，加之收編孔才等民團，約有四十營二萬餘眾，他把這二萬餘人開上西樹兒頭，黑鴉鴉擺了一線幾十里長，修坎兒井，挖管道，聲勢極大。

據守古牧地的敵軍守將本是馬明，即最先在古城時準備投降景廉的回將。後來，投降未果反被阿古柏抓去，因找不出證據，加之馬明舊部活動，阿古柏又放出馬明，仍讓他帶兵守古牧地。待了一段時間，阿古柏又不放心，臨戰前又撤了馬明。

眼下鎮守古牧地的是三個頭目，即王治、馬十娃、金中萬。主將王治為馬人得舊部，帶的是北疆土回兵，馬十娃、金中萬皆陝西人，是白彥虎的部將，所帶的是陝甘客回兵。

馬十娃、金中萬在陝甘和楚軍對壘多年，雙方算是老對手。一聽楚軍奪了阜康城，心下便有些著忙，尤其聽說劉錦棠已到了阜康督陣，心中更存幾分畏懼，現在聽說大路西樹兒頭已出現大批官軍在修復智井，金中萬忙問探子，西樹兒頭的官軍是誰的旗幟，探子說多是「烏魯木齊都統」的字樣。金中萬聽了自言自語地說：「既然不是老湘營，那麼劉錦棠仍在阜康，他莫非是想聲東擊西？」

馬十娃也深然其說，他說：「西樹兒頭一帶坎兒井已被我們徹底地破壞了，修復頗費時日，劉錦棠是個急性子，等不及的。」

誰知主將王治聽了卻不以為然。

他是馬人得的外甥，在新疆多年，頗瞧不起叫花子一般的陝西客回，聽金、馬一說，哈哈大笑說：「坎兒井一時不能修復只你我心中明白，劉錦棠哪能如此清楚？他只道大路寬敞，便於大部隊展開作戰，小路有備，且不便大部隊行動，所以便選走大路了。」

於是，他不依馬十娃、金中萬的勸諫，卻從黃田卡及古牧地抽調主力，輪番從大道出擊騷擾金順的部隊，企圖延緩、阻滯大部隊的進攻。

西樹兒頭的金順可是自己討了個苦差使——這裡雖為舊墾地，確如王治所說，破壞相當厲害，要修復疏浚忒難。他每天督促士兵頂著烈日在地頭動工，水要從很遠的地方運來，每人攤不上一小碗，到晚上又提心吊膽，防止敵軍偷襲，敵人往往在子夜時分從古牧地那邊摸過來，不分青紅皂白地砍殺一陣再從容退走，弄得金順苦不堪言。

累了五天，第六天他還在睡早覺，只聽左方突然響起了大炮聲，先是零零落落，一聲兩聲如春雷，只一刻鐘，炮聲越來越緊，直震得金順這邊也有感覺。

周圍的一些人皆被驚起，聚一處議論。

金順心下著忙，因不知哪裡發生了大戰鬥，正要差人打聽，只見楚軍一個參將銜的差官飛馬而來，向他報告說，昨晚劉總統發奇兵從小路突襲黃田卡，敵人措手不及，倉促出戰，現已丟了好幾處堡壘。總統請都護毋庸再修井疏渠，馬上帶兵插小路赴黃田卡觀戰。

金順一聽，情知自己又做了劉錦棠的枕木，只得帶了本部人馬從小路趕來。

到達黃田卡一看，只見兩邊山崗險峻，小路盤旋谷間，敵軍原在兩邊設壘，因主力抽調，防守空虛，故劉錦棠攻擊得手，如今兩邊堡壘多換上了楚軍的旗幟。

眼下劉錦棠正指揮余虎恩、黃萬鵬、譚慎典、董福祥、陶生林等部對主卡發起了總攻，他們佔領了兩邊的高地，又從小路包抄到卡後，把開花大炮架在山坡上向卡子上猛轟，小小的黃田卡被炸得木石橫飛，淹沒在一片火海中。

金順生恐自己攤不上戰功，隊伍剛到馬上投入攻擊。守卡的敵軍哪經得起楚軍如此猛攻，終於丟了輜重，各自逃命，於是，僅半天工夫便奪了黃田卡。

官軍長驅直入，一齊湧到了古牧地城下，將小小的城池圍了三道，像鐵桶一般。

王治直到此時方知馬十娃、金中萬所說不差，正要派兵救援，兵才整隊，只見黃田卡的敗兵一個個狼奔豕突，抱頭鼠竄而回，不問也知黃田卡不守了，於是，王治搶在官軍合圍古牧地以前，派金中萬趕赴烏魯木齊告急。

血戰古牧地

烏魯木齊共有三座城堡。即滿城、漢城和原清真王妥得麟所築的王城，漢城又稱紅廟子，白彥虎所部陝西回民即駐紅廟子。

金中萬是白彥虎的部下，所以，他一馬直馳紅廟子，將王治不納諫，中了劉錦棠聲東擊西之計，如今已丟了黃田卡，古牧地行將被四面包圍的情況，一一向白彥虎報告了。白彥虎其時已知黃田卡失守，因守卡的士兵有越過古牧地直接逃到紅廟子來的。所以，他只仔細問了官軍的裝備及兵員情況，又問了所見的將帥旗幟，乃令金中萬去王城向馬人得報告。

待金中萬一走，白彥虎回頭對余小虎說：「娃，收拾一下，準備撤吧，先將老弱婦孺撤吐魯番，咱們頂一陣，頂不住也走，他娘的楚軍傾巢而出啦。」

余小虎說：「不是才丟了一個小小的卡子嗎？怎麼就走呢？」

白彥虎說：「娃，形勢不是明擺著嗎？原以為新疆孤懸塞外，荒漠戈壁，運輸困難，人煙稀少，出征不易。咱們是為逃生，臥雪吞氈也熬得過；楚軍為升官發財，無糧無餉無處可搶劫的地方絕不會肯來。所以，咱們避到這兒，可藉以休養生息幾年，有機會再殺回去。萬不料老蠻子把大批的糧食彈藥運過了戈壁，楚軍有了糧餉，還不拼命上前？眼下連大炮也運過了天山，咱們人數、火器皆不如人，北疆的丟失只是遲早的事了。」

余小虎說：「眼下古牧地被包圍，咱們可不能見死不救呀。」

白彥虎沉吟半晌說：「先看馬人得怎麼安排吧。」

正說到馬人得，馬人得風風火火地趕來了。

他本是原清真王妥得麟部將馬仲的兒子，同治九年，妥得麟派馬仲等進攻南疆，與阿古柏發生激戰，被阿古柏殺得大敗，馬仲無奈，只好就地投降阿古柏，反戈一擊，攻打妥得麟。妥得麟終於不支而失敗了，阿古柏隨即令馬仲為北疆的阿奇木（伊斯蘭宗教首腦），總攬回務。

後來，北疆的漢人民團首領徐學功又在一次突然襲擊中殺死了馬仲，馬人得遂繼為阿奇木。馬仲、馬人得父子本來生長在甘肅，雖出於無奈投降了阿古柏，但處處受挾制、被猜疑，日子很不好過。馬仲生前對兒子流露出歸順朝廷之意，這以後，馬人得掌權，見官軍陸續出關，濟木薩一線已大軍雲集，待阜康失守後，他便與幾個心腹將領取得了一致意見，決定只要時機成熟，便投降官軍。今見古牧地被圍，金中萬前來求救，心想，投誠的機會來了，當下帶了幾個從人過紅廟子來探白彥虎的口風。

「白頭領，看來這王治真不是玩意兒，若信了貴部馬十娃、金中萬的話，豈不穩穩當當。如今眼睜睜把個卡子也丟了，連古牧地也不保了呢。」

馬人得見面便把責任攬到自己身上，意在討好白彥虎。

白彥虎說：「事已至此，埋怨也無益於事，阿奇木還是快發救兵吧。」

馬人得說：「救兵？劉錦棠一下上來幾萬人馬，連大炮也運過了天山，眼下把古牧地圍了數重，能有救嗎？」

白彥虎說：「話可不能這麼說，古牧地五千多弟兄，全是患難與共的兄弟，要走大家一道走，要死也要死在一塊。」

馬人得說：「走，往哪兒走呀？」

白彥虎說：「往南撤嘛，越往南越遠，敵人戰線拉長，運輸更加困難，時日一久，局面可能有變。」

馬人得先誤會了白彥虎的意思，以為他那「走」就是「降」，現一聽是走投南疆，不由失望，乃冷冷地說：「南撤去投阿古柏嗎？」

白彥虎點點頭，說：「咱們已與官府結下了血海深仇，不是魚死，便是網破，捨此之外，難道還有什麼去路？」

馬人得說：「哎呀呀，去投那個畢條勒特汗？頭領忘了阿古柏對你們早有吞併之意，忘了初來北疆時，他對你們的故意刁難？眼下兵敗往投，豈不是自投羅網？」

白彥虎說：「以往是以往，現在是現在。強敵壓境，阿古柏若再存火拼之心，無異於自尋死路。」

馬人得冷笑道：「不見得。據我所知，他就曾寫信給左宗棠，願將白頭領綁送與官府，以便兩下議和呢。」

白彥虎歎了一口氣說：「我是一個穆斯林，一切聽阿拉作主，萬一出現那麼個結局，落難之人，也只好認了。」

馬人得見白彥虎態度如此堅決，知道多說無益，於是，也不談發兵救援的事，一甩手悻悻地走了。

馬人得一走，白彥虎對余小虎說：「此人心已變了，咱們得防著他。」

余小虎說：「您開始何不下令，讓我當場把他宰了？」

白彥虎說：「娃，眼下不是火拼的時候。鴨子過河各顧各，還是多為自己想想吧。」

小虎問：「那怎麼辦？」

白彥虎說：「古牧地馬十娃那一支人馬，是從陝西出來的老弟兄。這些年九磨十難熬過來了，這回可不能丟了。趕快令金中萬乘黑夜摸進城去，讓馬十娃帶自己的人乘夜色突圍，你再帶一隊人去接應，咱們會合後往吐魯番撤。」

當下，白彥虎令人以他的名義修書一封，只說主力已掩護家眷撤南疆，烏城派不出更多的援軍，令馬十娃突圍往吐魯番走。

此信由金中萬帶著回古牧地。

此時，古牧地已炮火連天，攻戰正趨白熱化。古牧地又名米泉，坐落在群山之間，城池不大，但很堅固，地勢險要，守軍除主力擺在城上外，另派部隊佔據了城外好幾個山頭，並配有幾門小洋炮。

劉錦棠指揮大軍包圍古牧地後，他審察地形，乃與金順分軍，楚軍在東北，金軍在西南，先控制了周圍大大小小的山崗，然後，選擇地形，在距離較近的一座山頭上運石築臺，臺高於城，再將大炮架於臺上，日夜不停地向城內轟擊，一下便將城內與城外的道路封鎖起來。

王治和馬十娃見官軍切斷了城內與城外的聯繫，便組織火力還擊。無奈他們才幾門洋炮，且是阿古柏臨時撥來的，炮彈不多，炮手技術也不熟練，不是打遠了，就是打近了，構不成威脅。

劉錦棠切斷了敵軍的聯繫後，下令組織對城外山頭敵人的進攻，只一天工夫，便將城外大大小小七座山頭全攻佔了。

這時，王治的洋炮已無炮彈了，成了幾坨廢鐵，官軍見守軍無炮，乃逼近城根。所幸城牆是石頭砌的，很堅固，楚軍一時無法攻開，但楚軍的開花炮彈飛來，炸得城頭碎石橫飛，給他們造成了極大的傷亡。

第三天，北疆的土回軍已被大炮嚇虛了心，一聽炮彈的呼嘯聲便一窩蜂似的往低處躲，有的乾脆拒絕上城頭。遙望西方和南方，援兵不見蹤跡。王治幾乎已絕望了。虧馬十娃帶的客軍挺賣力，一個個堅守城頭，掛了彩也不下來，奮力拼殺，總算勉強保住了城池。

這天夜晚，金中萬終於摸到了城牆根前。

這時，城門緊閉，他進不了城，只好在城下叫門，誰知楚軍欺城內無炮，營寨就紮在距城壕不遠的地方，這一喊，城上的人還未聽真，楚軍巡夜的更夫早聽見了，乃叫起了好些人，一陣亂槍朝喊叫的地方打來，竟把金中萬打死在城下。

到天明，雙方都不敢去搬那屍首。

城內人認得是金中萬，但不知他身上負有何種使命，劉錦棠和金順卻不管這些，把座城池圍得死死的，拼命攻打。

第四天，城牆終於被大炮轟坍了幾十丈，雙方的精力都集中在缺口，楚軍馬上發起了衝鋒，大炮已延伸到兩側，封鎖敵人的增援通道，王治、馬十娃率五百死士冒著炮火拼死命攔住缺口，短兵相接，槍炮全失去了作用。

劉錦棠懸下重賞，首先衝進城去的賞千金，官升三級。城內守軍已把形勢看得清清楚楚，北疆的土回雖初次和楚軍交鋒，可陝西客回現身說法，把楚軍在陝甘攻佔一處地方後，對守軍屠戮不留孑遺的作風向他們宣傳，他們也清楚不守住城池便只有死路一條。所以，同仇敵愾，打得很堅決。雙方拼命攻殺，傷亡極大。

城外官軍兵力佔絕對優勢，而且貪這份重賞，儘管衝上去的人像倒排山一樣被刀、劍殺死，被石塊砸傷，可倒下一批又一批，守軍儘管皆是精壯，可連日激戰已很疲勞，加之後路完全被炮火阻絕，援兵、彈藥、食物上不來，連水也喝不上一口。從早上血戰至中午，缺口上死屍已如山積，守軍看看不支。

劉錦棠和金順坐在東南角山崗上的軍帳內，聽士卒報告這個消息後不由大喜，正要下令全軍準備總攻，就在這時，只聽身後的東南方和西南方兩處同時喊聲大起，尤以東南方向為烈，並夾以零星的炮聲。

負責周邊警戒的譚拔萃、譚和義派人來報告說，從烏魯木齊和吐魯番開來兩支援軍，一路攻擊而前，他們正組織阻擊。

劉錦棠夜襲阜康，奇兵飛奪黃田卡都避開了金順，金順有些被愚弄的感覺，臉上也自然有些繃不開，此時一聽來了援兵，金順乃別過臉，拿起望遠鏡去看攻城，這邊的事裝作未聽見。

劉錦棠見此情況，眉頭一皺，對金順說：「和甫兄，古牧地易手就在頃刻之間，請你留下指揮，加緊攻擊吧，鄙人指揮打援兵去。」

金順一聽，這才換上笑容，拍著胸脯說：「行，這裡的事有我在，你就放心去吧。」

劉錦棠當下點起余虎恩、董福祥兩部人馬，迎著斜陽而去。

到了譚拔萃所扼守的山頭，他舉起望遠鏡一看，從烏魯木齊來的援兵人數不多，也沒有重火器，正就地掘壕，像是採取守勢；可從吐魯番來的安集延兵卻不同，這些兵著一色火紅的英式龍騎兵軍裝，短上衣、馬褲，攜大炮，佩快槍，很是精神。

劉錦棠這是第一次看見安集延兵，不摸底細。心想，此地土人都說安集延人會打仗，十個回兵也抵不上一個安集延兵，加之他們也有火器，可要認真對待。

於是，他決定乘安集延人立足未穩，先發起攻擊。

這時，安集延的援兵在其領隊綳塞奇玉只巴什的指揮下構築炮兵工事。

劉錦棠在望遠鏡中看得清清楚楚，他目測一下雙方距離不到五里，忙喚過總兵陶生林，叫他不待工事做好，先架炮轟擊安集延人的炮兵。

陶生林得令，乃下到山後坡地炮營所在地傳令，就地架起大炮，測準距離，迅雷不及掩耳地一陣猛轟。

安集延這一隊援兵可是吐魯番的精銳，受阿古柏的大總管、吐魯番駐軍長官愛伊德爾呼裡派遣而來，人數不多，卻都是受英國教官調教多年，尤其是炮兵，受的都是正規訓練，野戰時，陣地的選擇、炮位之間的距離、擺布皆講究章法。

不料對方可不講這些，隨機應變，看形作勢，這一陣亂炮飛來，把他們正構築的工事及尚擺在路邊的大炮炸得七零八落。

炮擊之後，劉錦棠馬上發起衝鋒，且全是騎兵，動作極快，五里路寬的一片開闊地一眨眼就到了面前。

安集延兵本是進攻的隊形，被騎兵這麼一衝，一下亂了套，加之失去了大炮，早已心慌，這下軍心動搖了，幾個膽小的帶頭往後跑，馬上有人跟著往回跑。

他們的紅軍裝在下山太陽的照射下特別顯眼，於是，一個個皆成了騎兵的攻擊目標。他們飛舞著銀光閃閃的馬刀，橫切蘿蔔豎切蔥，殺得安集延人一個個抱頭鼠竄……

劉錦棠和一班幕僚及文職官員站在高坡上觀戰，見官軍的騎兵把上千名援兵如趕鴨子一般，滿山遍野地追殺，不由高興。一個幕僚說：「什麼十個回兵不敵一個安集延兵呢？原來也不堪一擊呢。」

劉錦棠輕蔑地一笑，不無得意地說：「左相最要緊的一招，便是緩進速決。何以為緩進速決？未打響前儘管從容，一旦打響，便要講究一個『速』字。」

幕僚恭維說：「大人果然深得左爵相之心。」

幾個人都抓緊機會恭維劉錦棠，誰都認為勝利已在握。

不料一陣喊殺聲突然從身後傳來，劉錦棠警覺，回頭一看，只見身後已衝到一夥回回兵，他們手執明晃晃的大片刀，呼嘯著逢人就砍。好幾個戈什因措手不及，被砍倒在地……

原來余小虎奉命帶五百名精壯前來接應古牧地突圍的馬十娃，他自知兵少，不敢踹營，只遠遠地構築工事，想等馬十娃等衝出來後救助於他。

不料古牧地被重重包圍，危在旦夕，裡面的人已突圍無望。小虎好焦急。這時，吐魯番來的安集延兵已到，緬塞奇玉只巴什非常狂妄，竟下令讓小虎聽從他的指揮。小虎不搭理他，只帶著他那五百人在西南角構築工事，靜觀形勢。

不一會，從人向他報告說，劉錦棠已親自來到了前面山崗督戰——小虎與劉錦棠在陝甘數年，不但已熟知劉錦棠個人性格和作戰的套路，連他本人的面目也因多次正面交鋒已熟稔。他聽從人一說，順著手勢望去，果然看見劉錦棠在不遠的山崗上指手畫腳。

自西寧小峽口一場惡戰，至今又有幾年不見面了，他的仇人仍是老樣子。想到這些年顛沛流離，飽受異鄉淪落之苦；想起楚軍在劉錦棠的直接指揮下在陝甘的大肆殺戮，余小虎不由眼中冒火。

他見劉錦棠已親臨前敵，距自己不過二三里距離，忽然心中一動，隨即點起三十個精壯小夥子，各帶大刀，乘楚軍集中精力對付安集延人，他們順著山溝，避開前沿官兵的注意力，貓著腰爬了過來。

一上來他們便橫心放膽了，一陣猛殺，逢人便砍。

劉錦棠身邊雖有好幾十個隨從、護衛，可都因處在順境中，一個個只瞪著眼看前面的騎兵揚威，誰也沒想到身後會有人摸上來，及至旁邊有人被殺翻才驚覺，一驚覺已遲了。尤其是這一班幕僚和文官，皆是纖纖文士，手無寸鐵。於是前邊騎兵在砍瓜切菜般地追殺安集延人，後邊的首腦所在地卻被偷襲，一下被余小虎殺翻了一大片。待劉錦棠驚覺，余小虎和一個護兵兩把刀已一齊向他撲來。

劉錦棠見狀，手中的千里鏡狠狠地朝余小虎頭上一砸。

余小虎一驚，頭一偏，身子一蹲，讓過了飛來的望遠鏡，但速度卻慢了一步，劉錦棠迅速抽出隨身攜帶的佩刀就勢一揮，正迎住了那個護兵砍下來的大刀，只聽「噹」的一聲，兩刀在途中相碰，發出一聲清脆的響聲，隨即「撲」的一聲，那護兵手中的刀只剩下了半截。

護兵大驚，慌忙後退數步，這裡余小虎一刀已到。

余小虎雖被劉錦棠飛來的望遠鏡延誤了出刀的速度，但他立定之後，再出手仍很迅猛。眼前便是與之血戰數年的對頭，恨不得一刀就送他上西天，真是拼命上前，不顧一切了。劉錦棠舉刀招架，只聽「噹」的又是一聲，這回兩把刀各碰開了一個大口子。

余小虎不由大吃一驚。原來他這把刀還是數年前在陝甘作戰時，河州大河家一個番回送他的，河州大河家的保安族人大多善製刀，有的祖上幾代皆以製刀為業，其刀削鐵如泥，鋒利無比。其中有名保安回民佩服余小虎的英雄，見他的刀為一般的土鋼打造，不很鋒利，就送了一套十錦小飛刀和一把長短合適的佩刀與他。這些年戰場格殺，短兵相接，刀劍相碰時，這刀也不知削斷了多少兵器。此番偷襲劉錦棠，也一連殺翻了好幾個差官和護衛，滿以為劉錦棠定死在自己刀下，萬不料劉錦棠手中的倭刀先削斷了自己副手的兵器，與自己相搏，竟互不相讓。

這裡劉錦棠出於同樣的原因，也是吃驚不小，不過，他身邊只剩下一個對手，便也不慌，挺刀迎住余小虎，一來一往地狠鬥。

劉錦棠一面鬥一面大喊：「余小虎，你們走投無路了，快投降吧！」

余小虎也大喊道：「劉錦棠，老子只要拼過了你，死了也夠本！」

正難解難分之際，一個戈什被石頭絆倒就勢幾個滾滾到了劉錦棠身邊，而那個與他對殺的回回正匆匆趕過來。

劉錦棠一眼瞥見那戈什腰間掛有一桿手槍，忙跳過去一邊護住他，一邊大喊道：「蠢東西，開槍呀，快拔槍出來打！」

因余小虎的偷襲來得凶猛，這一班久經戰陣的護兵也慌了神，都只就手中的刀矛迎戰，有的被逼住了，騰不出手來抽槍。劉錦棠這一喊，將滾在地下的戈什提醒，他趁著追殺他的對手尚未趕到拔出了手槍。

這種手槍為德國羅乏機器廠所造，上有一轉輪，可裝六發子彈，到手便可擊發，非常便捷。西征出發前，由上海解到二百支，左宗棠分撥各路統領，統領們便全武裝了自己的護衛。

這戈什抽槍在手，馬上一槍擊傷了衝上來追殺他的對手，這裡劉錦棠與余小虎殺得難分難解，戈什不敢開槍，怕誤傷了劉錦棠，但他這一聲槍響，卻扭轉了山間的戰局。

原來此時戰場上到處是一片殺聲，兩邊山上的官軍誰也沒注意到這山頭上的喊殺聲，他們簡直是在打啞仗，這一聲槍響，立即把附近官軍的注意力吸引過來了，騎在馬上的譚拔萃回頭一望，發現劉錦棠等被一夥人包圍，已不知鬥了多久了，周圍紅頂子著補服的官員倒了一大片。譚拔萃慌得連心也幾乎蹦到了口裡，忙大喊一聲，往這邊飛奔而來。

他一喊，眾人也跟著奔過來。他們所在的山岡相連，距離不遠，幾下便趕到了。這一來，力量懸殊，余小虎情知機會失去，發一聲喊，自己首先跳出圈子，就地幾個滾，帶著二十幾個弟兄飛奔下山退走了……

槍炮聲終於沉寂下來，喊殺聲亦悄悄遠去，晚風仍送來縷縷硝煙。官軍在清掃戰場，掩埋屍首，抬走傷患，極目四望，到處是橫七豎八的屍體，鮮血流在青草地上如開出朵朵紅花，起伏的山巒就像一座座巨大的墳墓，殘陽一抹更為黃昏增添一分血色。

已經完成了對古牧地的佔領的金順，喜氣洋洋地趕來，想告訴劉錦棠大勝的戰況。只見他血濺征袍、面色蒼白地坐在一塊巨石上，手撐著長刀，眼睛凝望著遠方，面容寧靜肅穆如一尊雕像。

「毅齋，毅齋。」金順連喊數聲，他才轉過臉，望一眼金順，像望一個陌生人。

「毅齋，勝啦，咱們大勝了，五千守軍全消滅了，還繳獲了白彥虎一封書信呢。」金順不無得意地向劉錦棠炫耀戰績。

劉錦棠向他雙眼一瞪，憤怒地吼道：「你娘的×，勝了，老子幾乎把命也貼上了呢！」說著他站起來，也不理睬一旁乾瞪著眼、茫然不知所措的金都護，咚咚咚地轉身走了。

根據從金中萬身上獲得的書信，官軍知道烏魯木齊敵軍已無堅守的打算，乃乘勝麾軍急進。到達紅廟子後，見大道上都是急匆匆各色逃難人，肩馱背扛車載著各種物件，一見官軍出現，馬上四處逃竄。隊伍停下請令行止，劉錦棠見城門緊閉，下令先紮下大營，又令炮營趕築工事。

陶生林等把工事做好，才試放了一炮，只見城門一下全部洞開，一隊人打著降幡搖著手跑了出來。

劉錦棠派人上前詢問，才知白彥虎已帶著本部人馬撤到了吐魯番，這裡馬人得遂下令將兵營、倉庫、衙署等封鎖，兵器馬匹收揀，壯丁人口造冊，待官軍一到，立即親自齎表前來投降。楚軍遂一炮成功，收復北疆首府烏魯木齊。

劉錦棠於第二天整隊進入烏魯木齊城。城中留下來的漢、回民眾焚香頂禮，恭迎於四門。烏魯木齊淪陷十二年，安集延人統治之日，無論徵稅、徭役，無不遠勝當年駐防的八旗兵，至今日始脫離水火，重睹漢官威儀。

左宗棠在肅州得知劉錦棠在大功垂成之際遇險的事頗為擔心，他寫信告誡劉錦棠，身臨戰陣，事無巨細，必處處留心，所謂「坦途不戒，驥或蹶；羊腸長惴，駑可越」，只有慎終如始，才不致敗事。對劉錦棠與金順的齟齬，他更是焦心，這中間，有些話左相不便形諸文字，只在信中反覆叮嚀，再次強調說「與旗人爭口舌是吃虧事」。這以後，左相奏留金順率部守北疆，西征南疆讓劉錦棠為主。

今日劉錦棠出巡，風狂雪猛，滴水成冰。撫今思昔，他只覺熱血沸騰不已。馬上拔出軍刀，想有所發洩，極目四望，終於找到了可供他試刀的靶子，那是沿著河川生長的一叢紅柳，劉錦棠提刀在手，回望眾侍從道：「諸位，看我馬上舞一番刀何如？」

說著，他不等眾人叫好，就大吼一聲，催開坐騎，飛一般地向前衝去。火紅的赤兔馬奔馳在雪地上，如一團火球拋向天空。「刷、刷、刷！」眾人還沒完全弄明白哪回事，只見河邊一排紅柳齊嶄嶄地被攔腰削斷，橫七豎八地躺到了地上。

「好刀法！」眾人情不自禁地喝采。

「好！」劉錦棠不覺也駐馬開懷，迎著北風狂嘯。接著又將熱烘烘的臉，貼著冰涼的刀片，發出聲聲大笑。

軍人愛軍刀，也賴軍刀完成個人的事業……

儒將

嵩武軍統領、幫辦新疆軍務張曜的營房頗似一間書齋，裡面不見刀槍劍戟，也不見洋槍火炮，觸目處，書篋文笥，紙筆墨硯俱備；字畫篆刻，魏碑漢帖橫陳。左宗棠某次巡視各軍，至張曜的營帳，見狀不勝驚喜，說：「張朗齋行伍，無軍營氣，有儒士風。劉毓楠真是一葉障目，不見泰山。」

這以後，他每次保奏張曜的才能，應由武職改任文職。張曜於是以「儒將」而聞名全軍。

劉錦棠巡邊到達張曜的營地時，已近黃昏時候，張曜因閒著無事，正在營房習小楷，寫《靈飛經》帖。得轅門軍士報告，他忙擱下筆，一邊吩咐伙房備飯，一邊迎了出來。

「毅齋兄，這麼大的冰雪，仍出來巡視，真只有你才吃得這苦中苦啊。」張曜笑呵呵地說著，伸手去揮劉錦棠身上飛雪，發現雪花已成了冰淩花兒，乃半嗔半謔地說：「我身邊小卒三喜子這些天每天只吃兩頓飯，問他為什麼這樣，他說少吃少拉，撅著屁股灌北風實在吃不消呢。」

劉錦棠一聽，也笑著打趣道：「那好，都像他一樣，全軍口糧可裁三分之一，也為國家鬆一把勁。」

張曜說：「嘿咦，看你才當了三天婆婆，就是當家人口吻了。」

二人相對大笑，手把手進了中軍大帳。劉錦棠手下一班人與嵩武軍中人多為熟人。他們一進軍營，如同回到家裡，一下便各散五方，尋熟人聊天去了。劉錦棠也樂得單獨和張曜在一起，說話也毫無拘束。

進了營帳，劉錦棠瞥見案上殘稿，馬上動手去搶，還說：「一定是給嫂子寫稟帖，呈報這幾天的軍營細節。我猜，起首一定是：張曜百拜奉啟芳卿可人妝次。」

張曜並不去搶，卻只癟著嘴笑道：「哎呀，真酸。我是軍人，哪會套用那《西廂記》中張生信寄鶯鶯的格式呢？」

說著，令人把爐火生旺，讓劉錦棠把身上外衣及靴帽脫掉，二人促膝而坐，就火爐一邊小酌，一邊商談。

張曜原籍浙江錢塘，寄居吳江。家中貧寒，及長為人傭奴。因強健有力，入糧行為人舂米、運送。一次負米至家，行至街衢時，見一少婦在路旁痛哭，眾人圍觀。張曜問旁人才知，這少婦因夫死子幼，不願改嫁，而婆婆為替小兒娶婦，竟將她賣入娼門。少婦不願，於街頭痛哭，求路人救助。

張曜一聽，不由義憤填膺。恰好這婆子過來揪媳婦，詬罵外，拳腳交加，張曜於是將背上背的一筐米猛地向這老婆子頭上砸過去，竟一下將其砸死。

眾人一齊叫好，張曜懼禍，亡命河南，來到固始縣，投靠一個遠房姑表親。

此時，中原正是捻軍蓬勃發展之際，各地豪紳為自保，紛紛組織民團，四處搜求亡命，擴充勢力。因張曜豪俠仗義，功夫了得，被眾人推為團總。

張曜聚眾五百餘人，皆本地無賴子，唯其混世，故不畏死。張曜平日對他們不加約束，任其浪蕩三街六市，但操練時卻極為認真。所以，他的民團名聲雖不好卻很能戰。

不久，大股捻軍攻固始。固始縣令姓蒯，是一個儒生，不習戰陣。見捻軍蜂擁而至，準備自裁殉職。然他的女兒卻是個不讓鬚眉的女中豪傑。她諫父道：「與其賊未至而先殉，不如設法抵禦。倘若能勝，不但不死還可收功；縱不然，殺賊而死亦遠勝畏賊而自死者。」

蒯令覺得有道理，但自己一介儒生，手無縛雞之力，如何上陣禦敵？蒯小姐說：「事已至此，不可循舊章，講俗禮了。」

於是，出面當眾宣誓：有人能退捻匪，我即嫁與他為妻。

蒯小姐天生麗質，眾人傾慕已久。但重圍之中，無人敢冒鋒刃。眾人乃一齊慫恿張曜出來承擔此任。張曜思前想後，終於挺身而出，承擔了城守之責。

回到下處，他想，自己才五百人，敵眾我寡，孤城難死守，唯有用奇兵或可取勝。於是他乘夜色帶三百人出城，至城外隱蔽處埋伏。

夜深之際，突然偷襲捻軍營寨，城上眾人鳴鼓角以應。捻軍遠來，原以為城內兵少，紮下營寨後，打算好好休息一夜，明早攻城。正進入夢鄉，外面喊殺聲大起，以為援軍突至，倉促起來應戰，自相攻擊踐踏。

張曜率三百人手臂纏白布，只管上前砍殺，竟把五千捻軍殺得大敗，慌忙朝來路退走。

張曜帶人追趕，趕了一程，只見前面燈火通明，喊聲大振。張曜以為是敗退的捻軍復來，正暗暗叫苦，只見打頭的團丁認出了來的竟是官軍，忙報告張曜。於是一齊上前迎接。

原來蒙古親王僧格林沁知捻軍圍固始，乃統兵黃夜來救，正遇上敗退的捻軍，追殺一陣，趕了過來。當下，親王親自接見張曜，問明情況後，不由大加獎勵，並親自主婚，將蒯小姐配與張曜為妻。

這以後張曜遂躋身仕途，只二年，積功至河南布政使。不料得罪巨紳劉姓，劉姓有子名劉毓楠，在京為御史，他對張曜提起彈劾，說他「目不識丁」，不堪方伯之任。

於是，張曜奉旨改任南陽鎮總兵。

明清以來，重文輕武，張曜以文改武，算是個挫折，心中很是不平。蒯夫人卻很不以為意，她說：「他山之石，可以攻玉。劉毓楠未嘗不是你的諍友。只要你重新學起，文言郎亦可出自行伍！」

張曜素敬重夫人，知她出身書香門第，自幼博通經史，嫻熟吏治、典章，乃拜夫人為師。軍閒之際，夫人日夜課讀，出題屬對、作文，儼然如嚴師。

張曜雖不像一般學生二月杏花八月桂地赴考，卻也三更燈火五更雞地用功。不幾年，文事大有長進。尤其是那一手字，更是米之骨，顏之肉，自成一家。他自鐫一顆圖章，便直接用劉毓楠彈劾他的原句曰「目不識丁」，以為鈐記。上陣作戰，他不失本家張飛三爺的作風，歸家後則如學生，凡軍中大、小事——記於日記中，交夫人過目。不當之處，夫人毫不留情地大加呵責，張曜唯俯首聽責而已。

因他與夫人的結合有些類似《西廂》的「普救寺解圍」，加之也姓張，同輩中常用《西廂》的故事打趣他，又都笑他懼內。張曜並不反駁，並解嘲說：「你好大膽，居然連夫人也不怕。」

這以前張曜一軍駐河南，一直屬淮軍系統，及東西捻軍敗亡後，左宗棠以張曜善戰，特奏調赴陝甘剿回。

張曜開始以門戶之嫌拒不奉調，門客多方勸行也皆不應，蒯夫人得知，正色道：「你的官為朝廷所授、兵為國家所養，並非李中堂之私物也。國家用兵之際，何必要存此畛彼域之見？再說，左宮保指名調你，足見其敬重之意。人，切不可居功自負，要受得起敬重。」

一番話出口，大義凜然。張曜就如領了懿旨一般，馬上動身赴任。

這以後，在左宗棠統一指揮下，他和劉錦棠並肩作戰，配合默契。在陝甘時，張曜一軍在黃河北岸，老湘營在南岸；入疆作戰，劉錦棠一軍為右路軍，張曜一軍為左路軍。

他的嵩武軍在同治十三年便入疆，比劉錦棠要早兩年，他本是農家子，善耕耘稼穡。出屯哈密後，開荒屯墾，引水修渠，很有成績。至劉錦棠率軍抵哈密後，張曜一軍已墾地一萬九千餘畝，獲毛糧數萬石。

他和劉錦棠關係極親密。二人相處，如兄弟一般，說話也完全丟開官場套路，就像敘家常一般，當年二人在左相帳下時，左相易激動，遇到不順心的事愛罵仇人。當著眾人的面罵曾國藩、李鴻章，且常常連瓜帶蔓牽扯到旁人。

劉錦棠和張曜，一個出自曾國藩門下，一個屬淮軍系列。城門失火，殃及池魚。劉錦棠年輕氣盛，常怪左相借題發揮，指著和尚罵賊禿，張曜卻豁達得多，背地常勸他或從中化解。入疆後，左宗棠奏保劉錦棠總統行營，論資歷，張曜勝劉錦棠多多，且最早出關，但詔旨下來，張曜謹遵朝命，受劉錦棠節制毫無怨言。

今日劉錦棠巡視到營，兩人相見甚歡，閒談之後便是正事。

張曜向劉錦棠介紹了他們部隊的分布及眼下的操練，接著提出一個擴充馬隊計畫。新疆幅員遼闊，步兵行動不便捷，往往誤事。眼下金順在北疆只是採取守勢，用不著馬隊，應該可抽調一些增援南邊。

這一說，打開了劉錦棠的話匣子。

原來劉錦棠指揮的還有一支桂錫楨馬隊，但金順堅持北邊怕頂不住，硬把個桂錫楨要過去了，當時，左宗棠和劉錦棠心中都明白，金順這是怕左宗棠壓他裁軍才故意這麼趁熱鬧，以進為退的，其實，金順一支兵，包括榮全、景廉留下的舊部，徐學功、孔才的民團，足有四十多個營，守衛北疆庫爾咯喇烏蘇一線，只有多不會少，左相一直堅持要金順裁撤一半，汰盡老弱冗兵，金順就是頂著不肯。

劉錦棠一提此事就氣沖牛斗，他站起來，圍著火爐子轉，歷數金順的無能：他在陝甘剿回時戰績平平；瑪納斯城下兩度損兵折將，最後，為洩憤而殺降等等。但令劉錦棠不解的是，金順無能，卻又官運亨通。開銷處分不久，便得幫辦軍務的名義，後與景廉對調，任烏魯木齊都統，可不久又署理伊犁將軍。

劉錦棠說：「現在有很多人說金和甫是一名福將。凡是壞事壞不到他頭上，凡是好事又都能沾上邊。就是打了敗仗也照舊能升官，我就不信。這回把他擺在北疆，槍一響可要看硬傢伙，喪師失地可沒得說的，不丟腦袋也要丟烏紗。」

張曜可比劉錦棠深沉得多。他見劉錦棠發了火，深悔自己不該多嘴，引劉錦棠扯上往事。於是，勸說道：「毅齋，還是心平氣和一些的好。一旦上陣打仗，你還是得點撥他，你署理督辦軍務欽差，生死榮辱都擔著，再說，何必呢？滿漢互攻，從來只有漢人栽跟斗的。人家可是八旗親貴呢，咱們犯不上在這些事上吃人家旗人的暗算。更何況，這裡地處邊陲，所謂『三北』，歷來為是朝廷禁臠，早年還不准咱們漢人插足的呢。」

可劉錦棠此時卻有些不以為然。他想，時勢不同，境界各異，現在的事，怎麼好拿過去的例子比呢？張朗齋是受過跌宕的人，一年被蛇咬，三年怕井繩，加之他那位熟知朝章典故的蒯夫人一旁耳提面命，謹小慎微到這地步也情有可原。

他不相信，他就鬥不過金順。

第二章 河湟情話

尋親

枯楊枝椏上，一隻烏鴉的尖聲慘叫，有如從西北方捲起的一股冷風，余小虎不由一連打了好幾個寒噤，他憤怒地瞪了烏鴉一眼，見這畜牲仍向著他尖叫，便從地上拾起塊石頭向它擲去，烏鴉撲棱著飛走了，但仍把那慘叫聲留在空中，縈回在小虎耳際。

他呆望著遠颺的烏鴉，一種不祥的預感在心頭升起，這些天，一腔熱情為之奔走的計畫、希望，一時之間，似乎全化作了股股青煙，在空中飄散……

——一馬馳回河湟地，余小虎感慨萬千。

這就是當年浴血苦戰、反覆拼殺的舊戰場嗎？眼望著這一片山山水水，余小虎能準確地說出哪一座山頭叫什麼名字，哪一個村落有幾棵大樹，幾口窯洞，在哪個山頭曾戰死哪幾個好兄弟，哪棵樹下誰曾刀劈攻進村的官兵——這兒都是曾經灑滿千萬窮兄弟鮮血的地方啊！

可是一別才幾年，這裡卻變得如此地平靜了，藍天、白雲、綠水，雞啼、犬吠、炊煙，小虎好像來到了一處陌生的環境，嬰兒在母親懷中的嬌啼，替代了昔日大炮的轟鳴，一壟壟犁過的土坯，卻又似萬千軍人的行伍，溪水映出他和馬的影子，顯得異常地寂寞、孤獨。

他在心中問自己，你來這裡幹什麼？來重新煽起仇恨？來挑起一場戰爭？來發動萬千穆斯林，去叩響西安府的城門？望著陽光下，自己修長的、孤獨的影子，他有時也產生懷疑，自己是否有些不識時務？

翻過一道山樑，眼前出現了一片寬敞的平川，山邊靠北一排整齊的窯洞，窯洞前稀稀落落坐有一些人在曬太陽。

余小虎只一看窯洞門窗的格局、門前放置的什物，便知又來到了一處陝西回回聚居的村落。這些天，他已跑過無數這樣的聚居點了，越是偏僻的地方，既不挨州也不靠府，遠離河流大道，野兔築窩狼成群，只要是這類地方便成了左宗棠安插就撫回民的處所。

在村頭第一個窯洞邊，坐了一個老人在曬太陽。余小虎牽馬走近去，右手掌撫胸行了禮，說：「求真主賜福於您。」

老人頭也不抬，但仍答了一句：「願真主也賜福於你。」

余小虎又說：「行路之人，人倦馬乏，能討口水喝嗎？」

老人這才乜著眼望一望他，雖覺詫異卻懶得打聽，只說：「水在屋裡，煩客人自己動手吧，我老了，腿腳不靈便。」

余小虎進內，只覺裡面穢氣難聞，沒人料理樣。土炕上一床破絮外百什俱無，糧囤早已底朝了天，他尋到水瓢，舀了一瓢水喝了便走出來。

「老人家，您家裡還有人嗎？」余小虎曬著太陽，頗覺舒服，便有心搭訕。

「人？有哩，我家人丁興旺，五男四女，孫子十八個哩。」

「他們怎麼都不在身邊哩？」

老人又乜斜著眼，瞅他一眼，喃喃地說：「都在身邊，都在身邊。他們都伴著我哩。」

說著，老人手一指，只見身後土牆下，一大群陶土捏的小人，男的女的，立的坐的，密匝匝圍在身後。余小虎一驚，不解地問：「怎麼，您是說這些泥坨？」

「唉，問什麼。他的親人都死絕了。」

余小虎一驚，身邊不知幾時立著個背背簍的老人。老人膚色黝黑，身材傴僂，背著簍子，有些氣喘吁吁。小虎忙起身行禮，又說：「老人家，恕小子冒昧，問得唐突，他一家人是全被官府殺了嗎？」

「怎麼不是哩。」背簍老人歎了一口氣，說「在劫難逃，怨誰去？」

這時，旁邊曬太陽的人又陸續走攏幾個人，大人小孩都有，大人抄著手，小孩光著腚，露出凍得發紫的肉。小虎略一問，便知這裡十三棵十八岔住的全是從陝北綏德遷來的回民，於是，小虎改用陝西腔和他們說話。

「你們村原來本是一起的嗎？」

「綏德南關一個村一個姓，我們村裡都姓楊。」

「你也是個老陝？」他們也問小虎。

小虎點點頭說：「渭南的。」

「來這幹嘛？」

「尋親人。」

「尋親人。這年頭還顧什麼親人呀，乾脆到天堂大團圓好了。」

「你們幾時受撫的？」小虎又問。

「同治十一年冬。」

「在哪裡被點編？」

「西寧府呀。」

余小虎聽得臉上肉一抖一抖，明白這一姓人全是崔偉的人馬。於是他又試探地問：「崔三爺以五千精兵扼守大通險要，若硬打，官府不知要死多少人，可崔三爺實心投誠，官家得以不費一槍一彈，單憑這點，善後辦撫局，官府也得尋一個富庶、肥沃的地方安插你們呀。怎麼給這麼個偏僻處？」

背簍老人說：「實心投誠？哼，這年頭，誰認真假？只要你做過賊，便要背一輩子賊名。子孫後代也免不了一個賊字，人家開口閉口，反賊逆回你也得受著，誰記得你有五千精兵，解甲投誠呀？」

另一個腳有點跛的中年漢子說：「偏僻有偏僻的好處，凡事可不與漢人沾邊，各信各的教，各走各的路，井水不犯河水。這也是左宮保想得周全的地方。」

余小虎聽這話很刺耳，便說：「看來，你們還很感謝這個左宮保哩。」

跛子說：「敢情是嘞。既然漢人、回回都殺紅了眼，難得他老人家來了，辦成個和局。不問回漢，只問良莠。所以，我們這裡凡出了紛爭，便都依左宮保的規矩，一劈兩半。」

余小虎不由長長地歎了一口氣。這些天，他走了不少就撫的回回村，遇上了不少離鄉背井的穆斯林，聽了不少這類的話，這個跛子說話時，嘴唇有些歪，小虎望著他甚至有些面熟，彷彿記起當年崔偉帳下有一個馬上功夫極好的頭目，便是這麼個歪嘴。

難道昔日叱吒風雲的英雄，一個個都成了狗熊嗎？他不甘心，又說：「月亮雖圓，不幹穀哩，外鄉雖好，不紮根哩。你們未必不想回家鄉？」

這一說，眾人臉上馬上反應各異。跛子驚恐地四處一望，低聲說：「這幾年，這兒可是平平靜靜的，咱們楊姓一族奉公守法，沒出半點差錯，你可不要害人，要知道，白彥龍就用此話蠱惑民心，被抓到蘭州府開刀問斬哩。」

說完，跛子好像看怪物一樣，渾身上下打量他，還看他的馬，接著連聲冷笑，像躲瘟疫一樣躲開了。他一走便是信號，眾人齊像看怪物一樣看他，不再交談，一個個走開了。

余小虎的心，一下悲哀到了極點。這就是轟轟烈烈扯旗造反、發誓要與官府戰鬥到底的親兄弟嗎？白彥龍喋血蘭州，首級傳示各府縣。原來他生活在這一片全無心肝的人中，死了心的人，還能談什麼信仰？尿到頭上也能忍受哩。

小虎失望極了……

藏形

……河州城裡九道街，
摩尼溝出了一對好人材。
陽窪山上羊吃草，
馬五哥好像楊宗保。
天上星星星對星，
尕豆妹賽過穆桂英……

彷徨的行路人哪有心思聽唱歌？更何況小虎肩負著一個天大的使命。可天真的阿依莎不知苦不知愁，更不知余小虎的心事。

這些日子，她目光故意躲避著余小虎，卻又追著他的影子唱歌。余小虎幫人耕地，她便在田壟邊唱；余小虎在河邊牧馬，她在小樹林裡唱，唱的是一對青年戀人生死不渝的愛情故事。

余小虎回到闊別數載的隴中，就落腳在馬壽家。馬壽是一個撒拉回，也是余小虎昔日戰友哈五的岳父。

當年，哈五也是渭南回民軍中一個小小的頭目，衝鋒陷陣，殺敵一點也不含糊，不料有天一顆流彈飛來，擊穿了他的脛骨，他一頭從大青騾上栽了下來。這以後，哈五瘸了，小腿肚長期流膿出血，騎不了馬也打不了仗，白彥虎沒法，把他寄養在馬壽家。

馬壽無子，只有兩個女兒，大的叫奴寄雅，小的叫阿依莎。待馬壽治好了哈五的腿傷，白彥虎的隊伍早出了扁都溝，不知去向。

馬壽留下哈五，又給駐軍長官及本地頭人送了一份厚禮，終於讓哈五落了戶，於是，哈五入贅在馬壽家，娶了他的大姑娘奴寄雅。

當年叱吒風雲的哈五，如今收斂起野性做良回了。他拖著一隻瘸腿，墾種了一大片土地，種上了綠油油的莊稼。第三個年頭，西邊傳來白彥虎已到達新疆的消息，這邊奴寄雅卻為哈五生下個胖男娃，阿訇為他取了個經名叫爾撒。

如今，像一陣微風吹過，把打散的浮萍又聚集到一起了——余小虎回到了當年戰鬥過的舊地。

余小虎送哈五來過一次馬家，但一別匆匆，如今託足無門，哈五成了他的東道主。除了哈五，誰也沒有認出余小虎，只知他是在戰爭中失去親人的流浪漢。

小虎到馬壽家的第一天，正碰上馬家的一頭公牛與鄰家的公牛對仗，打得難解難分，一村人在旁邊乾著急，誰也不敢上去趕散。

小虎衝上去，一頓荊條猛揍，終於把這一對鬥紅了眼的頑牛趕開了。

第二天，哈五駕牛車用山貨從集上換回一車糧食，距家還有半里路，靠左邊的車軸輥子斷裂了，哈五要停車卸貨回家換輥子，余小虎道聲不必了，跳下車，一手挽起脫出的輪子，一手握住斷軸，讓哈五趕著牛車，他抬著車子到了家。

只這兩件事，馬壽一家把余小虎看成了天神，非常地敬重。阿依莎更是一雙亮晶晶的眸子專往余小虎身上盯。

「小虎，你聽，阿依莎又在唱歌哩。」哈五殷勤地說。

余小虎已幾次聽哈五背地向他提起阿依莎了，含含糊糊說：「人家本已到了唱歌的年齡哩，記得那年我送你來她家那陣，阿依莎還是個黃毛丫頭哩。」

「是嗎，」哈五說，「如今，她可長大了，遠近小夥子都想娶她呢。這裡的風俗，不完全與我們同，青年男女相愛，可不用媒妁，就憑雙方對歌，對上了再訂親。這以前，很多小夥子都找她對歌，她一個也不理睬，沒想到你一來，她的喉嚨就癢了，聽，又在唱哩。」

……殺人的刀子接血的盆，

天大的事情妹擔承。
你來是來嗎我等著哩，
大門是麻桿兒頂著哩。
你來是來嗎我候著哩，
二門是毛線扣著哩。
雙扇扇的大門單扇扇開，
你身子一趄快進來……

這一帶，回、藏、撒拉雜居。藏民閒了唱《拉夜》；回回閒了唱《少年》或《花兒》；撒拉閒了唱《伊日》——都是民歌，閒了都唱，有了心事或愛上了誰能不唱？阿依莎是撒拉人，撒拉人也信伊斯蘭，故又稱「撒拉回」。阿依莎唱的自然是「伊日」。她唱得動了情，那聲音顫抖著，像夜鶯，也像雲雀，鑽雲追月，穿花度柳，句句都送進了小虎的心裡。

哈五說：「小虎，阿依莎愛上你了，你留下來吧。這裡有耕不完的荒坡，獵不完的野兔。我們住一起，不就成了名實相符的兄弟了嗎？」

余小虎說：「哈五，你瘋了嗎？阿依莎不知情，大伯也不知情，你可了解我呀！難道要害他們滿門抄斬嗎？」

哈五說：「不用擔心。這窮山僻壤，誰也認不出你。再說，這麼些年了，官府也放鬆了，不再像過去清查得緊了。」

「哈五，你成家了，有了奴寄雅，有了爾撒。你安心去做一個良回吧，我不怨你。可我這一生是注定要在刀下死的。」余小虎決絕地說。

可哈五仍不死心，他苦口婆心地勸道：「小虎，你死了這條心吧。過去陝甘兩省，綠旗遍地，白帽如雲也沒反過去，如今官軍多得像樹林，怎麼能成功呢？」

余小虎冷笑道：「依你說的，那邪惡將永遠替代正義，黑夜將永遠替代陽光，穆斯林將永遠受異教徒欺侮？」

哈五說：「這可是事實啊，有什麼辦法？」

余小虎「哼」了一聲，說：「可阿拉卻向我預示，不久，這裡仍將發生戰爭，正義將戰勝邪惡，陽光將灑滿大地，窮人將揚眉吐氣，團練、官府、叛徒、左宗棠都將被殺死，屠宰場上官員的肉將像狗肉一樣地賤！」

哈五驚奇地睜大了眼，像在聽一個瘋子在說話。

說歸說，小虎自有主意。

……壓定壓定且壓定，
西頭出了個蘇阿訇。
蘇阿訇引的撒拉兵，
一心要奪蘭州城。
蘇阿訇，沒才情，

搬個師傅是馬明心。
馬明心師傅才智大，
練起了三千六百老撒拉，
要保蘇阿訇奪天下……

這些天，循化的八工忽然來了一個流浪藝人，一次又一次出現在街頭，唱起了這首《河湟事變歌》。

這歌說的是在乾隆四十六年春，有撒拉回回馬明心，創立回回新教，與老教起了衝突，因官府庇老教，禁新教，引起新教教徒不滿，新教教徒中，有個名叫蘇四十三的阿訇，發動撒拉兵造反，一度攻佔河州，包圍蘭州，後來高宗派大學士阿桂統兵數萬來到，才把這次暴動鎮壓下去。

這歌敘述了事變的全過程，因此，很多上了年紀的人都能唱幾句，卻又唱不全，因為它太長。此人卻唱得有根有葉，終於引起了人們的注意。

看外貌，此人年紀一大把，但身子骨硬朗，一臉花白的胳腮鬍鬚，把臉遮掉了一半，頭上戴一頂大而舊的氈帽，罩住額頭，只露出一雙眼睛，披一件老羊皮大襖，一副窮途落魄、潦倒不堪的樣子，懷抱一把舊三弦，彈撥出低沉的「嘭嘭咚咚」聲，用那悲愴的音調，走村串戶唱曲文。

人們注意到，凡是遇上了貧苦的回民居住地，或是在耕作、打工的窮漢，他便停下來唱，人們給他個菜坨子、糠粑粑，他唱得更起勁，但碰上團練、或駐紮的官軍，他則露出一副瘋瘋癲癲的醜相，找他們胡攪蠻纏，引得他們生厭而把他轟走。

……櫻桃樹的樹葉捲成大豆角，
蘇阿訇搬的幫手是韓二哥。
韓二哥的才智大，
要保蘇阿訇與乾隆天子抗一下……

這樣唱了兩天，引起了一個有心人的注意。唱曲的人在前面唱，便有三兩個身分不明的人在後面跟，唱的人走走停停，後面的人也不離不即，抄著手，裝成個好奇的樣子在聽，唱曲人似乎也發現了，但毫不在意，繼續唱他的：

……韓二哥上了白莊塘，
來了個老教的尕戶長。
韓二哥一見多喜心，
叫聲戶長你且聽。
我有三千六百兵，
要保蘇阿訇坐朝廷。
我的三千六百人單得很，
我們新舊兩教一起爭。
倘若得了蘭州省，

蘇阿訇的大事就能成。
你就是開國的大元勳……

老人唱著出了村子，來到北邊一大片荒草地上，猛回頭一看，見這三四個人跟了上來，忙轉身站定，向眾人行了一個禮道：「朋友，大道朝天，各走一邊。你們為什麼老是盯著我？」

這幾個先是一怔，繼而走出為首的一個衣著較為整齊的人，他跨上前來，也行了個禮說：「大雪滿山，改變不了山勢；鬚髮滿頭，掩蓋不了真容——我家主人覺得尊駕的聲音好熟。」

唱曲人一聽，馬上反問：「你家主人是誰？」

那人卻不慌不忙，又行了一個禮說：「請您跟我走一趟。」

說著，他向後一招手，只見遠處早停了一輛三匹馬拉著的篷車，那人一招手，車子便緩緩地駛了過來，那人把唱曲的讓上車，自己跟上去，又放下車門口的青布簾，把車子遮得嚴嚴實實，眾人坐穩，車子就飛奔起來。

點火

不多久，駛進一座深深的宅第。進了二門拐了一個彎，停了下來，有人招呼唱曲人下車。他下來先是把前後左右的環境匆匆掃視一遍，臉上微帶笑意，跟在僕人背後大步跨進廳堂。

只見堂上擺設整齊，正中一張紅漆八仙桌，兩邊各一張太師椅，上頭坐一個神情憔悴的老人，年約六十，長鬚銀髮，刀條臉上病懨懨的，一副晦氣相。旁邊卻立著一個虎虎有生氣的小夥子，二十左右年紀，白帽白袍，卻罩一件鑲邊皮馬甲，一望而知是個富紳子弟。唱曲的忙上去行了個禮，說：「我道是什麼人如此看重，原來是韓文俊韓大阿訇，哎呀呀，老人家，您可是愈來愈富態了。」

廳上端坐的韓文俊先是一怔，身子微微動了動，但馬上鎮靜下來，仍穩穩地坐在椅子上，手掌輕輕地往八仙桌上一拍，指著唱曲老人說：「余小虎，儘管你藏頭露尾，我可早看出了你的行藏，真人面前不說假話，收起你的假面具吧。」

裝扮成唱曲老人的余小虎一聽，不由哈哈大笑，他一邊取下氈帽、假髮、假鬚，一邊大聲地說：「韓阿訇好眼力，可惜呀可惜。」

韓文俊一聽，不解地反問：「可惜什麼？」

余小虎仍是用那玩世不恭的口吻說：「同教之人，一別數載，雖說眼下一榮一枯一富一賤，可也不能如此輕侮呀。」

韓文俊瞪了他一眼，馬上會意，且立即換上笑容，手往旁邊椅子上一指說：「請坐。」

余小虎坐下來，僕人送上香茶，小虎低頭喝茶。韓文俊一邊自我解嘲地說：「當年官府驅秦回入隴，數十萬陝西義軍流落隴中，韓某人也是湟中一路義軍首領，對你自然眼熟耳熟，今日一眼識破，也不是奇事，談不上可惜呀。」

余小虎見他仍在追問先前的話題，笑了笑，顯然有些離題地說：「自同治元年事變至今，一晃近二十年，這期間許多人家絕了戶，這且不說，傾家蕩產的也不在少數。像韓阿訇這樣又發財又做官的，卻真是鳳毛麟角呀。」

一聽此話。韓文俊大感刺耳，忙說：「哼，余小虎，大前年官軍光復南疆，紅旗報捷之日，奏章上你的大名列在就擒巨逆的首位。如果我沒記錯，你是吃了三萬六千刀魚鱗剮的人，看來，你是用的金蟬脫殼之計了。」

余小虎輕鬆地笑了笑說：「韓阿訇，你不覺這話問的多餘嗎？」

韓文俊說：「可是，現在關隴平定，大清國河清海晏，四境安寧。你又出現在八工，吟唱反歌，難道想讓湟中又死灰復燃嗎？」

余小虎一聽，立即連聲冷笑說：「韓阿訇真會粉飾太平。大清國是否河清海晏姑且不說，就說湟中一帶真是一堆死灰麼？」

「這，怎麼不是？」

「哼，自西寧東大寺被廢，西寧一道，眾鄉親早已咬牙切齒，認作了奇恥大辱。眼下流言四起，人心浮動，眾人為護教，皆有意重舉義旗。這分明是一堆乾柴，怎麼看作死灰？」

韓文俊對著余小虎望了半天，忽然有所悟地說：「西寧東大寺違制營建，被廢理所當然，至於禁絕伊教，毀滅所有清真寺之說，據我了解並無其事，顯然，這風是你吹起的。」

余小虎淡淡地一笑，不否認也不承認。他說：「韓阿訇真能，就憑著一些蛛絲馬跡，居然也看出了什麼風頭。只是，這又可惜了哇。」

韓文俊已聽出了小虎的含意，於是說：「余小虎，你改容化裝而來，看來是衝著我了。有什麼話，乾脆明說，不要左一個可惜，右一個可惜。」

余小虎一拍掌，說：「好，痛快，我也明說吧。想當年陝甘大暴動，十大門宦攻河州，韓阿訇也算是小小一路諸侯。不想一旦屈節投降，受官府牢籠後竟如此軟弱，受他人頤指氣使，如鷹如犬這也罷了，可主人卸磨殺驢，你連自己兒媳婦也不保；西寧堂上，當堂受責，賠了夫人又折兵，堂堂的韓大阿訇，這樣的委屈能忍受，還有什麼委屈不能忍受？所以，我說，你眼尖耳尖鼻子尖，把我五臟六腑看穿了算什麼？這是鷹啊狗啊都有的本領，我不左一個可惜右一個可惜又如何？」

這話一說，韓文俊不由勃然變色，他猛一拍桌子，指著余小虎喝道：「余小虎，你不要欺人太甚！」

不料此時韓文俊身邊的青年人卻忍不住了，他一把拉住韓文俊的手顫聲說：「爹，人家說的，句句是真啊！」

韓文俊開始還聲色俱厲，裝腔作勢，此時經兒子一點破，就像個洩了氣的羊尿脬，一下蔫了。父子倆當著小虎，竟抱頭痛哭起來……

這一帶撒拉人多姓韓，但這「韓」卻不是戰國時以國為姓的「桓叔之後」。據傳說，他們的頭人曾稱「汗」，子孫遂以「汗」為姓，久而久之，轉「汗」為「韓」，而部落人民又隨頭人姓，「韓」姓便繁衍了。

同治年間，陝甘回民大暴動，這一次劫難，漢回人民皆吃了大虧，衝突最激烈的地方，家家戶戶，或親人被殺、被姦；或財物被搶、被竊，房屋廬舍盡遭火焚，良田沃土盡皆荒廢，但是，其中也不乏乘亂而升官發財的，鄉約韓文俊就是其中之一。

循化縣屬西寧府，但距河州較近，人民也多有往來。河州西鄉摩尼溝何家莊的馬占鼇，是一個有膽有識有計謀的英雄，韓文俊與他關係最親密，對他最崇拜，馬占鼇的話，他句句聽。

當年，二人一同在西安大學習巷清真寺求學，同窗數載，朝夕相處，馬占鼇家貧，衣食常有不周；韓文俊家中殷實，時常周濟馬占鼇。

穿衣（畢業）後，二人同回到家鄉，各自在本鄉寺中當開學阿訇，雙雙逐漸嶄露頭角，韓文俊遇事少主意，常到馬占鼇處討教，二人雖為同學，馬占鼇成了他實際上的老師。

馬占鼇巧嘴利舌，很能博得本門宦的人的信任。他家雖貧，但叔叔家中富有，馬占鼇常勸叔叔，把錢財淡看些，但叔叔不信。

後來，馬占鼇便公開警告叔叔：高利盤剝，害得窮人傾家蕩產，有違阿拉聖教。若不把窮人的債券毀棄，他便要念黑經，置叔叔於死地。叔叔果然害怕了，他深知這個侄子敢作敢為，於是，只好當眾焚燒了債券。這一來，馬占鼇在眾人心中，簡直成了阿拉的使者，人人皆樂於聽他佈道。

後來，陝西回民起事了。甘肅風聲也一日緊似一日。家在巴燕戎格的撒拉回民馬尕三已舉綠旗造反了，他西擾西寧，東攻河州，漢人團練皆不敢攖其鋒。

馬占鼇為保鄉土，約集本鄉子弟編練成軍，馬尕三來攻，被殺得大敗而逃。於是，眾人愈加信服馬占鼇，認為他有能耐，事事聽他的。

這時，漢回仇殺愈演愈烈。為自衛，河州四鄉及鄰近的循化廳一帶，各莊都在祕密醞釀，準備起事。處此形勢之下，韓文俊問計於馬占鼇，馬占鼇教他八個字：積聚人馬，靜觀待變。

韓文俊回到家中，便也積極準備。他的家族人多勢力大，在循化上四工算是首屈一指的大戶，故韓文俊出面一號召，立即把本族人抓到了手中。

不久，河州東鄉的馬悟真、閔殿臣首先舉綠旗殺團練了。馬悟真、閔殿臣名望皆不及馬占鼇，為號召眾人，他們一齊來請馬占鼇出山為首領。

於是，馬占鼇自稱「都招討」，一封書信到八工，韓文俊立即帶了本族人馬，投到馬占鼇麾下，於是，各門宦人馬集結在馬占鼇名下攻河州。

第一次沒攻下，馬占鼇的弟弟反被燒死了。他總結教訓，整頓部隊，重申了紀律，終於在第二次進攻時佔領了河州城。

因為第一次攻城沒攻下，河州四鄉的漢民富戶皆以為河州穩固，便攜家帶眷，帶著大批金銀細軟逃到了河州，此一番攻破河州城，紀律大亂，殺了城內漢民約一萬餘人，財產被搶劫一空。為了挖漢民窖藏的金銀，眾人各顯神通，到處亂鏟亂挖。

馬占鼇看不下去了，責備眾人，不該把「矛頭變成了鏟頭」。

東鄉門宦閔殿臣等人對他不滿，鼓動一些人來殺馬占鼇。

馬占鼇在本門宦及韓文俊一派人保護下，離開了河州，回到了摩尼溝。

面對眾人胡地胡天的行為，馬占鼇告誡韓文俊，凡事不能做得太絕，要為自己留退路。「太子山沒有積石山高，回民沒有漢民人多力量大。」馬占鼇約束部下，只要漢人從了教，就要饒恕他們。

韓文俊記在心裡。他們莊子裡，有一半漢人，其中監生張壽山與他過去有交情。在韓文俊庇護下，張監生一族人宣布從教，於是都安然無事。

後來，陝西回民軍退到河州、循化一帶，他們中有人起了掠奪從教漢民家產之意。韓文俊強烈反對，幾乎和陝西回民起衝突，也因此頗獲漢民的感佩。

這以後，馬占鼇投降了左宗棠，韓文俊始終跟著馬占鼇跑。

西寧的馬桂源、馬本源兄弟來循化，韓文俊便不再跟他們跑了，不久，二馬就擒受戮，左宗棠派總兵沈玉遂、知州潘效蘇來辦善後，大治逆回餘黨，張監生等人紛紛遞稟，保韓文俊是個良回。

於是，韓文俊不但沒有受懲罰，反而當上了本鄉鄉約，兩年後，他又隨馬占鼇討伐復叛的閔殿臣，殺了東鄉的閔殿臣家族不少人，得了個六品軍功，那些復叛的回紳被鎮壓後，財產、莊園大半到了馬占鼇、韓文俊手中。

有人說馬占鼇、韓文俊用同教弟兄的鮮血換來頂帶花翎，這一點也不假，這以前韓文俊的事業確實是與馬占鼇緊密相連的，可這以後，韓文俊的命運卻沒有馬占鼇這麼順暢。

今年五月，厄運忽然降臨到了韓文俊身上——兒子努海，是個十九歲的小夥子，前不久，韓文俊為他訂了東鄉一個富戶的女兒為妻，已納聘下彩，迎親這天，韓家遍請賓客，張燈結綵，大操大辦，兒子努海則在親屬、媒人陪同下，駕了三輛馬車去迎親。

不想迎親隊伍經過積石關，新娘子卻被積石關守將劉楚漢搶去了。兒子努海追上去理論，腿上被搶親的官軍砍了一刀。

韓文俊寫了一張狀紙，告到循化大堂，結果卻輸了官司，回家就病倒了。

眼下余小虎快人快語，一句話便戳著了他的痛處。他還想裝模作樣，強自鎮定，不想兒子卻忍不住了。

望著父子倆無限委屈的樣子，余小虎知道自己得手了，說：「韓阿訇，現在你可明白投奔官府，終究是沒有好結果的了？」

韓文俊抬起頭，臉上那驕矜的紳士風采已一掃而光，露出了一臉可憐相。他說：「小虎，我眼下是膽水羅鍋熬黃連——苦著哩。你何必見面要先剜我一刀？」

余小虎於是也一改冷嘲熱諷的態度，溫和地說：「俗話說請將不如激將。只因韓阿訇身分不同，我又不知深淺，不得不如此呀。」

韓努海說：「小虎哥，劉楚漢爬到咱頭上拉屎，狗官府官官相護，咱們早晚要被他們坑害完。我早想反了，只要你肯掛帥，我敢當先鋒，先殺劉楚漢，再攻蘭州城！」

小虎笑著說：「好，人說撒拉回回最大膽，三年一小反，五年一大反。馬尕三反過後，馬桂源兄弟反，韓阿訇若起這個意，正應了這句話。」

韓文俊見兒子已鐵了心，一口氣實在嚥不下，但仍有幾分擔心地說：「小虎，這反旗不好豎哩！當年長毛反東南，回回反西北，中國幾無乾淨土哩。可楚軍一來，橫切蘿蔔豎切蔥，殺得回回人頭滾滾。眼下小孩夜啼，只要說一聲左宮保來了就噤聲。我只怕咱人微言輕，沒幾個人跟著來。」

誰知余小虎哈哈大笑。他說：「老人家，你的膽子許是嚇破了？西寧府的東大寺已毀了，阿拉的聖殿上擺起了穢物，左屠夫又寫起了畫什物兒的對聯，這已是明擺著做樣子給各地看了，穆斯林沒了清真寺，到什麼地方禮拜、誦聖？所以，眾人已咬牙切齒了，只要你起了頭，撒拉人能不跟著來？扯動了一處，全域就動，同治元年就是這麼鬧起來的。眼下左屠夫開罪了俄國人，楚軍大隊盡往邊關開，誰還顧及到內地？當年他在朝廷話說過了頭，保證陝甘永無後患。咱們這裡扯旗放炮地一鬧，難保皇帝老爺子不摘他的頂子砍他的頭。他一去，楚軍成了無頭蛇，咱們還怕他個鳥。」

於是，他談起一路見聞，談起了新疆的形勢，中俄的衝突，散處甘肅各地陝西回民思鄉懷舊之情……

兒子努海懷著奪妻之恨，也一個勁於一邊勸說，內外夾攻，韓文俊的心終於動了……

虔誠的修道者

當余小虎再次回到哈五家時，臉上已有了幾分喜色。晚上，他到了臥室準備躺下時，嘴裡不由輕輕地哼起了一首小曲子。

可這一晚余小虎卻睡得很不安穩，半晚被噩夢驚得出了一身冷汗，人也醒了。直到完全清醒，他的心仍在怦怦地直跳，忙翻身坐起。

朦朦的月色中，他發現對面一個黑影正跪坐在炕上，面向著西北方在默默地祈禱。這是這家的主人馬壽在做一天中最後一次的禮拜——宵禮。

余小虎在馬壽家住了有些時日了。他發現一家人中，因田間勞作之苦，大多荒於禮拜，只馬壽一人最殷勤，一日五次，從不疏慢。

連年馬上征戰，一日數驚，朝如斯，夕如斯，余小虎的功課也多有疏忽，自住在馬家，漸漸受馬壽感染，此時，他被噩夢驚醒，忙也坐起做起禮拜來：「奉至仁至慈的真主之名，一切讚頌全歸真主，全世界的主，至仁至慈的主，報應日的主。我們只崇拜你，只求你佑助，求你引導我們上正路，你所佑助者的路，不是受譴怒者的路，也不是迷誤者的路。」

過了好一會，馬壽完成了他的功課，他向著天房的方向，虔誠地跪拜後，坐直了身子，余小虎不由也舒展了一下手腳。

「孩子，你有什麼心事嗎？為什麼夜晚也不得安寧啊？」黑暗中，傳來了馬壽慈祥的聲音。

余小虎說：「老人家，我是一個漂流者，像一片樹葉，隨風飄盪；像一朵浮萍，四海為家。要問我的心事，唉，怎麼說呢，這可是天一樣大的疑難，山一樣沉重的使命，您叫我怎麼說呢？」

馬壽說：「孩子，我看得出來，你身上確實肩負著某種使命，我認為，作為一個阿拉的順從者，你應確信阿拉的力量是無窮無盡的，他能使弱者生，強者無敵，偽善者在他面前原形畢露，信士得到厚報，但凡是虔誠的穆斯林，諸事無不順利，不信主道者和異教徒都要遭受火獄之苦，你只有殷勤的禮拜，才能在阿拉那裡得到啟示，得到力量。」

余小虎說：「謝謝您的關心，我雖有時荒疏了功課，可我時時嚮往著主，無時無刻不遵循阿拉的教導，只是，唉——」

黑暗中，傳來了小虎輕微的歎息聲。

馬壽說：「孩子，既然是這樣，你的魂靈為什麼不能得到安寧呢，你見人，眼神裡總有一股蔑視一切、不屑一顧的光，你臉上滿是殺氣。你睡夢中甚至也叫喊殺呀衝啊。難道說你眼中的人生除了殺戮再沒別的？難道說你從主的指引中看不到曙光？」

余小虎說：「老人家，主的力量固然巨大，主的啟示固然能破除眼前一切疑雲，可我覺得世間的人太愚昧了，他們執迷不悟，在邪路上徘徊，甚至為了維持低賤的生活，不惜動搖自己的信仰，我深恨這種人！」

馬壽說：「孩子，你太過分了，世人日出而作，日入而息，憑自己的勞作，獲得生活報酬、繁衍後代，他們的行為一點也沒有背離主道，主是寬宥的，你應該多反省自己，不要責備他人。」

余小虎說：「不錯，就這點說，他們沒有錯，可他們應該時刻記住，這一切全是主的恩賜呀，可他們卻容忍不通道者、多神論者、崇拜偶像者，讓邪說在世上流行；讓惡魔橫行無忌，對聖子妄加殺戮，對於這一切，他們都熟視無睹，更有甚者，他們為了苟延殘喘，竟對惡魔下拜，把殺害了千萬同教兄弟的魔鬼奉若神明，對這一切背主的行為，怎麼見不到主的懲罰呢？」

馬壽說：「孩子，你太天真了，一個虔誠的通道者應當胸襟開闊，高瞻遠矚，不但看到眼前，還要看到未來；不要去計較他人的善行，更不能懷疑主的公正，穆氏聖人曾明示我們：行一個小螞蟻重的善事者，將見其善報；做一個小螞蟻重的惡事者，將見惡報，這話可是寫進了《可蘭經》裡的啊。」

余小虎說：「怎麼不見報應？」

馬壽說：「應該堅忍，堅忍是我們的信條。」

余小虎說：「老人家，您所說的堅忍，是否就是容忍惡行呢？」

馬壽說：「不，孩子，堅忍絕不是容忍惡行，而是等待，早先，當先知穆罕默德以阿拉的使者身分佈道時，很多異教徒都反對他，甚至就革除偶像的事找上門去和他辯論，穆氏聖人耐心地向他們宣講、傳教，奉勸他們排除異端，崇奉正教，革除偶像，獨信真主，把一些人說得啞口無語。這些人說不過先知，便在外面製造謠言，誹謗先知穆罕默德，甚至陰謀殺害他，可穆聖卻從來沒有灰心，而是繼續佈道。一天，他獨自到麥加郊外，被一夥異教徒包圍，他爬上高山，就在前有追兵、後無退路之際，天使哲卜利勒率領眾天使來了，天使說：你知道真主沒有忘記你嗎？穆聖說：真主明鑒清高，不會忘記的，哲卜利勒天使又問：你知道真主能令萬物歸服你嗎？穆聖說：這是真主的恩典。天使說：你不要憂慮，萬物不齊，才能看到造化的妙處，順逆不同，才能看清賞罰的公正，安危不常，才能顯出聖品的高下。說著，天使便把穆聖送回到了安全的地方。孩子，天使對穆聖說的這番話未必對你沒有啟示？所謂『安危不常』，『萬物不齊』，『順逆不同』本是主的意志，你不能要求它馬上統一，所以，穆氏聖人一再告誡我們，對待這一切暫時的現象，我們必須堅忍，他說：如果有二十個堅忍的人，就能戰勝二百個敵人；如果有一百個堅忍的人，就能戰勝一千個不信主道的人。」

余小虎說：「老人家，我非常佩服您學識的淵博和哲人一般的修養。可是您說的我卻做不到。我肩負著先烈的囑託，必須堅決抗爭、復仇，以殺戮回報殺戮，以陰謀對付陰謀，直至為主道而死！」

馬壽說：「不行，孩子，你必須接受我的勸告。真主是至仁至慈的，伊斯蘭的本意就是順從與和平，以殺戮回報殺戮絕不是主的意志，真主更不喜歡對任何人使用陰謀，如果你一意孤行，你將不會為眾人所理解，並會發現自己處於孤立，尤其是不擇手段的陰謀，只會加速自己的滅亡，而於主道無半點裨益。」

任馬壽苦口婆心，到頭小虎只堅決地搖了搖頭，表示自己的主意絕不更改，這一場促膝談心，終於未取得一點結果。

第二天，佘小虎又牽著大白馬出門。

剛離開馬家，來到前邊的樹林邊，忽聽頭上「忽」的一聲，一朵枯萎的馬蓮花飛來，正打在佘小虎頭上。

小虎抬頭一看，阿依莎坐在樹杈上正望他笑哩。還沒等佘小虎反應過來，阿依莎縱身跳了下來，佘小虎一驚，手一伸，剛好把下滑的阿依莎抱住。

阿依莎在佘小虎的懷中哈哈大笑，佘小虎趕緊放下她，並故意板著臉說：「阿依莎，你怎麼這樣頑皮？」

阿依莎「格格」地笑著說：「飯碗撂桌上，筷子搭碗上，撒手眼前過，犯不上面如霜。」

佘小虎一見阿依莎開口就是歌，忙說：「阿依莎，我不會對歌。你找錯人了。我看，你快些回去吧。」

「哼！」阿依莎瞪他一眼說，「你不會唱歌，那蘇四十三造反的故事誰也沒你唱得全哩。」

佘小虎大吃一驚。這些天來，佘小虎一直隱瞞著自己的身分，並叮囑哈五不要說，雖然他明白，馬壽一家是信得過的穆斯林，可他覺得他們一家生活平靜、安詳，不想讓他們分擔憂愁和恐懼。

昨晚的談話，隱隱約約，可以看出馬壽已猜到了自己的身分，但沒料到阿依莎竟知道得這麼多，連自己在外的活動也在她的掌握之中。

他不由警惕地望了阿依莎一眼，見阿依莎一雙亮晶晶的大眼睛正在看他，那樣子是那麼天真無邪，不由放心地一笑，說：「阿依莎，你為什麼要跟蹤我？」

阿依莎見小虎默認，不由開心地大笑了。她說：「我不想跟蹤你，只是我想要知道，這些天你早出晚歸究竟在幹些什麼？」

余小虎只好說：「阿依莎，既然一切都瞞不過你，那我乾脆統統告訴你吧。」

於是，小虎把自己的真實身分及肩上神聖的使命全部告訴了阿依莎，並說起流落異鄉的同胞對故鄉的思念，說起了白彥虎臨終的遺憾。最後，他說：「阿依莎，你看，我的身邊時時會發生不測，就像提著腦袋在走路。為了拯救我的同胞，能容我生他心，做其他安排嗎？你是個深明大義的姑娘，是應該能明白的呀。」

阿依莎一聽霎時收斂了笑容，又深情地望小虎一眼，低頭不語。

小虎見狀，真有幾分不忍心，為安慰她，他又說：「阿依莎，我父母生下我後不久就被敵人殺了，所以，我上無兄下無弟，連一個妹妹也沒有。你是一個好姑娘，如果你不嫌棄，我希望你是我的小妹妹。」

「是嗎？」阿依莎抬著頭，閃著亮晶晶的眼，甜甜地喊道：「小虎哥，我的親哥哥！」

「嗯，小妹尕拉吉。」小虎也以親密的口吻喊阿依莎，尕拉吉是本地方言，意即「黑丫頭」，這是阿依莎一家對她的稱呼。

幾乎要凝固的空氣又緩和了，阿依莎話又多了起來。她說：「小虎哥，你知道我家裡人為什麼叫我尕拉吉嗎？尕拉吉是我們撒拉人中最善良最勇敢的姑娘，而且，她的命運正好和一個反官府的英雄連在一起呢。」

於是，阿依莎和他談起了流傳在撒拉人中的一個故事：

從前，有個叫高四古日阿五的青年，因為帶著窮人造反，被官府視為眼中釘，到處追捕他，要殺害他。

一天，他來到一個村子，被一個老漢收容了。老漢有一個獨生女，叫阿姑尕拉吉，她愛上了勇敢、正直的高四古日阿五，老漢也同意這門親事，他們結婚了。大喜之日，門外忽然傳來了馬蹄聲、喊殺聲。原來官府得信派兵抓人來了。阿姑尕拉吉知道了，急得不行，於是唱道：

高四古日阿五啊，
起來，起來，快快跑。
高山上槍響著哩，
平川上刀閃著哩，
高四古日阿五喲，
起來，起來，快快跑。

但是，高四古日阿五捨不得離開阿姑尕拉吉，他擁抱著尕拉吉唱道：

阿姑尕拉吉啊，
我心上的姑娘，
我要看一看你的黑頭髮再走，
我要看一看你的大眼睛再走，

我要看一看你的圓臉龐再走，
我要看一看你的鼻樑骨再走。」

可這時外面槍聲、馬蹄聲越來越急了，尕拉吉急得哭了，她唱道：

高四古日阿五喲，
起來，起來，快快跑。
你想看我的黑頭髮嗎？
它和你的黑馬尾巴沒兩樣；
你想看我的大眼睛嗎？
和你胸前的黑扣子沒兩樣；
你想看我的鼻子嗎？
和你的銀嗩吶沒兩樣。
高四古日阿五喲，
起來，起來，快快跑！
馬裡頭選上匹好馬，
槍裡頭背上好槍，
快跑呀，快跑！」

高四古日阿五聽了阿姑尕拉吉的話，背上了好槍，騎上了好馬，準備衝出去。可這時已晚了。官府的人馬圍上來，把高四古日阿五抓住了。看到尕拉吉哭成了淚人，高四古日阿五唱道：

阿姑尕拉吉啊，
你不要哭斷愁腸。
他們如果把我殺害，
就把我葬在太子山上。
山上的紅花是我的鮮血，
山上的綠草是我的衣裳。」

這個故事，有說有唱，很是動人。阿依莎娓娓地說著、唱著，竟哭了起來……

小虎一見，忙安慰說：「好妹妹，這是說故事呀，你怎麼要哭呢？你說下去嘛。後來呢？下面呢？」

阿依莎抬起淚眼模糊的臉，望小虎說：「後來，後來還有什麼呢？還不是殺了，尕拉吉把她的情人埋在太子山上。」

小虎聽了這個故事，也不由深深地感動了。

阿依莎哽咽著說：「我們撒拉老人說這個故事時，有說尕拉吉害了情人的。說若不是他捨不下美麗多情的嬌妻，高四古日阿五就脫險了。」

小虎明白阿依莎說這個故事的用意，不由從內心欽佩阿依莎的胸懷，只好說：「阿依莎，話不能這麼說，只能怪狗日的官府太凶殘，生生斷送了一對有情人……」

第三章 聖子・撒旦

黑虎掏心

官窯細瓷五彩帽筒上，擱一頂青金石鏤花金座頂子的官帽，雕刻精細的花梨木衣架上，掛一襲石青繡虎補子的官服。一眼望見這兩件東西，馬占鼇就不由心花怒放——他記起先知穆罕默德一句名言——天堂就在寶劍的綠蔭下。

——同治十年的冬天，左宗棠的楚軍在消滅金積堡的新教教主馬化龍之後，大隊人馬開始漸次向河湟一帶轉移。

十一月，楚軍名將傅先宗、徐文秀率五千精銳直取河州，其矛頭向著他馬占鼇為首的十大門宦，他們從臨洮一帶渡過洮河，進佔三甲集，攻向太子寺，大有一舉蕩平河州之勢。

這時，河州的各門宦才知道危險已迫在眉睫，於是，眾人集議，仍請他馬占鼇回河州主持大局。

馬占鼇料定眾人會來請他，乃與眾人約法三章：凡不聽指揮、不守紀律者，無論何人，他有權處死，眾人只好表示一一接受，接著，馬占鼇令眾人頂經發誓，絕對服從他，這才又回到河州城。

馬占鼇重新掌權後，先懲辦了幾個違反紀律、搶劫而不聽勸阻者，重新整頓了各路人馬，穩定了河州的局勢。

面對傅先宗、徐文秀的凌厲攻勢，馬占鼇親赴前線視察。他發現楚軍因一連串的勝利，已驕妄日甚，輕騎進襲，與後路相差幾十里。

於是，他料定楚軍必敗。為助長敵軍的傲氣，鬆懈他們的鬥志，他下令前鋒在河口一仗中故意輸給了楚軍，把楚軍誘至太子寺南面的新路坡。然後，他帶著心腹馬海晏到了前線。

傅先宗、徐文秀在新路坡紮下大營後，把周圍較高的山頭都佔領了。可馬占鼇和馬海晏卻發現其中有一個山頭楔入楚軍中心，因山勢較陡，楚軍只於山腰紮營，山頭未予佔領。二人當下大喜，回到營中，定下個「黑虎掏心」之計，連夜選五百名槍手由馬海晏率領，於夜間潛上山頂。

其時，正值隆冬，滴水成冰。他們佔領山頂後，馬占鼇連夜派人送土坯和水，用土坯砌牆，用水往牆上澆。因天氣嚴寒，土牆澆上水後，一夜之間便成了一道堅硬、光滑的冰城牆。

楚軍因屢勝而輕敵，夜間竟未發現敵人有如此舉動。及至天明，才知道敵人把陣地築在自己頭頂上，大營的一舉一動，全落入回民軍眼中，且全在他們土炮射程之內，傅先宗受此威脅，怒不可遏，立即調派部隊進攻。

面對楚軍的強攻，馬海晏沉著應戰。他的五百名槍手，都是河州著名的獵戶，一個個槍法極準，他下令，二百五十人放槍，二百五十人裝藥子，敵人未進入射程不准放槍，進入射程後，排子槍齊放。

這樣，傅先宗督隊從早上一直攻到中午，陣前死傷累累，可奈何不了這小小山頭。他一氣，遂搶了一杆大旗，親自領頭衝鋒。

馬海晏在山上看得明白，集合幾個槍法最精的獵手，一齊瞄準那扛大旗的紅頂子武官打。一陣排子槍響過，可憐傅先宗身上被打成了黃蜂窩。

楚軍一見主將陣亡，一下亂了套。周邊的馬占鼇馬上指揮各路回民軍殺進，那裡馬海晏揮兵衝下山，內外夾攻，楚軍支撐不住了，一下垮了下來。後軍統領、總兵徐文秀見狀，帶隊拼死命頂住。誰知獲勝的回民軍如潮水般地湧來，把徐文秀也一刀砍死了。

回民軍大獲全勝，正要乘機追過洮河，馬占鼇卻下令收軍。並下令，把傅先宗、徐文秀等官兵屍體用棺木盛殮。楚軍遺下的武器、輜重也一一收繳攏來，不准任何人侵佔。

眾人不解其意，紛紛提出質詢，馬占鼇說明了真相。原來他認準了時機，見好就收，乘勝求撫。

「兵敗投誠，或糧盡求撫，被人看輕，馬化龍，還有好幾股陝西回民就因此被左宗棠拒絕。左宗棠吃硬不吃軟，你窮途末路投他，他認定你不服輸，所以，毫不可惜地殺掉你，我們是大勝後投誠，人家就不會看輕你，也顯出你的誠意，我說的錯不了，你們照我的做吧。」馬占鼇一槌定音。

不料各門宦集團的人像第一次攻破河州一樣，不願聽馬占鼇的了，他們紛紛反對，有幾家人馬甚至不遵約束，渡過了洮河。

這一回馬占鼇可不再退縮了。他把眾頭領召集起來，先申明了紀律，然後訓斥說：「十數萬楚軍屯隴中，敗了五千人，死了兩個將軍算什麼？陳湜、徐占彪的大軍就屯在三甲集呢。你們自以為了不得，比長毛的天王如何？比金積堡的老人家馬化龍如何？再要反下去，不推舉個皇帝來，名不正，言不順，可這皇帝我是不敢做的，你們再舉出一個來吧，可要我心服他的能耐。」

這一說，眾人啞口無言了。

大勢明擺著，左宗棠若將十萬楚軍移向河州，小小的河州豈不要化為齏粉？再說，他們十大門宦中，誰的能耐勝過了他馬占鼇呢？

於是，馬占鼇當場令文案馬鏞草就降書，又令人將楚軍屍體及武器、輜重連同這一份降書，連夜送到了正在三甲集集結、準備應付回民軍反撲的楚軍後路主將陳湜的手中。

陳湜接信馬上親自齎書到行轅來報喜。

自接敗報正十分沮喪的左宗棠正考慮善後之計——河州距省會蘭州不遠，回民軍若反撲，只恐蘭州有失，局面將不可收拾。不料這裡降書遞到，聽完陳湜的報告，不由喜出望外，當下立即和眾人集議。

依徐占彪的主意，金積堡的整肅在先，此番馬占鼇抗拒官軍，使楚軍損失兩員大將，罪大惡極。再說，河州在省會蘭州附近，逆回如此猖獗，不痛剿恐其滋蔓。

陳湜卻不以為然。他說：「河州北接蘭州，西連西寧，位置十分重要。河州又是回民集中地，有『小麥加』之稱。馬占鼇很有號召力，招降了他，河湟、臨洮一帶可傳檄而定。」

此說正合左宗棠之意，當下照准，並傳令要親自接見馬占鼇。

馬占鼇拜會左宗棠，此即為後來馬家軍獨霸西北、橫行近八十年，直到一九四九年才結束的那段歷史的序幕……

天堂就在寶劍的綠蔭下

如果要信什麼預兆的話，馬占鼇那一次出門極為不妙——出門上馬，還未開步，一大群烏鴉聚集在門前大樹上聒噪不休：這分明是一個凶兆。

馬占鼇乘勝求撫，但弒官戕民抗拒官兵打死左相愛將在先，再說，河州城萬餘名漢民被殺，苦主還在蘭州城等消息，左宗棠恩威難測，雖說准降願撫，可難保在善後時不嚴懲首惡。此番，他親率十大門宦的子弟趕赴行轅，是否自投羅網、送肉上砧板呢？

眾人見他出門時正遇上烏鴉噪營，認為兆頭不好，一個個產生了退縮之意，尤其是那十個大少爺，一個個金枝玉葉，貪生怕死，更是要打退堂鼓。

馬占鼇騎在馬上，出言如洪鐘：「尕娃們，別學那些二杆子，鬆包，要永保富貴，就要冒幾番風險，成敗就此一舉，我算定了，只要你們沉住氣，不露怯，看我眼色行事，我包你們大吉大利！」

十大少爺半信半疑，跟著他上路了。

晌午時分，他們一行人到了安定行轅。一到轅門，董福祥受命正候在那裡。

董福祥為著名土匪，在平涼、固原、涇川、董志原一帶打家劫舍，馬占鼇對他早已聞名，但他歸降左宗棠後，終成正果，現掛記名總兵銜，帶董字三營，任統領，成了左宗棠的心腹愛將。

馬占鼇一看董福祥來迎接自己，馬上明白左相的用意——明顯地擺一個榜樣在面前，就看你是真改惡從善還是應付一時。於是，他笑嘻嘻地上前，下大禮參拜董鎮台，把十大少爺叫到跟前，讓他們跟董大人請安。

董福祥是個粗人，上得臺盤的話說不出三五句，只哈哈大笑著說：「我老董是前頭烏龜，我爬的路子你照著爬，保險不會跌到坑坑裡——馬阿訇，告訴你，跟了左爵相，高官由你做，駿馬由你騎，子子孫孫，享福不盡。」

馬占鼇點頭恭維董福祥說：「今後全靠董大人指教。」

當下，董福祥以左相的名義，在營中安排清真席，宴請馬占鼇一行，作陪的除了董福祥及董的部將張俊、李雙梁外，還有從蘭州趕來的幾個著名回紳。主賓席上多是穆斯林，氣氛也很融和。席間，董福祥仗著酒興，竟大吹當年當土匪殺紳糧的事，聽得馬占鼇不敢附和，只不著邊際地唯唯諾諾。

他明白，自己一入行轅大營，一言一行一舉一動就都有人監視，甚至隨時報到了左相耳中，董福祥的話誰能保證不是試探呢？再說，董福祥是個粗人，左相不會計較他，而自己卻不能亂說一句。

春季日短，飯後已是黃昏，不想就在這時，左相派差官前來傳下口諭：著馬占鼇即刻到大營候見。

董福祥一聽，臉色一下繃緊了。

馬占鼇到了這時，心中不由也有些十五隻吊桶打水，七上八下起來。但既已到了這地方，便也由不得他了，只好豁出去。

他打定主意，趁眾回紳告退，董福祥等去後營更衣，大帳中只他們一夥人的機會，再次告誡十大少爺：「千萬不可亂來，一切看我的眼色行事，不然，娃娃們，腦袋掉下可再長不出來！」

他故作輕鬆地安慰十大少爺，也藉此安慰自己。他已拿定了主意：聽人說，左宗棠為當今曹操，權術自用，予智予雄，最忌旁人說破他。此番去投到，自己既不能讓他看輕，可也不能招他猜忌。

一行人在董福祥陪同下出了董字三營的營盤，去左相的中軍大帳投到。

他們先往北走了約三里，再又轉彎向東走了約兩里，然後逕直朝南走，一路之上，盡是營盤、壁壘，明崗、暗哨、遊騎，口號之聲不絕，鐘鼓之聲相聞，布置得井井有條，防備也是異常嚴密……

馬占鼇把一切看在眼中。

這一生還是頭次看到如此強大的軍團，如此整齊有序的營伍，臉上自然流露出無限的敬佩。走了一陣，心中約摸估算了一下，明白董福祥是帶著他在繞圈子，董福祥不是個工於心計的人，可背後有人在支使、調教。他明白此人的用心，臉上不由露出會意的微笑。

十大少爺看了這些，一個個臉上皆是嘆服的神色。他們中也有人嘀咕，官家的軍隊就是不同，遠非河州十大門宦旗幟下那烏合之眾可比，特別是經過火炮營時，正巧看見一個四品頂戴的軍官，挎著軍刀，板著面孔，指揮幾個健卒抬一根丈餘長的木杆捅炮口，擦拭炮膛。他們瞍一眼炮口，那裡像一口井，黑洞洞地張著，那一堆鋼鐵，伏在地上，又像蹲一隻老虎。十大少爺無不咋舌，走過後身子骨猶有些發怵。

董福祥不無誇耀地說：「這種炮是此番從德國克虜伯兵工廠買來的，要用三匹駿馬才能拖帶，那個軍官也是才從德國學習回來的，會拆會裝會打炮，由他測準放炮，百發百中。這炮的炮彈有碗口粗一顆，一炮轟過去可以掀翻半座山！」

眾人聽了，都不敢問下去了。又走至一處，只見一座營房，門前設一張案桌。一個幕僚模樣的人在伏案書寫什麼，他的前面散立十幾個人，有的蹲在地上數什麼，旁邊則站著幾個人監督，記數，遠遠一望，好像是在數一串串的乾蘿蔔片兒。

「大爹，看，那是耳朵，人耳朵！」馬占鼇看不真切，他身邊一個大少爺卻看清了，低聲告訴他。

他還不相信時，董福祥一邊證實說：「這是劉軍門昨天送來的，上幾天陝西回民白彥虎部竄擾榆中，被劉連捷軍門帶隊截住殺了一陣，白彥虎大敗奔西寧，劉軍門追了三十里。這不，凡被殺死的都割下一隻耳朵來請功，總有好幾百哩。」

這時，一陣微風吹來，送來一股血腥味兒。

馬占鼇聽了介紹，聞到這股氣味不由心膽俱裂，那十大少爺更是魂魄也出竅了……

這時，天色已全黑下來。他們一行又走了幾座營盤，這才見前面隱隱透出一派燈光。眾人以為到了左相安營的中軍大帳，走近看時，果然見前面三座大帳，排成品字形，各個帳篷口吊兩盞巨大的紅燈籠，映得個個渾身紅光閃爍。

望著前面一排排全副武裝的衛兵直立兩排，黑暗中隱隱約約有遊騎移動，遠處梆柝聲、口號聲不絕於耳，這格局，馬占鼇料定已到了左相大帳了，於是心一橫，拱手向董福祥道：「總鎮大人稍候。」

董福祥還沒弄清他想幹什麼，只見馬占鼇「嘩啦」一聲，一下從腰間抽出一根小手指粗的鐵鍊，身子一抖，雙手一伸，早脫下上身穿的綢面大毛皮襖，又脫去襯衣，露出半身白肉，鐵鍊往頸上一掛，向身邊的兒子馬七五道：「娃，上鎖吧。」

董福祥這才明白過來，忙勸道：「馬阿訇，你這是多此一舉，左爵相可沒吩咐叫我綁人啊。」

馬占鼇大聲地說：「總鎮大人，大帥既往不咎，大恩大德，馬某我永遠銘記在心，子子孫孫報答不盡，但朝廷的法度卻是含糊不得的。」

說著，便喝令馬七五動手。

董福祥沒法，只好由著馬七五把父親鎖上，馬占鼇等兒子上好鎖，便要邁步去中間那座帳篷。

誰知董福祥一旁拉住說：「馬阿訇，這是師爺們住的呢。」

及走近看時，那燈籠上果然寫了營務處字樣，於是，一行人只好又朝前走。

過了營務處，路上遇到的兵丁漸漸多起來，各哨口哨兵問答口令聲也密了，梆聲陣陣，口號響亮，氣氛異常嚴肅，每經過一道用鐵蒺藜堆成的卡子，哨兵盤問都很認真，雖有個頭戴二品頂子的官員陪著，且事先有左相親兵關照，守把的頭目盤問起來仍毫不含糊，人數也點得極仔細。

大約過了三道類似的關卡。這時，他們不覺已上了一道高坡，四面張望，才清楚自己一行已身處大營的中心，只見四處燈光如天上點點繁星，爭相閃爍，吊燈球升在高空，如一串串水晶珠子，堂皇華貴，而無數座白色大帳篷散布在山谷樹木間，如十里長街，十里燈火，煞是好看。

馬占鼇光著上身，迎著寒風，不由有些發抖，又有幾分懊悔，懊悔自己不該錯把營務處當成中軍，多受了這一陣苦，但他明白既已到了這地步，便只有馴服羊羔裝到底，盡量做出誠惶誠恐、口服心服的模樣，不然不但前功盡棄，且首級不保。

就在這時，只見前面來了一隊人，由一對高擎著的大紅燈籠開路，「嚓、嚓、嚓」的腳步聲，整齊得如同一個人似的。

馬占鼇低頭走路，不敢仰視，待腳步走近才看清，這一隊人皆是膀闊腰圓的大漢，排成兩行，腰間佩著新式六響連發手槍，手上端一把寒光閃閃的大刀，走在最前面的這個人，身高約六尺，紫膛臉，三綹鬚，樣子十分威武雄壯。再看他頭上頂子，身上袍服時，馬占鼇驚得幾乎叫出聲來——

這分明是鑲著一顆大東珠的鏤花金座紅寶石頂子，而蟒袍上的補子繡的竟是一隻玉麒麟，手扶一柄斜掛的鑲金嵌玉的寶刀，走路時頭昂著，眼睛瞪著天，腦後那一根碩大的孔雀花翎一翹一翹的，那氣派非同小可。

馬占鼇一見，心驚肉跳，人一緊張，那一雙腿也好像不是自己的，縱使如何操縱指揮，它就是攏在一起邁不開。於是，他就勢一蹲，「撲通」一下，直挺挺地跪了下去，口中悠聲稟道：「罪民馬占鼇叩見大帥！」

有他帶頭這一跪，董福祥還未來得及攔阻，他身後十大少爺如同得了命令，竟跟著一齊跪了下去，那形勢如同倒下一片土牆似的。

董福祥呵呵大笑著，扶起馬占鼇道：「馬阿訇，你怎麼這樣急？這位朱大人是左相身邊的差官呢。」

馬占鼇一聽，這才記起官場的路數——文武一品官頂帶雖相同，但補子上有區別，繡麒麟、雲豹等走獸的是武官，繡仙鶴、錦雞等飛禽的才是文官，左相為一品文官，該繡仙鶴。面前這人繡麒麟，應該是個提督一類的一品武官，左相的差官怎麼也用一品武官服飾呢？

他心中正自猜疑，只聽那姓朱的差官閉著眼，看也不看面前的他，只大聲傳令道：「爵帥大人要單獨召見馬占鼇，其餘閒人一概在外候著。」

董福祥一聽，不敢違令。他朝馬占鼇點一點頭，乃領著十大少爺退至一邊。

那朱差官把頭一擺，身邊的衛士腳後跟一碰，身子向後一轉，前鋒改做後衛，馬占鼇由兩邊衛士擁著，戰戰兢兢地跟著朱差官又一步一步往前走。

馬占鼇側眼睃兩邊的衛士。這些人是由左相的洋教習、當年常捷軍管帶德克碑、日意格調教的兵。全照著西洋《步兵操典》上的條例訓練出來的，步伐整齊，動作規範，走起路來目不斜視，甩動膀子，孔武有力，真是既有看相，又有真功夫。想起離家之際雖有烏鴉噪營的凶兆，可自己仍有十足的信心。

眼前情景，鐵鎖加身，兩邊衛士前呼後擁，就像劊子手出紅差一般。那十分信心，不覺有九分動搖，原先那胸有成竹地做作、裝馴服，一到現在也就真假難分了。

他就像押赴刑場的死囚，隨著這一夥人轉。

轉了一個彎，避開一座呈梅花形的大帳篷，忽然，他眼前一亮——一排約二十餘支巨大的庭燎，照得百步之內，如同白晝，坡下背風處，一座特大的方形帳篷，上面遍綴流蘇纓絡，周圍用藍色布幔層層圍起，就像一排房子——所謂大丈夫決策於帷幄之中的「帷幄」，正是此之謂也，帷幄兩邊，又用鐵蒺藜把它與兵營隔開，形成營中之營，營門外高阜，一長串吊燈球，在高空中映出一面巨大的帥旗，上書一個斗大的「左」字，帳門兩邊，兩個特製大燈籠，上面清楚地書有「陝甘總督行署」和「督辦西北軍務欽差行轅」字樣，燈籠下邊，各一排虎頭牌，上面標著左相的官、爵及職銜、宮銜，真的顯赫無比。

差官將他引向帳門，那帳門是用藍錦緞鑲紅邊的棉門簾嚴嚴實實地遮著的，門兩邊，雁陣兩行，列十數名差官，那冠服一個個跟朱差官一般無二，一眼望去，果真是翎頂輝煌、錦袍燦爛。

馬占鼇又是驚奇又是羨慕，心想：「我馬占鼇不知要到何年何月，才到得這一步？」

「馬占鼇帶到！」

還未容他這個念頭轉完，身邊差官一聲大喝，一下把他又推回現實。他明白，戲已經演到了節骨眼上，容不得有半分差池。

這時，眾差官已一聲遞一聲地傳進帳去，他不由作出驚恐萬狀，似乎是聽到了要開刀問斬的樣子，身子往邊上一偏，眼睜睜一個大活人就要尿褲子癱軟了。

兩邊衛士見他這樣，趕緊上來把他扶住，立在帳前。這時，只聽又有人在大喊：「傳馬占鼇！」

只有這一聲以後，才有人上前，為他撩起了門簾。

隨著一股暖氣迎面撲來，馬占鼇明白，這下才是真正就要見到左相了。

身後風寒胸前暖，他鎮靜下來，略一沉吟，心一橫，一頭鑽進營帳，像背後有人推著一般，也不管東南西北，「撲通」一聲跪了下去，顫聲稟道：「罪囚馬占鼇，叩見大帥。」

半晌，只聽一聲夾有濃重南方尾音的官話，從帳篷深處傳了過來：「啊，呀呀，馬阿訇，貴客，貴客，快起來，快起來。」

隨即傳來一陣靴子聲，只見一雙溫軟的手將他攙扶起來。

馬占鼇還以為是差官來扶他，抬頭一看，只見一個穿綢棉襖，罩「一盤珠」羔羊皮馬甲，紮腳著便靴的矮小胖老頭，正笑容可掬地攙著自己，至此，不信也得信，眼前這矮胖的老頭，就是名震東南、威臨西北的左宗棠。

這邊左宗棠一見馬占鼇赤著上身披枷帶鎖，馬上目視左右說：「這是何人，竟敢鎖我的貴客？真是太豈有此禮了。」

說著，就要親自來替馬占鼇解鎖——幸虧馬七五鎖父親後，那鑰匙就吊在鎖邊上。左宗棠不待左右動手，親自為他解了鎖，又為他披上掖在腰間的皮袍。

馬占鼇此時手腳雖凍麻木了，人也慌得只差沒尿褲襠了，所以，竟由著左相擺布。衣服整理好後，那邊戈什哈用個紅木嵌鑲螺鈿的茶盤、托著兩個粉彩細瓷蓋盅、盛著熱騰騰的清茶上來。左宗棠雙手緊握著馬占鼇雙手，見茶來了，隨即扯他升匠。

這下可令馬占鼇頗費躊躇。

馬占鼇雖是個回回，可自小在西安讀書，後來回河州傳教，十幾年來，算是極有身分的大阿訇，關於官場的規矩，見得也不少，聽得就更多。雖然他沒有見過像左宗棠這樣的大官，一般府縣官員也打過不少交道，知道這「升匠」的規矩——官場中，官員會客時，客廳中間有一木匠，可坐兩人，中間有一小几，可放茶盅。下屬見長官，只能坐匠下第二把椅子，第一把椅子還須空著這才算恭敬，如果是資格老的屬員，或是特殊關係特殊身分的人，主人接見時，才喊「升匠」，這表示與主人平起平坐，主人特表恭敬，客人一定要固辭，而主人也會堅請，待坐下後，主人從侍役手中取茶敬客，客人也一定要回敬，回敬後，這才算是完成「升匠」這一套禮節。

馬占鼇心想，眼下自己乃是戴罪之身，剛才左宗棠和他雙手緊握，這已是伊斯蘭教中最親密的禮節了。他想，左相或許不明白。但接著的「升匠」他卻明白，這一等恪靖伯、欽差大臣、陝甘總督的「匠」是怎麼個高位置，又要具備什麼樣的資格的人才可以「升」得。於是，他連連拱手告罪道：「不敢不敢，大帥跟前，哪有罪囚的位置。」

不料左宗棠連連笑道：「馬阿訇，馬師傅，你是穆斯林中最有學問的人，左某傾慕已久，今天，我們算是朋友見面，不必拘那一套俗禮，快請坐。只管放心坐，坐下才好談話呀。」說著，又使勁把馬占鼇往匠上推。

馬占鼇不敢峻拒——他怕左相看出他的做作，睃一眼左相的匠，猩紅毛毯上，設紅木小几，兩邊又各墊一張狼皮褥子，很是堂皇氣派。他只好勉強升匠，但只側著身子坐了半邊屁股。

左宗棠又從戈什哈手上取茶敬他，這一來馬占鼇不由感動得熱淚盈眶，一時竟忘了端茶回敬主人。

「馬阿訇，好像伊教的典籍中有一句這樣的話——『真主憫下民不得其所，將權位付與帝王代理之，帝王委之於相，相分任於百官。』是有這話嗎？」

馬占鼇一聽，知道左宗棠提到的是劉智《天方典禮》上的話，但他不明白左宗棠何以劈面一句，說起了這些，所以只好含糊地點了點頭。

左宗棠見他點頭，馬上露出一絲不易理解的笑，笑畢，竟拖長語音，意味深長地說：「是啊，馬阿訇，你我可是有些相見恨晚啊！」

馬占鼇一聽這話，才明白左相上一句閒閒道來的真意——他分明是代表真主治理下民，而回民造反，雖然是反官府，便也是反真主。而接下來一句聽似平和，像是對馬占鼇作褒獎，但來得突兀，仔細體會，卻分明是責備他「何不早降？」

這麼一理解，他不由一驚，剛才鬆弛下來的神經忽又一下繃得緊緊的。好在他來的時候，已把左相可能問到的地方想了一遍，腹稿也打好了，於是，他雖頓了一下，仍從容地說：「回大帥的話，罪民之所以遲至今日才降，主要是大帥未到，大帥不來，我們有些怕……」

「怕什麼？」

「怕別人沒有大帥的海量。」

這個「別人」自然不是指左宗棠部下楚軍將領，而是指他的上手穆圖善。

當時楊岳斌告病，左宗棠未來，朝廷以穆圖善署理陝甘總督，穆圖善主政期間，對回民其實一味遷就主撫，與左宗棠先剿後撫、剿撫兼施的做法不合，尤其是對馬化龍，穆圖善已接受了他的投降，且授予他副將職銜，但左宗棠接手後，認為馬化龍是「詭詞乞撫」，是緩兵之計，故一再嚴令所部「痛剿」，穆圖善甚至攻擊左宗棠「濫殺繳變」。

馬占鼇是熟知陝甘軍事當局這些糾葛的，但他今日故意把話反說起，意思是只有左相寬宏大量，穆圖善心胸狹窄。

果然，左宗棠連連微笑點頭，卻又緊逼一句：「如今呢？」

馬占鼇一聽，馬上滾下座位，拜伏在左相的膝下道：「丞相天威，西人不復反矣！」

輕輕一句，只把孔明七擒孟獲時，孟獲見諸葛亮時說的話改了一個字，比左相為諸葛再世。左相不由眉開眼笑，心花怒放，把個馬占鼇又一次扶起來左看右看，誇讚不已。

接下來，左宗棠細細問起甘肅回變的細節以及河州前後形勢。馬占鼇恭恭敬敬、點點滴滴、前前後後地把來龍去脈向左相報告了一遍，他摸透了左相的心理，哪些該說，哪些又不該說，直說得左相連連點頭。

這一談，一直談到深夜……

第二天下午，左宗棠又接見十大少爺，當問及馬占鼇之子何以名馬七五時，馬占鼇說：「生他時，恰逢他祖父七十五歲，這也是山野之民的陋俗。」

左宗棠笑了笑說：「你的兒子，我不會讓他閒著，將來都要做官。這七五的號，只好家裡人叫，怎麼上得官印呢？我為他取個名字吧。」

馬占鼇當然巴不得兒子有此殊榮，馬上點頭稱謝道：「就照大帥的意思，煩請大帥賜名。」

左宗棠略一沉吟，當下為馬七五取名安良，字翰如。樂得馬占鼇父子手舞足蹈。馬占鼇按著馬安良，趴在地上，「嘭、嘭、嘭」連磕了三個響頭。

這以後辦善後，馬占鼇僅僅賠修了造反時毀壞的河州城城樓，其餘一切干係統統化為烏有，河州的回民軍被淘汰去老弱，編成三旗，仍由馬占鼇統帶。

左宗棠雖派了潘效蘇為河州知事，沈玉遂為總兵駐河州，但他二人於回務不甚了了，大小事全仰仗馬占鼇，以他的意見為意見，甚至西寧道張宗瀚，也常向他請教。

於是，馬占鼇實際上成了河湟一帶的主宰，比投降前自封的「都招討」威風得多。

回想起這一切，馬占鼇不由激動萬分，他常對部族心腹們誇耀自己當初決策的英明，穆氏先知「天堂就在寶劍的綠蔭下」對他的啟示。

眼下他帶兵駐河州，掛從二品副將銜，兒子馬安良也帶兵，掛遊擊銜，部下心腹馬海晏及馬海晏二子馬麒、馬麟皆為現任職官，一族人冠蓋濟濟，華服高車。他心中明白，自己能到這一步，全靠大恩人左宗棠，可不能知恩不報。

巴西古溜溜

馬占鼇一心只想實現「西北王」的夢，不想就在這時，八工的鄉約韓文俊來拜會他了。

撒拉回民中，有一首民歌，道是「巴西古溜溜，圓圓的西瓜頭，心裡沒主意呀，腦袋長得笨。」這是諷刺某些人，長一個又大又圓的頭，像一個西瓜，但沒主心骨，遇事拿不出主意。

韓文俊正是這「巴西古溜溜」。自從兒子努海聽信了余小虎的鼓動，決心又扯綠旗重造反後，他越想越害怕。但兒子鐵了心，他也一口氣不順，左想右想，仍拿不定主意。

心想，自己與馬占鼇是共過患難的朋友，當初馬占鼇抗拒馬尕三，一封信來，他韓文俊二話沒說就集合人馬跟他跑；後來說聲要造反，他也腦袋提在手中跟著他幹，真是說反就反，說降就降，二人沒有分開過。眼下自己豈可撇開馬占鼇單獨幹呢？「魁峰，他媽的，這日子不能過了。」韓文俊往馬占鼇客廳椅子上一仰，長長地歎了一口氣。

馬占鼇一見大吃一驚。這以前隱隱約約聽說韓文俊家事不順，在西寧官司敗訴。正想抽空去探問，不想韓文俊自己來了，看他那一臉戚容，不但消瘦，且一下蒼老了許多。

按馬占鼇的想法，這事根本算不了一回事，更犯不著打官司，韓文俊未免心胸太狹窄了。於是，見面就問道：「子秀，你怎麼啦？」

韓文俊一見好友問起，竟當著馬占鼇以及身邊的僕人，拍著桌子破口大罵起來。他忘記了自己還是來討主意的，竟任著性子，越罵越離譜——先是只罵劉楚漢，後來便扯上了左宗棠，甚至連當初投降的事也後悔起來，他說：「……大丈夫應該立著死，不能跪著生。當初造反，我們哪一樣不如人家？不是把傅先宗、徐文秀也給殺了嗎？那時誰不說我們英雄？可到頭卻是一條狗，人家官府騎在頭上拉屎也不敢吭一聲，你說這日子能過嗎？」

馬占鼇不意韓文俊怨毒這麼深，話說出來如此離譜，不由心生警惕。他先用目光示意僕從們退下，然後冷笑一聲，說：「日子不能過了，你打算怎麼辦？」

果然，韓文俊以拳擊桌，斬釘截鐵地說：「造反！魁峰，我想反，由你領頭。咱們河湟的州縣，各門宦都看你的眼色行事，你領頭幹，大家一定會跟著來。」

馬占鼇一聽，說：「子秀，你這不是打哈哈嗎？造反可不是捏糖人玩，你我都上年紀了，可不像當年攻河州，血氣方剛，馬上奔馳不費力，兒子們呢，像我家七五，你家努海，都是少年，沒經過大事，怎麼成事呢？所以，這非一個年輕力壯、膽識過人的人出頭不可，另外，當時陝甘遍地皆反，官府被捆住了手腳，眼下死的死走的走，你一反，官府傾全力剿你，你能成事嗎？」

韓文俊說：「你若說沒人領頭，這好辦。」

「誰？」

「余小虎呀，當年名震陝甘的大、小虎，不比咱強十倍嗎？」韓文俊於是原原本本把這幾天發生的事及會見余小虎的經過，竹筒倒豆子，統統告訴了馬占鼇。

馬占鼇一聽余小虎三字，他不由緊張了。忙沉住氣，繼續問道：「那他的人呢？還在你府上？」

「不，這小子神出鬼沒，我開始也摸不準他的去向，後來我派人跟蹤才有個底，怎麼，你想見他？」韓文俊見馬占鼇似乎有些動心，便把余小虎鼓動他時說的那一套全照說了，什麼陝甘幾十萬回民被強行安插落戶，背井離鄉皆不願意，只要有人領頭，馬上會一呼百應等等，滔滔不絕地說了出來……

韓文俊正說得高興，只聽「啪」地一聲，馬占鼇突然立起身，把手中細瓷茶盅往地上一砸，怒目金剛地指著韓文俊的鼻尖道：「姓韓的，你給我住嘴！」

韓文俊一愣，慌忙站起來，結結巴巴地說：「魁、魁峰，你、你怎麼啦？」

馬占鼇連聲冷笑說：「怎麼啦？哼，你好大的狗膽！好不知順逆！大清朗朗乾坤，河清海晏；左爵相威鎮西北，四境平安，你不思曾經身犯死罪，虧左爵相寬宥，不但未治罪，滅你的門，還給你官職。理應效犬馬之勞，報答左爵相大恩大德，卻仍賊心不死，竟勾結巨匪，妄想重豎反旗，竟還來拉我下水，真是瞎了眼睛！」

這時，隨著馬占鼇杯子一砸，外面立時竄進來幾個帶刀的鄉丁，虎視眈眈地盯著韓文俊。馬占鼇手一揮，道：「姓韓的，怨不得我，我可不能跟你做反覆無常的小人，給我捆起來！」

眾鄉丁一聽，立刻向韓文俊撲了過來……

韓文俊這「巴西古溜溜」一見這形勢，剛才那英雄氣概早沒有了，一邊掙扎一邊喊道：「魁峰，魁峰，你怎麼認真呢？我是特地來向你討主意的呀？我不是把一切全告訴了你嗎？」

馬占鼇一聽，忙示意鄉丁暫不動手，卻上前逼問一句道：「討主意？你那些話豈是討主意？分明是策反呀！」

韓文俊一邊撫著被鄉丁扭痛了的手肘，一邊苦著臉說：「魁峰，你還不清楚我麼？沒有你的話，我哪敢動那個念頭，我真是來請教你的呀？其所以那麼說，那只是正話反說呢。」

馬占鼇臉上掠過一絲得意的冷笑，手一揮，眾鄉丁退下。當屋子裡只剩下他們二人後，他虎著臉訓斥說：「哼，討主意，你不動心能來討主意？你不想想，咱們當年扯反旗乃形勢所迫，不反也得反，後來投誠，靠的是別人蹚了一條血路，人家已被你賣了一遍，還肯讓你賣第二遭嗎？左宗棠總督陝甘，除了大刀闊斧的殺戮，便是以回治回，我可是認準了他這一手才押這個寶下這個注的！現在誰不說我是個實實在在的西北回王？我何苦放棄這遙遙華冑、奕奕高居的回王不做，去當個東奔西逃、到頭難免滿門抄斬的草頭回王做什麼？你以為王法是兒戲嗎？那明晃晃的剮骨尖刀只剝得牛皮、羊皮就剝不了你的皮麼？楚軍那碗口粗的、黑洞洞的大炮轟得金積堡、西寧城便轟不得河州麼？你愈老愈糊塗，愈有錢愈小氣，劉楚漢為什麼要搶你的兒媳婦？官府為什麼不替你主持公道？你在他面前手太緊了嘛，人家不遠千里而來，圖的是什麼？你在他面前有什麼孝敬？你捨不了錢便要捨得了面子，劉楚漢搶了你兒媳算個鳥，你是一條狗，人家是主人，只要主人喜歡，他想要你女兒、要你老婆也得乖乖地送去，何況還是個未成親的女人，你有財有勢還怕討不到兒媳婦？居然還把個余小虎引到家中來，他已是條喪家犬了，幾萬精兵，他有幾萬精兵還來求你嗎？告訴你，事已至此，怨不得我不講交情。擺在你面前只有兩條路，要麼，把你解送蘭州，吃官府一剮，滿門抄斬，襁褓嬰兒也不留，田產屋宇統統充公；要麼，信我的話，抓住余小虎，解送蘭州城，我包你開銷處分，官升三級。」

馬占鼇太了解韓文俊了。

這一頓臭罵，既指明了前程，又說明了利害，就如暴風驟雨，直罵得韓文俊如夢初醒，低頭不語。待馬占鼇向他擺出兩條路問他走哪條時，他還有什麼猶豫的呢？

黑店

昔日在華家嶺上開黑店的楊五哥，如今是金縣城內清真館的大老倌了。此地為蘭州東大門，往來客商很多，楊五哥的羊肉飯館開得很紅火。

這些日子，因左宗棠即將過境，蘭州府行文沿途各州縣一律嚴加戒備，各路段道路橋樑專人守戍，路口村頭要紮起彩色門樓，各家各戶全派了公差，一時沸沸揚揚。

楊五哥是富翁了，地方公益要承擔多點，他是個隨和人，要錢出錢，要人也出錢頂，凡事攤不到要他動手，只一旁看熱鬧。

這天傍晚時分，店中傭人已關了店門打了烊，各自去方便。

楊五哥從後院踱出來，看一看前面店堂門戶及爐灶封火的情形，這是一個出身清苦而今又陡然發富的人每日放不下心的功課，不料剛走到店堂前，余小虎好像從地下鑽出來似的，一下出現在他面前。

「哎呀呀，我的媽，你，你是，我的主啊！」楊五哥一眼認出了眼前人，一下幾乎驚呆了。他剛想叫余小虎的名字，但那一張嘴剛噏動馬上被自己的意識抑制住了——此時此地，豈宜出現這麼個人！

余小虎叉著腰，鐵柱一般立在他跟前，望著他嘻嘻地笑，直待楊五哥定了神，他才伸手在他肩上輕輕地拍了一下，然後虎著臉，筆直走進內堂。

楊五哥一見他那匹大白馬仍拴在大門外，忙自己動手去把它牽進來，又把大門關上，上好栓，這才提心吊膽跟進來。

楊五哥發了，外面是一個大門面的羊肉館，裡面是上下三進、帶廂房、跨院的宅第，雇了好幾個丫頭、僕婦。

余小虎進了內堂，往梨木雕花的太師椅上一坐，伸了個懶腰說：「先拿吃的來吧，老子已是老蠻子拉稀屎，累得提不起了。」

「老蠻子拉稀」本是回民醜化漢民的話，余小虎這時用來自嘲，這多少於這較尷尬的局面有所緩解。

楊五哥忙點頭哈腰，去後面張羅，只一會，他從後面伙房拿出了豐盛的菜肴，還從湯鍋中撈出一腿煨得稀爛的羊腿，余小虎像地獄的餓鬼，一把抓過羊腿，先狼吞虎嚥地啃起來。

「小虎，你怎麼一個人來這裡呢？」楊五哥一邊不住地上下打量小虎，一邊急切地問，「聽官府說，你，你是……」

「我是被劉錦棠抓住，吃了他三萬六千刀魚鱗剮的。」小虎不屑地白了他一眼，不待楊五說完便搶白他。

「哎，這我知道，你不會讓他們逮住的。只是，還有大虎，他老人家——」

「謝謝，虧你此時還記得問起他老人家。」小虎又白了他一眼。

楊五賠著笑臉說：「小虎，我的二頭領呀，看你說的，自從同治十年冬，白秀姑帶人來我店中順手牽走了一隻『羊』後，這些年來，我一直得不到你們的確信，只能從官府的布告以及衙門裡當差的人口中，一鱗半爪，得一些消息。可他們都說你們，你們敗了。」

余小虎冷笑一聲說：「難怪，你便稱心願，搬到這裡當起了闊老闆。」

楊五一聽，知余小虎怨他不該搬到這裡，讓他幾乎尋不著，於是他眼皮眨幾眨，說：「小虎，說來你不信，當初你，還有大虎對我是何等地信任，我豈敢忘記你們？憑主的名義起誓，我一直在打聽你們的情況，至於搬家的事，可不是躲你們，要知道我原先在華家嶺實在作案太多，不能不有所收斂，避一避風頭呀。」

小虎一聽，這才和解地和他笑了笑，於是低頭吃東西。

這些天，他到處奔波，有一頓沒一頓地過日子，眼下肚皮餓得慌，他一口氣啃完這一大腿羊肉，又咕嘟咕嘟地喝掉一盆子湯，擦了擦嘴，又接過楊五殷勤遞上的滾茶。

楊五見小虎臉色漸漸舒展，眼珠轉了幾轉，為表示親熱，又把近日聽來的一些消息向小虎訴說——為了欽差大臣左宗棠的過境，官府特別加強了警戒，沿途的排場，館舍的清潔、舒適其實還在次，對安全一項特為關注，官府認為這一路之上，安撫墾荒的土客回有百數萬，難保不有亡命之人。昨天地保已鳴鑼傳示，各旅社、客棧、妓院、賭館不准容留可疑之人，過往行人憑官府發給的路引登記在冊，如有嫌疑，一經發現，立即抓起送往大牢。

——今天午後，蘭州兵備道又發出手令，並隨撥五百兵丁、捕快，持洋槍騎快馬沿途巡邏。金縣縣令得令，已把縣中三班六房的差役全發遣出去了。他們挨門挨戶，宣示府道的命令，盤問也特別仔細。以至小小的榆中縣，平靜多年，如今如臨大敵，人人自危……

余小虎仔細聽楊五繪聲繪色地敘述，連連冷笑。待楊五勸他要小心時，不由不屑一顧地說：「官府這一套你還沒領教夠麼？人家還遠著呢。今天大約才過岔口驛，距蘭州尚有幾百里，到了蘭州，要幾時才過金縣呢？別聽他們瞎咋呼。」

楊五只好連連點頭，說：「當然，官府這是虛張聲勢，但我看你還是小心謹慎為宜。」

余小虎不耐煩地揚了揚手，表示不願再聽這類話。他推開碗，站起身說：「算了，我防他個屁，我問你，你見著四喜子嗎？」

「四喜子？」楊五猛地像被人踩了痛腳反應極快，但答話的舌頭卻不怎麼靈便，吐音自然不太清楚，「沒，沒見過呀。」

「沒見？」余小虎反問一句，語氣是那麼低沉、嚴峻，臉上一下布滿了疑雲，那一雙炯炯有神的眼睛卻直直地盯著楊五手中的煙袋，又重複一句道：「沒見？」

楊五的心一下緊縮了。他順著余小虎的目光，一直回到自己手中煙袋上，就像無形中摸到一條蛇，手一抖，急欲把煙袋藏到身後，可又覺不妥，只好乾脆伸出來，一直伸到小虎眼前說：「啊，你是說這煙袋？巧得很，這是我在路邊草叢裡拾到的，那天，孩子他舅舅生日，我去賀生，在城外大路邊草叢裡，一眼發現了它，瞧，多像大虎手中那桿呀。」

「拾的，真是巧得很呀。」小虎接過煙桿擺弄，臉皮緊繃著，口中喃喃地說，「沒見四喜子？」

楊五一邊忙說：「小虎，確實沒見呀，哎，你看，你一定很累了，先休息吧，有什麼事明天再說，後頭日子還長著呢。」

看著這根熟悉的煙桿，望著周圍漂亮的房舍、講究的家具，小虎一切都很清楚了，一股怒火在心中慢慢地升騰，快要噴薄而出，可他想起自己的計畫，強壓下這股怒火，只冷冷地說：「好吧，明天就明天。」

這一說等於下了一道赦令，把陷入絕境的楊五解脫出來，他先去後面安排了小虎的坐騎，又把小虎領到後院。這裡有一大片菜地，地邊有一口水塘，塘邊有一幢獨立的小屋子，一邊關牲口，一邊堆放雜物，楊五推說避人耳目，收拾了那間雜屋，請余小虎去住那裡。

小虎不作聲，只點一點頭，緊跟他來到小屋裡。楊五把他安置好後，這才抽身出來，走在院中，先長長地吁了口氣，又取出煙袋，猛地一折兩段，遠遠地一甩，扔出五六丈遠，口中喃喃地念道：「四喜四喜，你這死鬼，幾乎把我斷送了！」

五十四歲的楊五哥，造反最早，他先是平涼城裡「扶明抗清平南王」穆生花的舊部，穆生花失敗後投奔陝西回民白彥虎，白彥虎見他本是堂倌出身，四面八方的人交結得來，又機靈，又是本地人，便令他在隴東交通孔道的華家嶺開一「黑店」，專門搜集官軍調動的情報及其他消息。

後來，陝西回民大多退往隴西及河西走廊一帶，他仍堅守在華家嶺。

那一年隆冬，何紹南離營投店，白秀姑帶一夥人穿插過來順手牽羊將其擄走後，那算是最後一次為回民軍效勞了。

這以後，回民軍再無消息，六年前的冬天，某日黃昏，風狂雪暴，他店裡沒落一個客人，老婆和孩子早早地縮在炕上，他收拾好店堂，準備關門後早安歇。

就在這時，一輛三駕馬車停在店前，跳下一個車夫，穿一件老羊皮襖，戴一頂破拉虎帽，頂風冒雪，呼哧呼哧地踅進店子來。楊五哥瞧著挺面熟，以為是常來常往的腳夫哥，忙上前招呼。

「兄弟，這麼個大雪天也出門，真是辛苦了，快把車卸下，馬牽到後面去，再暖和暖和吧。」

說著，就自己動手，幫車夫安排好一切，又尋出一個笤帚為車夫掃去身上的飛雪，二人一前一後來到店堂中。

炕房邊一溜空蕩蕩的，車夫上炕，舒展了一下腿腳，楊五哥端來一些吃的，放炕上小几上，伺候車夫吃了。

車夫又自己打水燙了腳。一切都收拾完畢，他交代車夫幾句，準備離去。就在這時，車夫開口了，他清清爽爽叫了一句：「楊五哥，坐下吧。」

楊五哥吃了一驚，抬頭一看，車夫已脫了帽，正笑盈盈地望著他，他一怔，可驀然間記不起這張臉確曾在哪裡見過。

「我叫四喜子，記得嗎？」車夫說。

「四喜子？」楊五哥仍記不得這名字是從哪聽說過。

四喜子見楊五確已認不出了，於是從懷中掏出一根短桿子白銅鍋翡翠玉嘴煙袋，向他遞了過來，說：「認識這根煙袋嗎？」

「我是個窮腳夫哥出身，沒什麼值錢的念物兒隨身帶著，有的就這桿煙袋，別看它土裡土氣不值錢，可這上面幾樣東西卻也難得，翡翠玉嘴、白銅鍋還一般，可它的桿子不是一般竹竿竿，用的是南方產的百年老水蟒藤，別看水蟒藤是劇毒，人食它幾片葉子便保不住命，可它多年的老藤心已空，是做煙桿的上等材料，用這種桿柔軟，好看，煙吸進嘴又不嗆人，不生痰上火，深山中尋一根百年老藤還不容易呢。另外，這煙盒子也不一般，是剝了小牛犢子的整個睾丸袋蒙的，嚴絲合縫，不上漆也好看。」

這是當年白彥虎與楊五分手時，揚著手中的煙袋交代他的話，白彥虎和他約定，今後來人聯絡，就必須以此煙袋為憑，見了煙袋，如見了白彥虎本人。

今天，四喜子拿著這煙袋來了，楊五一見這東西，不由一下呆了。

「我在這路上轉悠好幾天了，因你店中人多礙眼。」接上暗號後四喜子放了心，忙向他談起了此行目的，「大、小虎現在到了烏魯木齊，正招兵買馬，積草屯糧。只待兵精糧足，就要殺進關來。這邊劉錦棠也準備殺出關去，兩軍交鋒，火器為先。老蠻子的洋槍洋炮厲害。原先在關內，咱有錢也買不到軍火，眼下新疆是大世界，英國人、俄國人都在那裡做生意，只要有白花花的銀子，洋槍洋炮都有買的。」

楊五哥一聽全明白了。

黑心

那一回，白彥虎率領的大隊陝西回民趁官軍主力仍在金積堡一帶與馬化龍僵持，從華家嶺一線慢慢地往大通、西寧那邊撤。其中白彥虎帶的一班隨從在楊五店中住了好些時日。

有天夜晚，白彥虎的幾個貼身跟隨趁夜深人靜之際，在楊五的後院棗樹下，挖了一間小房子那麼大的深坑。楊五哥被驚動了，爬起來到外面看究竟。一出門，便被一個人攔住了。楊五哥一看，此人正是白彥虎。白彥虎示意他噤聲，又手挽著他的手，站在一旁看手下人工作。

坑挖好後，士兵們從外邊背進一個個木箱子，打開箱子，全是白花花的銀元寶。他們就把這些銀元寶往土坑裡填。

楊五哥一生也沒見過這麼多的銀子，不相信自己的眼睛，又懷疑這是夢境。

「這是五十兩一錠的官寶，出爐以後還從未用過。左屠夫從西安藩庫搬來發軍餉，被小虎帶人劫住了……」

白彥虎輕描淡寫地向他說起這一大宗銀子的來歷，楊五哥可沒心思聽，眼光全被簇簇光新的銀子吸引住了。這種木箱子跟子彈箱差不多，每箱各裝二十個大寶，每個大寶重五十兩，一箱就是一千兩。四個親兵每人搬了八趟，四八三十二箱，一坑埋了整整三萬二千兩。

三萬二千兩白銀，假若歸一個人所得，可是一注可觀的家私，能買多少良田，能置多少產業，楊五哥一時還算不出來。這時，親兵們已把坑掩好，多餘的土又搬到外面撒掉，且從外面搬些老土來撒在上面。

一切全做得既麻利又細緻，天衣無縫。

眾人散去後，楊五哥還在發愣，白彥虎拉他到房中。

房子裡坐了一個阿訇，一個社老，楊五哥不知這是為什麼，剛要發問，白彥虎把一捲羊皮抄錄的《可蘭經》放到了他的懷中。

「你起個誓吧，今晚看見的，絕不告訴任何人。」白彥虎嚴肅地說。

楊五哥見了這陣勢，無法推脫，真的頂經起誓了。

「左屠夫的楚軍凶得很，我們要暫時避其鋒芒，隊伍往西撤，不知啥時日再回來，行軍打仗，因糧於敵，這一筆銀子暫時用處不大，我把它先交與你，我們要用時，必派個熟人來，來人以我的煙袋為憑。年深月久，三年五年，假如你得不到我們的消息，你將銀子取出，或救濟受難同胞，或乾脆起造一幢清真寺吧。記住，這銀子上面有千萬義軍的血和淚，你可只能用於扶助窮苦的同胞啊。」

白彥虎鄭重其事地交代楊五哥。

自從院子裡埋下了這一筆銀子，楊五哥擔著個天大的心事。後來，他成家了，可也沒敢在老婆面前提起過。

今天，四喜子來了，手上拿的正是白彥虎當年讓他認準的信物，這時，楊五哥才依稀記起，當年住在他家的白彥虎的隨從中確有個叫「四喜子」的親隨。

「就憑你一人一車？」楊五疑惑地問。

「前站就有人接應。」

「沿途官府盤查得好嚴。」

四喜子笑了笑，身子一歪，從腰間取出一塊火漆上蓋有官印的腰牌，說：「不怕，我是官差，有糧台的路引、公文及兵部火牌，沿途關卡，誰敢攔我？」

楊五哥無話了。

他安排四喜子睡下，四喜子累了，上炕便呼呼大睡，楊五哥卻睡不著，到了半晚，沉睡的四喜子突然驚醒，忙喊起楊五，點上燈，四喜子背钁頭，一同來到後院。

四喜子是當年埋銀者之一，熟悉得很，不用楊五指點，馬上動手，一下一下掘起來。坑刨開了，白花花的銀子顯露了，在微弱的燈光下，它仍是那麼光新，那麼耀眼，在楊五哥眼前，光焰焰一片。

四喜子在坑下遞，楊五在坑上接，越取越深，三十二箱，一箱也不少，全遞上來了，在楊五哥簡陋、低矮的院子裡，碼成了一座銀山。

院中的銀子挖走了，他從此就可睡個安心覺了嗎？如果是這樣，他一輩子也要後悔死。這些年，他一直在這些銀子上動心思，關外白彥虎的消息常有傳來，只要白彥虎不死，楊五逃到天涯海角也會被尋出來，可就這麼輕鬆地讓四喜子運走？

楊五站在坑邊，一顆心幾乎要蹦到口裡，幹，還是不幹？

最後一箱銀子遞上來後，四喜子的頭已沒入地下。他遞上钁頭，準備讓楊五哥拉一把，借他的力跳上來。

可他遞上钁頭，等於交出了命——楊五哥不知哪來的狠勁，竟接過钁頭，猛地往毫無防備的四喜子頭上挖下來，四喜子就這樣被挖得腦漿迸裂，吭也沒吭一聲，死在坑裡。

楊五哥就地埋了四喜子，就用他那三駕馬車，裝上這六百四十個官寶，叫起老婆和孩子，一齊坐上車，一把火燒了這鳥黑店，一路順風藏在老婆娘家。

他花兩個官寶賄賂了地方，又花兩個官寶先在鄉下安了家，躲了三年，西邊傳來新疆收復，白彥虎率殘部逃往俄國的消息。

楊五哥無後顧之憂了，他搬進榆中城，買下一幢大羊肉館，順順當當做起了富翁。

就在他盤算如何用錢為兒子捐一個功名時，余小虎今日倏然而至。這剁千刀殺萬刀也不死的草上飛啊，他是如何尋到這的呢？當初坑裡幹掉四喜子，一把火燒了黑店，幹得何等的乾淨俐落，可好像四喜子陰魂不散，陰差陽錯，臨走時卻沒有扔掉這桿煙袋，今天，余小虎一眼就認出了它。

這小子鬼精，心計又多手又狠，他沒有繼續追問絕不是疏忽，而是另有所圖。

楊五能待到明天，等余小虎來找他算帳嗎？

楊五走後，余小虎寬衣上炕。

他明白，這小子有家有室跑不了，明天再慢慢磨勘他。不料解開腰帶，正要脫褲，不知怎的，只聽得「錚」地一聲，一直別在腰間的那把名貴的短刀忽然跳了出來，掉到了地上。

這把刀，余小虎測看了多次，幾乎每次在余小虎殺人時，它都有先兆，只是此番的預示有些多餘。

他彎腰拾起刀，只輕鬆地笑了笑。

余小虎確是奔這一筆銀子來的，好些舊人都知楊五哥發了家，但沒一個人知道有窖藏的事，這事當初做得太機密，知情人的圈子很小很小，而這些人眼下死的死了，有的流落到了異國他鄉，四喜子長眠在華家嶺那土坑中，誰個來找楊五哥算帳呀？

不想余小虎活著回來了。

為了振興伊教事業，亟需用錢，為此他四處尋找楊五，奔波了好些天，終於有了線索——過去義軍的頭目，如今當上了土老財，看情形，四喜子栽在他手上了，他用義軍鮮血換來的金錢，為自己營造了舒適的安樂窩，這個吃人不吐骨頭的傢伙！

余小虎強壓滿腔怒火，在心中盤算，拿定主意後，他先和衣躺在床上休息，四更時分，他忽然被一陣窸窸窣窣的響聲驚醒。這聲音極低，且伴有腳步聲。

余小虎頓時睡意全消。他悄悄地屏住呼吸細聽，外面果然是有人在搬東西。不一會，只聽楊五伏在門邊低聲喊道：「小虎，小虎！」余小虎故意發出呼嚕聲，不回答。

這時，只聽楊五在外面低聲吩咐道：「他已睡死了，點火吧。」

余小虎悄悄地溜下地，輕輕地拔出門栓往外一推，門在外面堵死了。

余小虎急了，忙推窗子，小小的吊腳窗，木櫺子挺結實，且也從外面上了栓子，余小虎抬頭一望，見房子不高，他一個縱步跳去，手挽上了木架，於是，他攀上屋架，從頂上頂開屋瓦，一下爬到了屋頂上，低頭一望，只見自己睡房四周已堆滿了乾柴，西北一角早已劈劈啪啪地燒了起來……

一股怒火直透腦門，他抽出短刀，撲了下來。

楊五還在下面指揮兩個僕人點火，沒有防余小虎會從屋頂躍下。

余小虎跳下來，先左右兩腳，把兩個僕人踢倒在火堆上，楊五一愣，正要轉身逃走，余小虎從後面撲上來，一把抓住他的後頸，摁翻在地。

楊五這幾年養尊處優，手腳極不靈便，只好趴在地下告饒道：「小虎，小虎，看在阿拉的份上……」

余小虎怒喝道：「你這惡魔、撒旦，還有臉提主的聖號嗎？」

說著，一刀扎進了楊五的心窩，一刀下去，抽出來又一刀，一連扎了好幾刀。

這時，兩個僕人早從火堆上掙扎而起，幾下逃得沒影了，余小虎怒不可遏，轉身抱起一捆捆已著火的乾柴，往楊五的住房大院亂扔……

一時之間，大院四處火起，小雜屋已燃成熊熊大火。

這時，樓上有人在大喊大叫，余小虎也無心戀戰，他迅速從已著火的牲口房裡牽出「天山神駒」，一溜煙跑了出來。待他馬上走了十餘里，回頭仍見金縣南關一帶火光沖天……

第三天黃昏，他拖著疲憊的身子回到了八工，然而這裡卻布置了一口陷阱、一張羅網在等他……

帶血的情歌

離韓文俊家約兩里，余小虎就下了馬。

韓文俊曾一再央求他，起事前白天不要貿然來找他，他周圍全是余小虎的熟人，恐怕走露風聲。哪怕有急事也得化裝或乾脆等到晚上。

現在，余小虎急於見他，告訴他那一筆窖銀已沒有指望，得另外想辦法。

他牽馬進了樹林，鬆開籠頭，讓「天山神駒」自由自在地去覓一口枯草，自己則漫步林間，活動一下筋骨，慢慢地等待天黑。

就在這時，忽聽得林外大路上響起了一陣馬蹄聲，余小虎憑直覺馬上測出來人是朝韓府的方向，人數在三十與四十之間。

他急忙隱身林內，悄悄向前望去，不一會，馬隊走近了，為首的一匹黃馬上，坐的正是韓文俊，與他並轡而馳的是頭戴紅纓帽、身穿藍戰袍、掛腰刀的一名軍官。這軍官雖一晃而過，但余小虎馬上認出是馬占鼇手下親信馬海晏。後面數十人馬，皆是全副武裝的官兵，他們像在外執行公務才回，臉上表情異常嚴峻。

一見這形勢，余小虎馬上明白，這韓文俊又靠不住了。這個反覆無常、變過來變過去的叛徒！想想自己半月來的苦心，一切統統化為泡影，余小虎一下灰心到了極點。

但沉重的馬蹄聲卻又像向他發出警告，韓文俊既已變過去，那麼，他絕不止就只向官府吐露實情，一定要抓到自己或窮究他人，以此洗刷自己。

自己既已識破他的行徑，固然不會自投羅網，但馬壽一家收留自己，是否讓他嗅出蛛絲馬跡呢？一想到這層，霎時之間，馬壽、哈五，還有多情的阿依莎一齊出現在他眼前……

「不行，不能坑害了這善良的一家子，應先去送個信。」余小虎打定了主意，不料此時已晚了。

阿依莎的家在堡寨邊上，正坐落在一處山坳裡，前面有一片小樹林，一條山溪載著清泉從山上汩汩地流下來，淌過樹林，流向遠處。余小虎一馬行到這裡，「天山神駒」一見清泉，馬上駐足不前，鼻子裡發出「呼哧呼哧」的聲音。

余小虎知道它渴了，四處一望，山林顯得無比的寂靜，馬壽家的石屋正掩映林間，夕陽的最後一抹晚霞，正落在屋頂上，一縷炊煙在裊裊升起……

看來，一切都還平靜，馬壽家安然無恙。於是，余小虎跳下馬，讓它去喝那山泉，準備讓它喝飽後，再牽著它，慢慢地走進屋去。

「天山神駒」一頭插進溫暖的山泉中，狠狠地飽喝了幾口，忽然，它抬起頭，發出一長串悠然的鳴聲。

不料這一聲馬嘶之後，好像是被它引發似的，立刻從樹林深處，那若隱若現的石頭房子裡，傳出了阿依莎那清亮的歌聲：

……高四古日阿五喲，
起來起來快快跑。
高山上槍響著哩，
平川上刀晃著哩！
高四古日阿五喲，
起來起來快快跑！

余小虎先是輕鬆地吁了一口氣，阿依莎又在唱歌了。想到她對自己的一片癡情，想到馬壽一家對自己的俠義，余小虎不由感到深深的歉疚。

他在心中默默地祈禱：「偉大的主啊，請賜給美麗善良的阿依莎一個勝我百倍的男子吧。保佑她一輩子過上稱心如意的日子吧，主啊。」

他不想馬上進屋，想聽阿依莎把這歌唱完。於是徘徊在溪邊……

但聽著聽著，卻聽出了異常的聲音——今日，阿依莎顯然很急躁，那歌聲短促、急迫，音調痛苦、悲哀，且一句複一句，只重複高四古日阿五和阿姑尕拉吉新婚的一段，像是處在某種壓抑、緊迫的環境下唱出來的……

啊，難道出現了什麼意外？想到林間發現韓文俊與官兵的情況，一種不祥的預感襲上心頭。

他急匆匆重新為「天山神駒」套上籠頭，正準備跨上馬背，就在這時，只聽石屋裡突然傳出怒喝聲，隨即一聲清脆的槍聲響起，阿依莎的歌聲化作一聲慘叫，消失在寂靜的山林上空。

但這寂靜非常短暫，只見馬上喊聲大起，十幾個頭戴紅纓帽的官兵手持刀槍、鳥銃從各自掩蔽的地方一齊衝了出來……

馬占鼇派兒子馬安良、心腹馬海晏到了八工，在韓文俊家埋伏了三天，不見余小虎的蹤跡。

馬海晏急了，於第三天下午帶人馬包圍了馬壽家，他令人將馬壽及哈五吊起來，用浸水的鞭子抽打，逼他們講出余小虎的下落，但任他們鞭子打斷，二人相繼昏死幾次，可就是不開口。

於是，馬海晏令人將馬壽一家捆送河州，只留下阿依莎作誘餌，令馬安良帶人四面埋伏，自己則偕韓文俊回到八工。

看到一家親人被抓走，餘下的兵丁在張網以待，阿依莎十分著急，她估計，只要余小虎脫險，馬安良抓不到余小虎，官府也無法定父親的罪。

余小虎出外三天，今天說不定回家，回家可就陷身虎口了。整整一下午，她心急如焚，想不出救人之計，看看黃昏將近，溪邊果然傳出大白馬悠長的嘶鳴聲。怎麼辦呀？阿依莎一急，猛然想到自己和余小虎講起的《阿姑尕拉吉》，眼前的情景，不正與高四古日阿五和阿姑尕拉吉分離的時候相合嗎？余小虎聽自己講過這故事，他是個機靈人，一聽就會明白的。

於是，她推開窗子，向著溪邊，放開歌喉唱了起來。

樹林邊的馬安良聽出這歌聲不對，衝進屋不准她唱。阿依莎早做了準備，馬上跑到自己房裡，關上房門對著窗戶唱。

馬安良進不去，眼看魚兒已到了網邊要溜走，只好從窗戶向阿依莎開了槍，可憐的阿依莎，一下撲倒在血泊中……

聽到那一聲槍響和尖叫，余小虎還有什麼不明白的。他猛地飛身躍上了馬。

這時，一個腿快的兵丁已撲到跟前，手中飛舞著長矛像一條銀蛇，一下竄到了眼前。

余小虎眼疾手快，一把接住矛杆，用力一帶，又飛起一腳，將這個兵踢倒。又一個兵丁衝過來，他看看將近身，忙轉過手，將長矛當作標槍，向那個兵擲過去，正中他的心窩……

這時，兩邊衝出的兵丁越來越多，手中有鳥槍、大刀，馬安良也從石屋裡衝出來，口中大叫「抓活的！」

他赤手空拳，情知寡不敵眾，只好撥轉馬頭跑起來……

眾兵丁沒有騎馬，只好朝他放鳥銃。但他那「天山神駒」放開四蹄奔跑如飛，早跑出了鳥銃的射程……

第四章 張掖奇遇

沉思中的巨人

何紹南秉性難移，也算是人之常情，可因他的話語牽扯出的一些歷史陳帳，其間恩怨仇讎，紛無頭緒，卻令左宗棠徹夜難眠，激憤不已……

已往之事，已十分遙遠，有如沙牆上的刻痕，經風雨剝蝕，歲月推移，應該是早已消泯殆盡了。但是，如果是那令人驚心動魄的、足以決定一生命運的瞬間呢？

據說，曾國藩生前曾囑郭嵩燾為他身後寫墓誌銘，並說過，銘文中，一定要把「不信書，信運氣」一句寫進去。

左宗棠也有同感，他不信鬼神，但信命運，認定人生一世，化猿鶴，化蟲沙，都歸造化；或飄茵，或落溷，皆是因緣。

——離肅州過高臺，再沿弱水往東，下一個大站即甘州。

甘州又名張掖，即古西涼國。

左宗棠出督陝甘，當肅州馬文祿拒降，與左宗棠親率的八萬餘官軍打得難分難解之際，張掖曾發生土豪阻兵抗糧事件。

左宗棠非常憤慨，認為其地民風刁鑽，乃派手下能員幹吏來甘州狠心整治。他先委余士谷為甘州知府，後又改派前涼州知府龍錫慶繼為知府，委旗人鐵珊為甘涼道。二人相互配合，上下一心，剿撫兼施，治理得很出色。

至西征新疆時，此處民風晏然，交通暢通無阻。

鐵柵曾出資購得良種羊，在這一帶揀水草便宜處所查明戶口，散發良種，分賑牧民。又責成各鄉保甲，連環結保，把所領成本分三年歸還，不取息耗。這個辦法很受歡迎，只幾年工夫，羊群繁衍。

左宗棠曾把這個辦法介紹給鎮迪道周崇傅，使之在關外試行。

龍錫慶又指導鄉民，沿河道廣開水渠，渠邊插柳，引水灌田，這幾年也很見成效。

過高臺，漸至張掖地面。

沿途果然景象改觀。除了不再碰上成群結隊、鶉衣百結的逃荒人，也很少看見荒蕪的大片土地，所過村莊成片，房屋整齊，窯洞鱗次櫛比，村民熙來攘往，顯得很有生氣。當東行的隊伍出現後，他們三五成群地湧至路口觀看，大的村落甚至還紮有恭迎左宗棠過境的五彩牌樓，備有茶水及香案。

左宗棠揚威西域，載譽榮歸。馳騁在這一帶古戰場，將前比後，本極易生發思古之幽情，可惜他此刻無心攀幃觀望，做詩人之奇想——自肅州過後，因情緒激動、失眠，終於招致病魔，先是渾身燥熱，口舌俱潰爛，接著，大腿間內側出現了大塊紅疹斑，奇癢難熬，乾咳無痰，有時還痰中帶血。

隨行的郎中看後，認為是旅途奔波，熱盛導致肝中火毒升騰之故，別無他法，除以黃連、黃柏、梔子瀉火外，便極力勸諫他注意休息、調養，待病情緩解後再走。

左宗棠卻不把醫囑放在心上，認定癬疥之疾，無大的症狀，無妨趕路，於是，三劑湯藥下去如石沉大海，病情並未緩減半分，待到達張掖境內時，腿間癢處皮膚已被搔破，以致連走路也艱難起來。

知府龍錫慶原為涼州知府，原本是左宗棠親信，只因平番軍糧採辦局出了個「糧耗子」張東興，敲詐逼勒百姓，而身為府尊的龍錫慶竟主張匿而不報，事發後很受左宗棠指斥，不久即將他調任甘州。

虧他知錯能改，在甘州頗著政聲，知府升道台稱為「過班」，是仕途中一道門檻。知府若不「過班」，說到底只是「風塵俗吏」，為此，他對左宗棠此行寄十二分希望，心知此船過後再無舟。

他在距甘州三十里的沙河堡迎接左宗棠時，從袁升口中得知左宗棠病狀，要過病案及方子看過，搖一搖頭，不待正式參見，便在進張掖西關送左宗棠去驛館的路上，非常誠懇地向他提出，務請老師暫息征輪，小憩數日。

他說：「老師玉體違和，切不可懈怠，學生也略知醫理，適才看了方子，皆大苦大寒之藥。這等年紀之人，應慎用這類藥。」

左宗棠笑一笑，點一點頭。

龍錫慶又說，「本城宏仁寺方丈法通，乃年近九旬的高僧，很善醫道，老師何不請他把一把脈，聽一聽他的診斷？」

張掖宏仁寺，乃千年古剎，內有內地罕見之大臥佛，形象十分生動，為西行道上一大奇觀，左宗棠聽龍錫慶一說，不覺心有所動。

「仁荄，」他攀幃望日，喚著龍錫慶的表字說，「待幾天走怕是不行的，不過，去看一看老和尚卻未嘗不可，你看，這天色不是還早麼，咱們這就去吧。」

「這，應該事先去打一個招呼呀。」龍錫慶未料到左宗棠說去就要去，他有些著忙了。

「不必了，就這麼去最好，你若先去知會，人家還不知如何張羅呢。」左宗棠說，「佛家不是講究隨緣麼？」

龍錫慶也只好聽他的了。

伴隨著悠然的鐘磬之聲，沉重的朱漆山門被打開了，撲面而來的，濃郁的奇香異馨使人頓覺腑臟一下滌清，濁氣消除殆盡。

雖是總督大人車駕的驟臨，寺中經讖並未中止，僅山寺知客長老明遠法師披袈裟迎於山門之外。

左宗棠下車後，在明遠的導引下緩步進寺，這時，兩廊僧眾清晰的誦經之聲立刻傳過來……

……佛告須菩提，凡所有相皆是虛妄。若見諸相非相，即見如來……

這聲音鏗鏘嘹亮，沉重地叩擊著心有慧根但目迷五色之人的心。

他凝神傾聽片刻，在眾人簇擁下，緩步登階，尚未走進幡帷疊垂的殿堂，立刻看到香煙嫋嫋中那沉思的巨人——側臥的釋迦牟尼涅槃像，幾乎有十餘丈長，橫躺在大殿金座上，肩部亦高有兩丈餘，右手掌枕在頭下，左手垂直在大腿內側，胸前畫有斗大的「吉祥海雲」，面部飽滿柔和安詳，一雙眼半睜半閉，嘴微張欲笑。那模樣果然是「視之若醒，呼之則寐。」

這時，大殿上薰香、鐘磬，縹緲隱約，一切全籠罩在一種清淨超然的氛圍中，縱是身纏庶務、日理萬機的大學士、總督也立刻被感染，不得不暫時沉浸在那忘卻的境界裡，解黏釋縛，化戾氣為祥和。

左宗棠和左右默然肅立，住持長老法通已從法座上下來，從容來至前殿問候：「施主驟臨寒寺，貧僧有失迎迓。請先去方丈用茶。」

直到這時，左宗棠才從那虛無飄渺的境界醒悟過來，又不由把目光移到這法通身上。這真是一個超脫時空之外的人，歲月在他身上幾乎沒留下什麼痕跡；潔白的髭鬚和長壽眉生在他那孩提般的臉上，神采奕奕的眸子被紅潤如玉的肌膚所襯映，就跟那睡佛似的那麼黑白分明，步履穩健、聲音清朗。這樣子，真使人懷疑他吸食了什麼仙露、靈丹，不然，何得如此容顏永駐？

左宗棠不由感慨系之。

朝臣待漏五更寒，將軍鐵甲夜渡關。
山寺日高僧未起，算來名利不如閒。

他想起了這麼一首詩，他也想起了自己。

幾十年來，書生事業，戎馬生涯，充斥生活中的只有權謀詭詐，案牘勞形，戰馬嘶鳴、刀槍碰擊，硝煙、戰火、歡呼、斥罵；一瞬間成千古遺恨，一投手令萬眾傾心，勝也匆匆，敗也匆匆，一飯三吐哺，一沐三握髮，哪一日不是匆匆忙忙如搶火般地過？如今，他不羨慕功名，不羨慕利祿，羨慕的是一個寵辱皆忘的「閒」字。可惜既為局中人，身不由己。身不能得一日閒，心更不得半日閒。

「老師，殿堂風大，請去禪房坐坐罷。」龍錫慶上來催請左宗棠。

左宗棠緩緩地向法通說：「鄙人不曾派人知會長老，這麼冒昧而來，攪擾道場，實在有些唐突。」

法通長老躬身合十說：「施主為國家柱石之臣，能於百忙中不忘三寶，實是與我佛有緣，何來唐突？」

說著，伸手在前面肅客。

進了方丈，侍者獻茶，龍錫慶代左宗棠說明來意，法通欣然應允，他令小沙彌移小几於左宗棠跟前，他趨前為左宗棠左右手把脈，看指甲、舌苔，直至寬衣褪褲，看大腿內側的痞腫。

「此為三焦實熱，火邪內熾之故。」法通似是自言自語。說著，他向袁升索得先前的脈案及用藥方子，鋪在案上細看，一邊看一邊點頭說：「不錯不錯，他主瀉火毒是對的。」

一聽法通贊成先前的醫案，龍錫慶不由輕輕地「呀」了一聲。

法通似有所覺，他抬起頭，掃了龍錫慶一眼，對左宗棠說：「施主之症，係上中下三焦毒熱壅盛為病，其症狀除口舌潰爛、下部發斑奇癢外，晚間心煩不眠、狂躁難安，早晚伴有吐衄、乾嘔等。」

他見左宗棠連連點頭，又說，「口舌潰爛、吐衄發斑為火熱熾盛，迫血妄行，乾嘔者，為熱毒犯胃，胃逆不降，心煩不眠者，為邪火上炎，熱擾神志，狂躁者，陽盛則動，熱極化毒。故前醫據熱者寒之之意，用瀉火劑，這瀉火之劑，非大苦大寒之品不可，一般多用黃連、黃柏、梔子，清瀉中焦之熱，兼清三焦熱邪，走三焦，涼心腎，導熱下出，此乃孫思邈黃連解毒湯之妙用，服過三劑，必有效用。」

左宗棠亦略知醫理，自己的病症，心中也略略有底，聽了和尚所言，不由微微點頭。不料一旁的龍錫慶仍追問道：「禪師宜仔細。爵相大人已年近古稀，恐不宜服這等虎狼之劑。」

法通一聽，乃冷笑道：「府尊明鑒，醫家對症下藥，因人而異，只看體質強弱，不問年齡長幼，『若是他人母，宜用白虎湯』只是葉天士醫術不精之佐證，不是後人沿用之成法。」

袁升一旁猶豫半天，期期艾艾地問道：「只是他老人家已服過了三劑，仍不大見效呢。」

法通點一點頭，喟歎道：「施主之病，固然是途中奔波，水土不宜、調養欠周之故，但未嘗不是心力交瘁、陰氣虧虛所致。醫者用苦寒之劑以攻下，雖能清壅導熱，但總要患者能遵醫囑，內外配合，才能使病魔立除。」

左宗棠一聽，連連點頭。袁升一旁卻不明不白，他又問道：「禪師能否明示，患者究竟要怎樣做，下人要如何護理才是好的呢？」

法通微微一笑說：「人身百病，皆生於鬱。少思寡欲，省語養氣，自是強健身心之道。」說著，他那兩道長長的壽眉往上一挑，望著左宗棠徐徐言道，「施主是個通人，未必不曾聽說『岐黃可醫身病，黃老可醫心病』？」

一聽此話，不由引起左宗棠無窮的聯想，無限的感慨，這本是歐陽兆熊在數年之前勸曾國藩清心寡欲的話，可曾國藩鞠躬盡瘁，志決身殲，又幾時做到了這一點？想不到如今又輪到自己了……

他心底霎時湧上一層莫名的惆悵，一絲淡淡的悲哀，望法通長歎一聲說：「禪師，恬淡虛無，自是修身養性之正道，只可惜左某一身許國，難卸仔肩，雖早有退志，只恐時有所未至；勢有所不許啊。」

不料法通竟朗聲大笑，說：「洛下衣冠人易老，西山猿鶴我重來——施主縱有金剛不壞之身，三頭六臂之體，又豈能捉盡一天麻雀？」

左宗棠一聽，有如疾雷貫頂，赫然震動。雙眼呆呆地望著法通，一時竟不作一語。

法通見狀，笑一笑，很知趣地起身道：「貧僧技止此也，有失施主之望，不過，敝寺此次新添兩處佛堂，繪有大幅壁畫，施主何不隨喜一番？」

左宗棠一聽，默默起身。他令袁升取來緣簿，大筆一揮，寫下廉金二百兩，便隨法通出了禪房。誰知出來在偏殿一幅大型壁畫《捨身崖飼虎》圖下，又看到了一首詩，更令左宗棠疑雲迭起，浮想聯翩。

《捨身崖飼虎》取的是佛經故事，畫得色彩斑斕、活靈活現，圖下一側卻有一片墨跡，顯然是才題上不久的詩，字走龍蛇，詩似偈語：

放出湘山水牯牛，無人堅執鼻繩頭。
綠楊芳草春風岸，高臥橫眠得自由。

讀罷這詩，左宗棠像是在業鏡臺上看到了自己的過去，頓覺頭上冷汗淋漓，連聲吩咐袁升安排上路。

從宏仁寺直至張掖東關驛館，左宗棠尚未安下心來，直弄得手下人和龍錫慶莫名其妙。

「洛下衣冠人易老，西山猿鶴我重來」之句，原是左宗棠的舊作，屈指算來，迄今已有四十六年……

命運的咒語

──四十六年前的道光中葉，左宗棠再試禮部不第，一口氣作了八首七律，以抒胸中憤懣，南歸途中，適逢湖南鄉試時的座師徐法績幫辦河工，左宗棠遂謁先生於任所，將詩作呈法績看過，「西山」之句，就在這八首中。

即興之作，此後很少示人，今日為何從這老和尚口中閒閒道出呢？更重要的是那次見法績，法績因仕途的跌宕，說了不少悲觀厭世的話，對左宗棠震動不小，以致後來幹出更荒唐的事來呢……

左宗棠竭力從記憶中追索。

徐法績號熙庵，陝西涇陽人，他是左宗棠的文壇知己，道光十二年壬辰，法績為湖南鄉試主考，本來左宗棠的試卷已被淘汰，因宣宗有特旨，令考官搜閱遺卷，法績親閱五千餘卷，選六人，以左宗棠為首，乃囑同考官補薦。

無奈分房閱卷的這位老先生堅持不肯，法績只好請出皇帝諭旨宣示，左宗棠才得被推薦。

當時，擔任監場的湖南巡撫吳榮光認為此卷為溫卷──法績有受賄之嫌，乃當場拆啟捲角糊名一看，才知卷主左宗棠既是一介寒士，吃糠嚥菜度日，無財力行賄，且又是曾在湘水校經堂七次獲名第一的才子。

吳榮光知道誤會了，不得不佩服徐法績的眼力，反過來恭賀法績得人。

這一科，左宗棠之兄左宗植中解元，左宗棠得中第十八名舉人，左宗棠以此際遇，與徐法績有了非同一般的師生關係。

同治八年，左宗棠督兵入陝，至法績家鄉涇陽，此時，先生早已作古。左宗棠乃於墓前化帛致祭，面對白楊青塚，一掬傷心之淚。

不料今天，鶴髮童顏的老和尚法通，竟信口道出自己往日之作，那模樣、口吻，是又一個徐法績無疑，然而，白雲渺渺，野樹茫茫，流水高山，羽衣蟬蛻，今日之事，莫非又重逢昔日文壇知己？

左宗棠疑是自己心醉神迷。

然而，寺中壁畫下那一首以牛為題的詩，分明是佛門偈語，可在有心人眼中看來，卻是字字帶機鋒，句句有影射呢……

這還是二十八年前的事。

其時，太平軍起於金田，年餘時間就打到了湖南郴州，就在這時，出現了一件怪事——亂糟糟的長毛隊伍中，出現了一個「癲子」。

最早發現「癲子」並把他帶到軍中來的，是頂天侯秦日綱部下一個旅帥，當時，他們正在一個較大的圩寨打糧，經過一處名叫「石牛潭」的地方，此處依山臨水，河灘邊一片亂石，中有一巨石。好事者將石頭鑿成一石牛睡臥水邊，「石牛潭」由此而得名。

此人此時科頭跣足，衣服破爛不堪，喝得醉醺醺的，靠著石牛肚子睡得正香。這個旅帥也是個略識之乎的人，見牛肚子上墨跡赫然，像是此人才乘醉寫上去的字，忙結結巴巴地讀下來，原來還是一首淺顯易懂的詩：

怪石生來卻是牛，江邊獨臥幾千秋。

風吹遍體無毛動，雨灑全身似汗流。
綠草如茵難下口，金鞭任打不回頭。
只因鼻上無繩索，天地無欄夜不收。

這旅帥覺得很有趣，遂叫醒此人，稍盤問幾句。此人醉眼惺忪，答得牛頭不對馬嘴。旅帥見狀，遂將他當作一個窮極無聊的讀書人帶到了軍營。

軍營設在郴州學宮及周圍街坊上。小小的幾條街，竟駐滿了紅巾黃襖的「天兵」，統共達數萬之眾。郴州學宮在城南，北邊不遠處即著名古蹟「義帝陵」，為秦末楚懷王的葬身之地。

太平軍不管這些，或許也不懂。他們在學宮的明倫堂設「女兵營」，兩邊的樓、祠、堂、閣則住男兵。泮池成為騎兵飲馬之處，至於大成至聖先師孔聖人與亞聖孟夫子的神主，還有從祀的各先賢諸子的牌位，則都一把火燒了。

石牛潭邊醉臥的「癲子」一見到這場面，額頭上馬上刻下了深深的皺紋，他不識其他頭目，找到最先發現並把他帶到軍營的那個旅帥，說：「山人要見你們的『禾王』。」

「禾王」即天王洪秀全。為對外人保密，天國內部有一套隱語，就像幫會的「海底」，如說刀為「雲中雪」，小人物為「外小」，殺人為「難」。此人居然進軍營不到半天，就掌握了這些隱語。

天王此刻雖在郴州，但以一個剛投營尚未蓄髮的「外小」如何能輕易見到？

旅帥輕蔑地一笑，調侃地說：「要見禾王何事？」

「癲子」眼中回敬過同樣輕蔑的光，說：「要說的事很多。」

「那請你試說一二件我聽聽？」

「癲子」指著被攪得一塌糊塗的學宮說：「比方說，你們不應該這樣作賤聖地。須知孔聖人為萬世師表，怎麼能如此褻瀆呢？」

旅帥笑了，他說：「這算什麼呢？我們天國只敬奉天父天兄，其餘一切淫神皆是邪魔外道，我們一路而來，見孔廟就燒，見滿口妖言的讀書人就殺，你快閉上你的鳥嘴，要不見你是一個窮漢，不是豪門中人，早讓你身子朝下嘴啃泥，嘗一嘗老子的『雲中雪』呢。」

旅帥斥退了這個「癲子」，隨即去大營會秦日綱，他與秦日綱是中表兄弟，閒談中，順便講起了這個面目污穢、神情癲狂的窮文人。

不料他的敘述，引起了秦日綱的興趣。

秦日綱此時被封為「頂天侯」，在天國，天王及東王、西王、南王、北王、翼王之後，他算是第七號人物，諸王稱他為「七弟」，權力也很不小。

眼下，軍務倥傯，諸事畢集，天國極需文人掌書記，特別是進入湖南後，天國勢力驟增，往來文報、各營名單、帳冊及文書、告示更多，能動筆的人更是忙得不亦樂乎，聽說此人醉後在石牛肚子上寫詩，字寫得不錯。於是，秦日綱說：「你讓他寫幾張字來，我來看看。」

「寫什麼呢？」旅帥問。

秦日綱一時找不到由頭，略一思索便說：「詩呀、詞呀、山歌俚曲呀都可，只要不是敗壞我們天國的，隨他寫。」

不料旅帥去後才半盞茶的功夫，便興沖沖地拿來一疊字紙。

此時，翼王石達開來到秦日綱的營房，與秦日綱商談軍事，秦日綱知道石達開是天國諸王中第一個讀書種子，便令旅帥先呈送翼王，聽翼王評點。

石達開聽了秦日綱的介紹，很感興趣地接過字紙，先看一看，興味大增，忙一張接一張地翻下去。

這裡寫了八首律詩，顯然是回憶舊作，題名為《癸巳登燕台雜感八首》：

二十男兒那剌促，窮冬走馬上燕台。
賈生空有乾坤淚，鄭綮原無令僕才。
洛下衣冠人易老，西山猿鶴我重來。
清時台輔無遺策，可是關心獨草萊。

猶作兒童句讀師，生平至此乍堪思。
學之為利我何有，壯不如人他可知。
蠶已過眠應作繭，鵲雖繞樹未依枝。
回頭廿九年間事，零落而今又一時。

錦不為幍自較量，無煩詹尹卜行藏。
君王愛壯臣非老，貧賤驕人我豈狂。

聊放弦歌甘小僻，誰能台省待回翔。
五陵年少勞相憶，燕雀何知羨鳳凰。

世事悠悠袖手看，誰將儒術策治安。
國無苛政貧猶賴，民有饑心撫亦難。
天下軍儲勞聖慮，升平弦管集諸官。
青衫不解談時務，漫擲詩書一浩歎。

西域環兵不計年，當時立國重開邊。
駱駝萬里輸官稻，沙磧千秋此石田。
置省尚煩它日策，興屯寧費度支錢。
將軍莫更紓愁眼，生計中原亦可憐。

湘春門外水連天，朝發家書益惘然。
陸海只今懷禹跡，阡廬如此想堯年。
客金愁數長安米，歸計應無負郭田。
更憶荊沅南北路，荒田四載斷炊煙。
青青柳色弄春暉，花滿長安晝掩扉。

答策不堪宜落此，壯遊雖美不如歸。
故園芳草無來信，橫海戈船有是非。
報國空慚書劍在，一時鄉思入朝饑。

已忍伶俜十年事，驚人獨夜老雅聲。
一家三處共明月，萬里孤燈兩弟兄。
北廓春暉悲草露，燕山昨日又清明。
宵深卻立看牛斗，寥寞誰知此際情。

石達開一口氣讀完了這八首律詩，不斷搖頭晃腦，眼中流露出無限的欽佩之意。待全部讀完，他把詩往案上一放說：「這人如果不是抄襲他人之作，那麼，他一定是個懷才不遇、一肚皮牢騷的才人。」

秦日綱見石達開如此賞識這個「癲子」，不由喜滋滋地說：「快帶他來見見，我用他掌簿記。」

「別忙，我有話在先呢——如果不是抄襲他人之作。」石達開說，「不過，看他這一手信筆寫來的字，是很有些根底的，這樣吧，你帶他來見我，若果是王猛一流的人才，做你的書記，豈不是委屈他了嗎？」

王猛是十六國時的才人，出身寒素，放蕩不羈，桓溫伐中原，王猛往見桓溫，「捫虱而談天下大勢」，這一段歷史，秦日綱曾聽石達開說過，今見翼王將「癲子」比作了王猛，心中頗為詫異，心想，倒要看一看此人是何模樣。

「癲子」來了。仍是那麼一襲破爛藍衫，拖一雙「踢噠鞋」，臉上油污邋遢，像一個濟公和尚，但模樣極其傲慢，儘管旅帥已在來的途中告訴了他，召見他的是天國的第六號和第七號人物，可他進來後，見了翼王和頂天侯，竟依然長揖不拜。

秦日綱臉上立刻來了慍色，石達開卻笑呵呵地上前，拉著「癲子」的手說：「鄙人石達開，他是頂天侯，剛才我們拜讀了先生佳作，都很佩服。」

石達開一邊說，一邊拉過一把椅子，往身邊一放，讓「癲子」坐下，然後問道：「尊姓大名，貴鄉何處？」

「柳宗仁，湘潭縣東鄉人氏。」

「癲子」此時不瘋也不癲，望著翼王自己動手搬椅子，且對自己問話很禮貌，不由對翼王注意起來，翼王問話，他從從容容地回答。

「據先生大作看來，先生是個舉人，癸巳會試報罷，鬱鬱而不得志，故寫了這八首律詩，抒懷言志。」石達開說著，見他點頭，又突然問道：「道光十三年癸巳科，兩廣在京得意的舉子有好些個，你一定知道眼下主政湘省的駱中丞啦？」

「當然。」

「癲子」嘴角一癟，不屑一顧地說，「是科駱秉章春風得意，中了進士，又點了翰林，一晃又二十年，他更得意囉。」

「此人為我們天王花縣同鄉，聽說官聲尚可，未知才情何如？」

「做做官，混一份俸祿是還可以，做事麼，嘿嘿，只怕就勉為其難了。」「癲子」帶幾分鄙夷地一笑說。

石達開馬上會意，且很有興趣地說：「好！做官歸做官，做事歸做事，先生此說，真是精闢極了。眼下官場確有不少這樣的人，平日死啃八股，不講求實務，所以，雖作得好承題、破句，得到同樣啃死書出身的考官的賞識，於是，金榜題名，華服高車，可一旦要他任事，無能為力的原形便現出來了。」

石達開是廣西貴縣的縣學生員，在天國諸王中，算是筆頭子挺硬的人物，他言談文雅，也熟諳官場套路。不像其他人，文理不通，言談不雅，一口隱語黑話，開口閉口就要動刀子。

所以，只交談幾句，「癲子」對他敵意全消。他二人旁若無人，暢談個人抱負，抨擊朝廷時政，抉疵批瑕，非常投機。

太平軍自廣西進入湖南，每日投軍者不下千人，什麼「紅簿教」、「黑簿教」、「結草教」、「斬草教」，以及各種形式的遊雜土著武裝皆踴躍參加，將才濟濟，文士卻極凋零，尤其是像「癲子」這種有舉人頭銜的，肯來投軍入夥的，更是破天荒第一個。

當下，石達開盛情相邀，將這個「柳宗仁」請到自己營中。

村夫狂言

翼王的大帳設在城東關帝廟。

清代尊關帝，配享武廟，此刻關帝廟亦被破壞得厲害，翼王就在大殿神案上辦公，在廟祝房中睡覺，「癲子」伴石達開住廟中，一住竟達十天。

石達開見他以諸葛亮自居，開口自稱「山人」，便也以劉備的口吻稱他為「先生」，卻無形中，抹掉了那個「柳」字。

「癲子」在軍中住了好些時日。

石達開對他雖優禮有加，可一直沒有被認作長毛的正式一員，自然也就沒有參預軍務或正式面見天王、進言獻策的機會。「癲子」雖不免焦躁，卻還沉得住氣，閒時他各處走走，眾人知他是翼王的座上客，對他很客氣，他得以深入長毛各營了解很多實情，對比自己在平日所見所聞官軍的情況，不由深有感慨……

「癲子」是尾在官軍隊伍後面，從湘北坐一小船溯湘江而上到達湘東南的，一路所見的官軍，盡是一片混亂的「敗相」。

赴前線剿賊的多是八旗兵，這些旗下大爺一口京片子，細皮嫩肉，一個個皆紈袴子弟，他們雖名曰出征，可出京後走一站，歇一站，步兵要坐轎，一名步兵要兩名轎夫，一個馬兵要一個挑夫，均由地方攤派。

旗人愛看戲，隨軍帶著穿紅著綠的戲子，嘻嘻哈哈，根本不像是赴戰場，倒像是趕廟會，更有甚者，他們出操可雇人代替，應卯、站牆子也全由他人頂替。一路之上耍盡了威風，稍不順心，對民夫便拳打腳踢，湘潭縣因所徵民夫數目不夠，知縣被副都統巴清德綁在縣署大柱上用馬鞭抽。

這樣的時局這樣的兵，未曾上陣已分出了勝負；這樣的民情這樣的官，即使一個素無大志的庸人也想要鋌而走險。他三試禮部不第，已為朝廷所棄，然而磨劍十年，終須一試，值此群雄逐鹿之際，豈能不審時度勢，擇其善者而從之？

這天，翼王興沖沖地從外面進來，笑盈盈地對他說：「天兵進入湖南兩個多月了，為不讓人家把我們看作一般流寇，今天，諸王在一起會議，都主張發一篇文告，申明我朝宗旨，揭示清妖罪孽，明白地宣示於天下，天王屬意於鄙人，先生，你看——」

「這是應該的，所謂名不正則言不順，言不順則事難成，正名為第一要義。」

「癲子」迎著石達開孜孜以求的目光，贊同地說，「眼下世人皆把你們看作草寇，正名才能號召眾人啊。」

「那麼，就借重先生如椽之筆罷。」石達開說著，便因有事出去了。不一會，他從外面辦完事進來，見「癲子」正背對著門，叉手徘徊。石達開以為他正在構思，為不打擾，便欲放輕腳步，悄悄退出去。

「回來了，先別走吧。」「癲子」好像背後長了眼睛。

「不，鄙人還是不打擾吧。袖手於前，始能疾書於後。我在，恐擾亂先生文思。」

「沒關係的，正要請教呢。」

「癲子」淡淡地一笑，把案上一張草稿往石達開面前一推，石達開這才發現案上已多了一份文稿。

「啊，這是——」

「《討清虜檄》。」

「這麼快？」石達開驚得睜大雙眼，手拿著文稿，流露出無限的驚疑，但事實俱在，不由不信，於是，他將稿子拿在亮處，輕輕地念了起來。

開始，他念得很慢，且每念一句，還凝眉思考一陣。後來，越念越快，搖頭晃腦，那一份佩服之情已溢於言表了。

……宅中圖大，萬古嚴夷夏之防；伐暴救民，三王創征誅之局。是以南巢放主，十一征望慰雲霓。東渡誓師，三千人威揚貔虎。帝子逐函關之鹿，五年而誅項滅秦。真人飛白水之龍，四載而翦莽復漢。所為旌旗甫建，豪傑歸心，旄鉞一麾，黔黎稽首者，誠以子民憔悴，時雨降而涸轍立蘇，甲令森嚴，戎馬征而秋毫無害也矣。

朕，生當末世，念切時艱，俯仰五千年帝王升降之機，縱橫四萬里生民悲歎之局。今來古往，功名定為氣數所關。亂極治生，元會當與英雄相屬。識時務方為俊傑，當知事在人為；得位即屬興王，豈必命由天授。況自朱氏之統中衰，白山之胡遂起。本耶律完顏之狂類，流毒中華。等石勒、劉聰之梟雄，攘竊神器。而上下交征利，夤緣據宦海之要津。左右皆曰賢，標榜開名場之捷徑。大富何愁不貴，佐貳可捐，守令可捐，府道亦可捐。得財詎計妨農，田野有稅，山林有稅，關市亦有稅。二月絲而五月粟，已割盡民脂民膏；朝食四而暮食三，徒誑著愚夫愚婦。豹冠蟒玉，皆讓市井邪獪之徒；虎噬狼吞，豈計老幼顛連之苦。徼倖幸之途辟，讒諂之臣多，喻利之情深，秉公之道絕。囹圄本窮民之苦海，貪官視若銅山。讞牘豈守土之良謨，汙吏比之金穴。外引土豪為心腹，覆雨翻雲。內恃權役為爪牙，捕風逐影。腰肥可滿，命盜之件亦冰消，溪壑難盈，乾餱之愆成鐵案。細事動傾中人之產，巨海難填啣石之冤。婦歎童嗟，哭聲載道。嚴刑暴斂，怨聲沖天。

朕，仰觀天運，俯順民情。潔五夜馨香之祝，未知天竟何心。憫四海陷溺之深，殊覺事難束手。是以徵兵粵海，整旅湖湘。鵝鸛陣雄，勢如破竹。熊羆威肅，勝可探囊。但念萬馬奔風，山鳴谷應，千旌耀日，波委雲連。苟無文告渙頒，難免閭閻震駭。

為此戒我軍士，諭爾居民。順天而興仁義之師，原非以暴易暴。指日以奏承平之績，尚宜各田爾田。無觀烽火而奔遁，無棄室家而遠徙，無聞謠言而怯怖，無恃強悍而抗違。奸官必誅，妖吏必誅，此外皆為赤子。姦淫者斬，擄掠者斬，惟期不負蒼生。雖云簞食壺漿，或出自下民之忠悃。若論子女玉帛，詎能羈我軍士之雄心。勢將迅掃妖氛，為憶萬姓生靈吐氣。澄清海宇，奠千百世中夏丕基。

石達開一口氣念完這一篇檄文，不斷地點頭嗟歎，當念到「婦歎童嗟，哭聲載道；嚴刑暴斂，怨氣沖天」一段時，他不禁停下，連聲誇讚道：「好文字啊，這一段話簡直把眼下的世道醜態勾勒淨盡了。陳琳《討曹操檄》、李密《討隋楊廣檄》、駱賓王《討武曌檄》，大概也不過如此罷！」

「癲子」微笑著，並不答腔。他自己也覺得驚奇，何以剛才提筆竟可以一瀉無餘，淋漓酣暢，好像是早有腹稿似的，只是他私下認為，最得意的還是「事在人為，得位即屬興王，豈必命由天授」一句，他覺得這一句話是自己此番南下的宗旨。

石達開拿起檄文草稿，興沖沖地走出去了。

此一去，不但「癲子」本人，就是石達開本人，也以為這樣的文章必受天王及諸王的激賞，「癲子」即將受到重視了，不料結果卻不然——至晚間，石達開回營有些怏怏。

此時，「癲子」正在燈下看一卷天書，這是天王洪秀全寫的《醒世訓》，「癲子」一邊看，一邊不屑地搖頭，手握一管筆，東塗西抹。一本《醒世訓》上盡是他的批注。

「先生的華章——」石達開剛起了個頭，一眼瞥見「癲子」手上的《醒世訓》，忙拿過來，鄭重其事地說，「啊呀呀，你怎麼隨意弄汙天王的聖諭呢？這可不是隨意胡批亂道得的呀。」

「癲子」無動於衷，用蔑視、傲慢的眼光掃一眼石達開，又掃一眼書，用滿不在乎的口氣說：「這樣的文章，豈可當作聖諭，豈不要使天下讀書明理之人寒心嗎？」

石達開近前看時，「癲子」正指著天王《原道醒世訓》上「上帝原來是父親，心好異人亦族人」一句大加批駁，不由一驚。但他愛「癲子」之才，不忍訓斥，乃強壓憤怒，一邊將全書在燭火上引燃，讓它慢慢化為灰燼，一邊誠懇地勸諫說：「尺有所短，寸有所長，先生可不要小看了天王。」

「癲子」微微冷笑，大不以為然。

石達開也不計較，他從懷中取出檄文草稿，往案上一摺，緩緩地說：「先生的文字功底的確不凡，大家都佩服得不得了，不過——」

「不過什麼呢？」

「癲子」見草檄退回來了，露出很失望的神色，很鄙視地盯著石達開，問道：「你們不想用它？」

「這個——」石達開頗費躊躇。

「是因為讀不懂麼？我可是盡量少用典，盡量讓它淺顯些呢。」

「不是，」石達開誠懇地說，「天國固然缺乏文才，但一篇檄文難不倒我們，大家的意思是作為天國討伐清妖的檄文，應開宗明義，宣布天國宗旨，把天王乃上帝次子，受上帝派遣，下凡弔民伐罪，建立天國，與眾天兄天妹共用天福的意思寫進去。」

「癲子」一聽，不由忍俊不禁地哈哈大笑，笑畢又說：「就依你說的，也不過是改一改罷，怎麼說不用呢？」

石達開眼盯著他，很嚴肅地說：「另外，大家有不明白之處，即先生來此，真意何在？若是誠心投奔我們，又為什麼不說實話？」

「何以見得？」

「這個——起碼先生你未將真名實姓相告。」

「啊喲喲，原來如此。可憑什麼說山人不姓柳呢？」

「先生請看。」石達開說著，從懷中取出一本嘉慶末年至道光二十五年的《湖南鄉試題名錄》向「癲子」揚了揚，說，「先生請看，這些年湖南凡中了舉的文人大名皆在上面，可沒有一個湘潭柳宗仁呢，為此，鄙人一直稱先生，從不叫柳先生。」

「哈哈。」「癲子」並不因騙局被揭穿而驚慌，反而開懷大笑，他笑著說，「你的確很精明，為查證山人的身分竟費了那麼多手腳，不過，你應知『慎厥初，惟厥終』的道理呀。」

「嗯，」石達開會意地點頭，說，「已為而悔，莫若早戒；患至而憂，不如預謀——這是你們這班謀士的精明之處，看來，你只是來看一看陣勢的。」

「不錯，你也同樣精明。」

「癲子」開懷笑了。

這時，侍衛打來熱水，伺候翼王洗腳，又端來兩份宵夜，伺候翼王和「癲子」吃過，待侍衛收拾碗筷出去後，石達開又說：「先生你來了也有十餘日了，一些事大概也瞞不過你罷。」

「略知一二。」

「能做到這一步，恐怕不容易吧？」

「不錯，確實遠非綠林、赤眉可比，不過——」

「不過什麼？」

「嘿嘿——」

「癲子」望石達開冷笑幾聲說，「山人秉性率直，見一說一，假如說了你們不想聽的，你會怎樣呢？」

石達開說：「如果先生認為鄙人想聽幾句奉承話，那可大錯而特錯了。」

「那好。」

「癲子」見說，乃侃侃言道，「你們自以為斬木為兵，揭竿而起，能鬧到如此地步，天下可唾手而得了，可惜明眼人看來，十萬天兵，不過是一群烏合之眾而已。所謂『天下多男子，盡是兄弟之輩；天下多女子，盡是姊妹之群。』這只能迷惑一群愚氓，施之於上智，用之安邦定國平天下，那是行不通的。君是君，臣是臣，父是父，子是子，豈能皆為兄弟？那不是紊亂倫常麼？什麼『天下米穀，皆天父所有』，什麼『一絲一縷荷上帝，一飲一食賴天公』，『上帝當拜，人人所同』，衣冠之士，讀聖賢之書的人，誰肯信你的上帝？孔夫子說得好，天何言哉，四時行焉，五穀生焉，天何言哉。」

石達開聽了他這一番話，顯得有些激動，起身四處看了看，見廟中侍衛皆已入睡，廟外只有巡更、守哨的人走動，四周萬籟俱寂，這才仍復歸坐，警告說：「先生出言宜慎重。」

見「癲子」仍不以為意地笑，又勸誡說，「天國上下以拜上帝會為紐帶，宣傳世界為上帝所創造，天王是上帝次子，為拯救世人，上帝特遣天王降生民間，宣傳原道，故此，崇上帝，拜天王，為我天國上下不二法門，誰敢非議此條，誰即觸犯天條，這可是要掉腦袋的喲！」

「哈哈，剛才不是已說了嗎，山人的話可不是你們願意聽的，你原來是好龍的葉公。」

「癲子」冷笑著質問石達開，他見石達開苦笑著不說話，又說：「愛新覺羅氏以異族入主中原，揚州十日，嘉定三屠，殺得我漢人頭顱滾滾，薙髮易服，亂我祖先習俗，然滿人猶能守兩百年基業，究其原因，實因滿人不曾唐突孔孟，毀棄聖人之教也，孔孟之道，萬世不易、顛撲不破，為治國治民之本，眼下你等若肯依山人所為所議，速將滿人罪狀露布以聞，興王者之師，討伐異族，復我漢官威儀，誰敢說言不正，名不順？何必要興洋教，滅孔孟，動搖國人信奉兩千年而不衰的根本呢？這可是予人以口實，謂你等欺宗滅祖、壞三綱五常。設若此時有人以衛道為名，起義兵，行天討，山人預計，必士民踴躍，從者如雲，所謂天國，必四面受敵，暴得而又暴亡矣。」

「癲子」口若懸河，滔滔不絕。石達開一面苦笑，一面搖頭。

白天，他曾把「癲子」起草的檄文交天王、東王看過，同時也詳細地講述了「癲子」的形狀及其品性，並說他雖行為乖張，但言談確不乏高明之處，且文才極好，希望天王或東王能重視他，或當面召見，試一試他的才情，或授他一個官職，使之為天國效力。

誰知天王看完他的檄文後，竟連連搖頭，認為行文不合天國規範，遣詞造句，多犯禁忌，且駢四儷六，類似妖書，故此，檄文被扔在一邊，自然也不提召見的事，後來，天王又下令，讓天朝的大文士何震川另撰《討清妖檄》，易虜為妖，在題目上便點出了天國的宗旨。

開始，石達開也想過，此人言談舉止忒狂，萬一天王召見，在禮儀上必出差錯。他還打算好好勸「癲子」在行動、舉止上多謙虛檢點一些，不料天王不想召見他，而他卻口出讕言，開口閉口，全是詆毀天國的話語，豈非要改變天國的立國根本？看來，自己的一番苦心，竟是南轅北轍的效果。

「癲子」不知此時石達開在想什麼，見他頗費躊躇的模樣，還以為自己一番話已使他開了竅，便又諄諄地說：「神道設教，裝神弄鬼，只能哄騙無知百姓於一時，斷難施之於永久。我中華立國兩千年，周公孔子所創設的道統一脈相承，不是你們能輕易敗壞的，要君臨中國，就離不開孔孟，離不開受孔孟正教的讀書人。可你們反其道而行之，排斥讀書人，指斥孔夫子，沿途學宮，由你們毀敗，聖殿住女兵，泮池飲戰馬，斥聖教為妖邪，視學子為魔逆，憑心而論，這可是為淵驅魚，為叢驅雀啊。」

這一席話，盡駁天國天王頒行的宗旨，淋漓盡致，竟使石達開一時插嘴不上。

「癲子」又說：「要改弦更張還來得及。大智興邦，不過集眾思；大愚誤國，不過好自用。」

石達開始終不說話，由他盡興地傾談，他停住時，室中只聽見外面的梆子聲及室中燈花的爆裂聲……

石達開明白「癲子」不癲，且大有來頭，說出了一番道理。石達開也認為這道理能站住腳，但他更清楚，要天王及諸王改弦更張，不講天父上帝難於上青天，天王靠代天父立言才獲得眾聖徒擁戴，東王及西王靠上帝及天兄耶穌下凡附體才能號令三軍，沒有天父天兄，洪秀全、楊秀清、蕭朝貴只不過一匹夫而已，上帝與孔孟不能同在。

「癲子」不是等閒之輩，看來，他也絕不會遷就，從而死心塌地為自己不喜歡的天國效勞。

石達開可不願就這麼放走他。

第二天，石達開因軍情緊迫，沒有再理會他，但指派了一個小卒專門伺候「癲子」，一步也不離。

對石達開的這種安排，「癲子」只一笑而已。

石達開始終以客人的禮節待他，卻避免再和他深談，尤其不談天國的事務及當前的局勢。

不久，天國刊行的《討清妖檄》發到了軍中，開宗明義地大談上帝會的教義，闡述上帝為拯救下民，乃派次子下凡的苦心。

「癲子」不待看完，就輕蔑地笑著扔到一邊。

接著隊伍開拔北行，「癲子」亦隨隊前進，在醴陵時，石達開還曾和他做過一次長談，此回不是由他說，而是石達開誠懇地勸他，勸他不要再談孔孟，一心皈依天王，待蓄起了長髮，必定引他見天王。

「癲子」只冷笑而已。

「這麼說，先生是要另謀出路了？」石達開忍不住了，終於問。

「當然，」他毫不掩飾自己的打算，並且傲慢地說，「山人可以預言，只有孔孟之道才可統治中國，上帝斷不可行，你等縱使帶甲百萬，橫行中國，也不可得天下，得民心，你們有本領攪亂這個國家，山人我可要出來收拾這個殘局！」

口氣之大，使石達開相信他真有幾分「癲」，也正因此，石達開覺得古人所謂「不能用之，則必殺之」這句話也多餘，殺這麼個口出狂言的狂夫大可不必。

第二天，前方傳來西王蕭朝貴在長沙城下受重傷的消息，部隊北上速度加快了。

石達開被天王召去商討軍情，之後，即單騎馳赴長沙城下代替西王指揮攻城。

也就在這時，因疏忽，「癲子」失蹤了，據伺候他的小卒報告，他是在淥江書院附近走失的。

接著傳來西王蕭朝貴傷重而死的消息，石達開擔負起組織指揮攻城的重任，這些天，日夜調度軍士挖地道，造雲梯，累得喘不過氣來。

當他聽到小卒的報告，「癲子」走失時，仍吃了一驚，特別想起了那「有本領收拾殘局」的預言，不由多了一份心事……

七年後的咸豐九年，太平軍經過楊、韋內訌，翼王石達開受天王猜忌，率大軍出走，由江西攻入湖南，轉戰湘東南時，曾又一次發出《討清虜檄》，此時的石達開對天王洪秀全那一套已完全看透了，失望了，所以，他的檄文，竟全用「癲子」的初稿，僅於其中易數字而已。

官軍有繳獲這《檄文》的，送呈到衡陽的撫台行轅來，時左宗棠正代駱秉章督師衡陽，見到此《檄文》僅連聲冷笑而已……

——天地之間，奇蹟的出現，往往是意志較量的結果，臥薪嘗膽、破釜沉舟的抗爭，往往使不可能的狂言成為眼前的現實。

左宗棠如今是徜徉在花團錦簇的成功坦途上，驀然回首，那真是一條荊棘叢生的路。

一切皆成歷史，造物無情又有情。當日那不可一世的天國，終於煙消火滅了，予智予雄的天王、天將們先後懸首國門，昔日被人視為癲狂的預言終成為現實，大清帝國在經歷了那一場「紅羊大劫」後，又在慶賀它的中興……

然而，回憶起往事，對照宏仁寺所聞所見，卻分明是因緣前定的啟示呢！

第五章 盛極金城

咫尺龍沙

苦水驛今日沸騰了。

它坐落在莊浪河邊，是從蘭州西行，跨上河西走廊的第一站。距蘭州七十里，屬涼州府的平番縣。只要過了苦水驛，走不多久，便能遙遙望見蘭州城垣及總督衙門前那根高擎著的旗杆了。

在蘭州以三品京堂身分代行代拆總督事務的楊昌濬，一直在翹首以待。早幾天就接到了左宗棠在過岔口驛時寫給他的信，兩天前又接到前站遞到的關於欽差行止的排單。他不敢怠慢，一面吩咐首府和首縣準備迎接事宜，一面知會本城所屬文武官員先一天趕至苦水驛恭候，自己隨即上轎出城，再一次檢視浮橋、渡口及道路，再次聽取負責迎接事宜的兵備道劉璈的報告，才放心出城上路。

待他的八抬大轎趕到苦水驛時，只見驛前黑鴉鴉地聚滿了民眾。他吃了一驚，走近才知，原來左相奉詔東歸的消息已一路傳遍，這些人是得訊後從皋蘭、河州及西寧、循化一帶趕來「攀轅挽留」的漢回士紳。

楊昌濬一眼望去，只見驛館前已擺滿了香案、萬民傘及擘金的功德牌、匾，為首二人，一個是新科進士、左相的得意門生安維峻，另一個便是河州鎮副將馬占鼇。

安維峻與馬占鼇，一為漢紳，一為回紳，個人之間與左宗棠有著非同尋常的關係，同時，他們又是左相在甘肅文治武功的活見證。

先說文治，左宗棠奏准甘肅分闈鄉試，免除諸生旅途奔波之勞，單此舉便深受莘莘學子的歡迎。捐資維修蘭山書院，並在各府縣廣開學校。

為解決師生缺書之苦，他又先設正誼堂書局於福州；後設崇文書局於漢口、關中書局於西安；龍錫慶設尊經書局於西寧。分刻《十三經》、《廿四史》及小學發蒙書籍如《三字經》、《百家姓》之類，分運陝甘各地，總算緩解了師生的燃眉之急。

待光緒元年蘭州貢院落成，這年在本省第一次舉行鄉試，終於拔選了不少雋才，安維峻便為其中佼佼者。

他本是成紀人，少年英俊，文才出色，是蘭山書院的高材生。左宗棠在蘭州之日，閒暇時常去蘭山書院看望師生。

山長吳可讀將安維峻的文章推薦給他看過，他激賞不已。安維峻家貧，飲食常不能為繼，左宗棠得悉後，時常資助他。待鄉試舉行，左宗棠以總督身分親臨貢院監場。

諸生入場前，他先巡視考棚，曾於其中一號舍小憩，並預言在此作文之人必領鄉薦。不料入場後，這個位子恰好為安維峻輪到，他不由大喜，晚間，他又出巡各號舍，見安維峻伏案作文，筆走龍蛇，文不加點，很是順暢，乃於月下曳杖獨步，仰天默默禱告道：「鄉試為國求賢，若安維峻得為解首，此科才不算虛設。」

至主考閱卷評選完畢，左宗棠高坐「至公堂」聽填榜唱名。科場規矩，填榜唱名從第六名起，唱完中式的所有舉人再唱前五名，而前五名又是倒著念，從第五名起再至第一名解元。左宗棠從第六名一直聽到榜尾仍無安維峻的名字，已坐立不安了；及唱到五魁，仍無他最賞識的人，他絕望得幾乎要離座而去了。不料念到最後的解元，果然是安維峻。

左宗棠不由大喜，連稱試官有眼。

這以後，安維峻公車北上，左宗棠除饋送程儀外，又親筆書寫一條幅相贈，謂：「行無愧事，讀有用書。」安維峻將其作為座右銘。

不料安維峻在京，一連考兩科皆不得售。左宗棠得信，乃寄信於他，諄諄教誨道：「科名不足為人輕重，幸勿介懷，惟讀書自樂，靜以俟之。」

安維峻於是安心留京讀書。左宗棠知其居京困窘，歲暮必寄資贍其費用。

今年初，左宗棠復寄書安維峻，謂「吾意爾今科必捷。」果然，安維峻入春闈後，文思敏捷，放榜之日，高捷南宮。

安維峻受左宗棠如此關顧、激勵，故對他敬之若父母。而「行無愧事，讀有用書」一聯則成為安維峻一生做人的信條。

他後來居官清正，不諛不阿，光緒十九年他官福建道監察御史，曾嚴劾李鴻章、李經方父子，謂李經方「擅作威福，居心叵測」，李鴻章「狂悖喪心，貽誤軍國」，「勾結樞臣，交通太監李蓮英，互為袒庇」。

此疏一上，安維峻落下「攻訐大臣」的罪名，充軍東北。他因此直聲傾朝野。離京之日，送行者萬人空巷，而他的奏疏則不脛而走，京師士民相互傳抄、稱頌，一時洛陽紙貴。這當然是後話。

左相識拔安維峻之舉，在甘肅諸生中，成為奮發讀書、相互激勵的典範。他們對左相愛才、重才及識拔後進之心感服不已，所以，此番奉詔東歸，蘭州及附近州縣書院師生幾乎全部趕來送行。

馬占鼇則代表了一部分受撫後，大得好處的回族士紳。這也是左宗棠赫赫武功的結果。河州為甘青伊斯蘭活動中心，素有「小麥加」之稱。馬占鼇自投左宗棠之後，幾乎主宰了西北回務。凡有關穆斯林的大小事務，以及他們之間的爭端，皆交與馬占鼇，由他一句話定是非。

上年岷洮一帶發生藏民暴動，馬占鼇率三旗回民軍助官軍圍剿，大砍大殺，連建奇功。故隴中各級官員，無論文武皆樂意聽他的主意，無形中，他成了通省第一個大紅人，當局又通過他出面號召、聯絡，羈縻了一大批大大小小的回紳和上層首領、阿訇、教長、鄉老、社頭以及各門宦頭面人物。以至回民之間的動態甚至一些細小事務，官府無不瞭若指掌。

這些年來，馬占鼇官運亨通。由一個降回一直當到從二品副將、協領。兒子馬安良、親信馬海晏及河州其他門宦馬悟真、馬永福等通通做了官，所以，他們這一班人對左相是又畏又敬，感恩戴德不已。

此番，當他們得知左宗棠東歸的消息，不約而同從河州或西寧等地趕了來。一時之間，苦水驛前冠蓋雲集，聚集了甘肅省各方面的頭面人物。

「馬阿訇，你們從河州趕到這裡來迎接，真是一片誠心啊。」楊昌濬轎子一到，眾人一齊擁上來請安。他先不忙招呼安維峻，卻主動向馬占鼇打招呼。

「應該，應該。」馬占鼇一邊連連向楊昌濬行禮，一邊說，「左爵相於眾穆斯林有再造之恩，我們真不知怎麼表示這一份愛戴之心呢。」

這時，河州東鄉北莊門宦馬悟真、太子寺洪門門宦馬萬有及八方花寺門宦馬永瑞等有頂戴的回紳也一齊上來叩請楊大帥金安，楊昌濬一一和他們拱手招呼。

「開始，我們以為爵相大人會走扁都溝這條路。這裡雖無像樣的官道、驛站，可我們能承辦這差事嘛。從這裡繞西寧來我們河州看看也好哇，爵相曾答應過我們的，說西征奏捷後，一定來西寧、河州看看，河州有小麥加之稱，清真寺修得漂亮，另外，我們還集資為他老人家修了生祠呢。」

楊昌濬見眾回紳這麼一片誠心，只好用「爵相君命在身，耽誤不得」的話來安慰眾回紳。客套過後，楊昌濬一邊和眾人搭話，一邊慢慢走著看擺滿兩邊的匾額。

漢紳們的匾額不必說了，這些人精於此道，字、詞都符合左宗棠的身分和功績，如「篳路開疆」、「碩畫宏圖」、「民生攸賴」等；但別開生面的卻是回紳們送來的。這些人中，精通漢學的也不少，文、字俱佳。其中一塊金匾造得很有氣勢，油漆錚亮，金碧輝煌，道是「咫尺龍沙」。

楊昌濬在這塊匾前留連半晌。

「咫尺龍沙」語出《後漢書．班超傳贊》，所謂「定遠慷慨，專功西遐，坦步蔥、雪，咫尺龍沙」——謂班超重開西域孔道，萬里龍沙成咫尺，溝通了內地與西陲的交通。比較左相的功績，此匾是十分中肯的了。

楊昌濬不由連連點頭。不料緊靠此匾的是一塊用從右到左橫寫的阿拉伯文匾，楊昌濬卻不識不解。楊昌濬身邊，也有精通阿拉伯文的幕僚，但他此時此刻也不好開口討教。

正遲疑之際，馬占鼇似乎已看透了他的心思，忙上前解釋道：「太斯密，這是回文，讀『太斯密』，是《可蘭經》上起首一句，猶如佛經的『如是我聞』，太斯密回文的意思是『普慈今世，燭照後世』。伊斯蘭經典上說，真主憐下民不得其所，將權位付與帝王代理之，帝王又委託於相。左爵相自督西北，安撫回民，循循善誘，使百千回民走慈悲堅忍、服從長官的正道。服從爵相也是服從真主。所以，左爵相是繼穆罕默德先知之後，普慈今世、燭照後世的第一人。」

楊昌濬聽了馬占鼇這麼一解釋，心中卻有幾分不以為然。

左宗棠自督陝甘，人言籍籍。於朝廷，自然是功勳卓著，於百姓，於漢回人民，可是毀譽不同，這以前，陝西回民佔全省人口三分之一，甘肅佔十分之七，可據近年戶籍調查，陝西回民所剩無幾，而甘肅回民也只佔到十分之三，這中間不排除兵連禍結、天災頻仍這一原因，但他對回民的屠戮導致回民人口銳減也應當是主要的原因之一，所謂「九邊泣血之聲，千秋暴骨之慘」不忍聽聞。

儘管這樣，卻仍有一批漢紳出於對回民的偏見與仇恨，說左宗棠不該撫回，甚至有人因此而譏笑他，稱他為「左大阿訇」。現在，馬占鼇又用「太斯密」來稱頌他。楊昌濬心想，這事在回民看來，會認為他溢美，可在漢紳看來，卻正好坐實了「左大阿訇」這一非議。

但匾已製成，既成事實，自己又找不出什麼理由反對，只好由他們。

說話之間，太陽已下山了，眾人正翹首以待，只見西北方向，塵土飛揚，有人高聲說：「來了，來了！」

眾人忙整肅衣冠，立於道中。不一會，鸞鈴響處，號炮三聲——兩匹開路的頂馬已馳突而至……

苦水夜話

「石泉兄，列位大人，久違了，久違了。」左宗棠的轎車停在歡迎的人群前。他著重裘冠服，下車與率隊恭迎的楊昌濬拱手，又向眾人拱手、點頭，同時，又翹起兩根右手指頭，得意地說：

「明天恰好又是冬至日。前後七年，兩個冬至日，這也算是平西史上的一大佳話吧。」

楊昌濬明白他這「兩個冬至日」所指何來。

一個多月前，他接到左宗棠在安西州的紅柳驛寄來的信，信中告訴他，約在冬至前後抵達蘭州。信中同時提到同治十二年冬，他督兵剿滅了肅州的馬文祿後，回蘭州之日正好是冬至日，所以，今天他又提起這事。

楊昌濬趕緊回答說：「前一回克服肅州，算是全省光復；這一回又是西域功成。古人謂冬至之日乃陰至極而陽始生，萬物開始復甦——老師為國家先後蕩平巨寇，正應著亂極而治生的天意呢。」

「不無道理，不無道理。但願國家從此太平。」左宗棠撫鬚微笑。

接下來，甘肅通省在蘭州的文武官員一齊上來與左宗棠見禮。

這班人剛完，以安維峻為首的漢紳及以馬占鼇領頭的回紳又一齊擁上來請安。

左宗棠少不得又和這一班人寒暄、互道辛苦。

然後，他和楊昌濬手拉著手，由眾人眾星拱月似的，簇擁著進入苦水驛的館舍休息，預備第二天進入蘭州城。

左宗棠既為過境欽差，又是曾兼領本省的總督。蘭州府和皋蘭縣，作為甘肅省八府六十州縣廳的首府和首縣辦差特別巴結。儘管苦水驛不屬皋蘭縣也不屬蘭州府，儘管涼州府平番縣在苦水驛早有安排，這邊蘭州知府賈元濤和皋蘭知縣王體仁仍先一天趕來布置、會商。不但這一路過往橋樑、道路皆做了通盤檢查，所住館舍也粉飾、裱褙一新，開水、熱水一應俱全，連所有炕頭也都燒得滾熱。

左宗棠覺得很舒適，很滿意，連連誇獎地方官的差事辦得好。

「節園我已令人修飾、裝裱一新，昨天接到四世兄孝同的信，他已到達西安，我已覆信沈吉田觀察，讓他派人護送到蘭州。今年蘭州各街坊及附近村鎮準備大辦龍燈獅會，慶祝升平，並提前在冬至日預演。您老人家就父子團聚，在蘭州過了元宵再走吧。」楊昌濬殷勤地說。

「那不行的啊。」左宗棠笑著推辭說，「在蘭州我一天也不想多待，辦完交代就走。你想想嘛，今年還算好，冬至到了也不見大雪大淩，但冬至五日進九，萬一大雪封住六盤山，豈不要誤了大事？」

「爵相可不能就走啊。」後面跟著的回紳馬悟真是個大嗓門，他一聽左宗棠年前就要走，馬上在後面接腔說，「自從得知您奉詔榮歸的消息，四鄉回民聞風而動，要聯合上萬民書，懇請皇上開恩，讓您留任呢。怎麼能讓您就走呢。」

「是啊。爵相再造陝甘，澤及枯骨，恩被隴右，回民可捨不得爵相。」

「爵相不能走。」

馬占鼇等一齊嚷起來。回紳一嚷，漢紳哪能示弱，立時招來一片附和之聲，容不得左宗棠插話解釋了。左宗棠見此情形，只好和楊昌濬相視苦笑了。但說畢竟是說，眾人也知道，九重詔下，天語煌煌，誰人也阻擋不住的。這，僅是讓當事人聽著高興而已。

待左宗棠更衣，盥洗坐定，眾人又輪番按品級進屋請安。左宗棠和他們一一交談問候。這麼一來，天很快就黑了。

用過晚膳，他和楊昌濬做了一次長談。因不打算在蘭州久留，但又怕匆忙中有所疏漏，苦水驛客舍寬敞，他索性與楊昌濬作聯床夜話。

與曾國藩帳下人才如雲蒸霞蔚的盛況相比，左宗棠幕府確實要凋零冷落得多——周開錫、劉典皆不得其壽；蔣益灃後來與他不歡而散；其餘吳觀禮、嚴咸諸人皆不得重用，嚴咸甚至自殺。楊昌濬等少數幾人算是碩果僅存。

遺憾的是楊昌濬仕途並不順暢。咸豐末年以諸生起家，從左宗棠攻江西，入浙江後，於同治九年由左宗棠力薦，得簡放浙江巡撫。幾年下來，頗受浙紳排擠，他早已不安於位，至楊乃武一案發生，他終於被免官回原籍了。

在楊昌濬任浙撫期間，浙江一省傾全力協助西征軍餉。直至他被革職，還以私人名義捐助了一萬兩白銀助西征軍軍餉。

當時，楚軍各部出關在即，軍餉卻仍無著落，左宗棠四處求援，唯彭玉麟以私人名義捐銀四萬兩，楊昌濬私人捐銀一萬兩。此舉最令左宗棠感動，幾至銘刻在胸。至劉典臥病蘭州，左宗棠後路乏人，乃數次上奏，終於調楊昌濬來西北幫辦軍務。

光緒四年冬，楊昌濬終於到達蘭州，這時，正是天山南北路已全部光復，但安集延殘匪仍數次竄擾邊陲，伊犁尚未回歸，崇厚正乘槎使西，左宗棠坐鎮酒泉日夜注視東西方消息的關鍵時刻，而恰在這時劉典病逝蘭州，楊昌濬幾乎一到蘭州，就馬上挑上重擔。

左宗棠自同治四年正式去福州就任閩浙總督，從廣東移節福州時與楊昌濬分手，除了書信往還卻一直無緣會晤。所謂「音敬時通，究未能一見顏色，十數年契闊之念，與日俱長。」

光緒五年春間，這份心願總算是了了——楊昌濬特地離開蘭州，去肅州看望正患了腹瀉的左宗棠。舊雨重逢，萍蹤復合，左宗棠頓覺病體驟減，二人泛舟酒泉湖上，楊昌濬詩興大作，寫下了那首後來膾炙人口的絕句：

上相籌邊未肯還，湖湘子弟遍天山。
親栽楊柳三千里，引得春風渡玉關。

如今才一年餘時間，「親栽楊柳三千里，引得春風渡玉關」的詩句已誦遍天山南北、玉塞金城。左宗棠想起往事，不由感慨系之，乃喚著楊昌濬的字說：「石泉，這一路所見的楊柳，長勢真是可愛，大的竟至拱抱了呢。」

「是啊，十年樹木，百年樹人。只我輩無能，濫竽門下，辜負了老師您的栽培。」靜室對坐談心，楊昌濬語調為之一變。

左宗棠一怔，這才發現此回楊昌濬的情緒並不怎麼高昂。為什麼？左宗棠不問也清楚他的心事。

他自前年被奏調來西北，名義上只是一個軍務幫辦的銜頭。去年底，岷洮土司所屬番人古旦巴作亂，自稱「活佛」下凡，拯救生靈，鬧得秦州、階州一帶不得安寧。賴楊昌濬坐鎮蘭州，調兵遣將，直至前不久才平息這一場暴亂，擒斬了逆首古旦巴夫婦。去年十月，甘肅布政使崇保丁母憂，布政使一職出缺，詔命下來，楊昌濬僅得以「欽賜三品卿銜」的身分署理甘肅布政使，待此番左宗棠奉詔入京備顧問，他又是以署理藩司的身分護理陝甘總督。

按朝廷制度，督撫及司道出缺，以同級官員代理稱為「署理」，以低一級官員代理則稱「護理」，或稱「護篆」，眼下，楊昌濬以三品卿銜署理甘肅藩台，以署理藩台的身分護理總督。雖甘肅一省只有總督而無巡撫，但畢竟一為「署理」，一為「護理」——「妾身未分明，何以拜姑嫜」？

左宗棠雖屢次上疏，保薦楊昌濬，追述其在江浙閩粵平長毛之功——左部楚軍中，蔣益澧、劉典外，楊昌濬算是功勞最大。甚至在平息了古旦巴夫婦之亂後，左宗棠還上密摺，保薦楊昌濬公忠體國，才具不凡，可以大用。可奏疏上去後，兩宮太后留中不發，永無下文。

左宗棠懷疑楊昌濬之所以遲遲不能開銷處分，是以帝師翁同龢為首的那一班江浙系的京官從中作梗。聯想到楊昌濬當初丟官冤枉，左宗棠火氣又上來了。

他的火一旦上來，便忍不住要罵人，先從翁同龢罵起，繼而又罵刑部承辦楊乃武一案的夏同善、邊寶泉及翰林院編修張家驤，稍帶連旗人剛毅及翁同龢的侄子翁曾桂、李慈銘也一齊罵到了。他罵一句話，江浙籍那一班京官無一個好人，這中間，他當然忘不了把也在浙江的胡雪巖剔除開。他罵遍了所有人後說：「浙江只胡雪巖不錯，是一個好人，還有丁稚璜也的確有骨氣，不隨波逐流，敢仗義執言。」

丁稚璜是指四川總督丁寶楨。楊乃武一案在京複審時，他正好入覲在京，一聽此案牽涉浙江一省一百餘名在職官員，心中很是不平，竟跑到刑部大堂大發脾氣，說此案若翻了，地方官員還有人敢當嗎？雖然結果還是翻了，但他此舉很是獲得兩湖派人士的好感，另外，只有楊昌濬自己心裡清楚，楊乃武一案，胡雪巖也是插了手的。楊乃武一案定讞後，胡雪巖曾兩次資助楊乃武的家裡人京控，不過，胡雪巖是左相的心腹人，眼下還出奏說他籌餉有功，請朝廷賞他穿黃馬褂子。

楊昌濬明白左相護著胡雪巖，故在向他講述丟官經過時，略去了胡雪巖暗中資助楊家人京控這一情節，以免左宗棠為難。

去年，楊昌濬去肅州看望左宗棠時，左宗棠已罵過一遭了，這回是第二次罵。譽已成癖的左宗棠，罵政敵無能也成癖。然而，罵人畢竟無濟於事。所以，罵過之後，他轉而安慰楊昌濬道：「我說石泉，你還是不要著急，慢慢來。貴同鄉曾文正生前有一句名言：做官要以耐煩為第一要義，就拿我們湖南前輩鄉賢賀耦耕先生說吧，受的委屈確不少哩。那樣的能人，書又讀得好，可那一年左遷河南布政使，從昆明經湘西常德去河南，想回長沙省親也不敢哩。」

於是，他又不厭其煩地向楊昌濬講起了賀耦耕。

耦耕即前雲貴總督賀長齡的字，他是長沙人，弟弟賀熙齡既是左宗棠的老師，又是左宗棠的親家，他們兄弟皆極推重布衣時的左宗棠，賀熙齡曾有詩，讚他「開口能談天下事，讀書多得古人心」。

故左宗棠亦對賀氏兄弟極為尊敬。

道光末年，賀長齡任雲貴總督，以辦理回務不善，被降為河南布政使，不久告病回湘，至病逝也未開銷處分。

左宗棠此番回京之際，曾上了一道奏摺，提出將好幾個有功之人事蹟宣付國史館立傳，並請為賀長齡開銷處分並追謚。

楊昌濬聽他一說，當然連連點頭。

儘管有一肚子苦水，可也沒有在此時此地盡情地發洩之意。他心中豈不明白，此番老師返京，肯定是要入值軍機處的。當今無宰相之設，大學士只是虛銜而無實職，權力集中在軍機處，左宗棠以東閣大學士的頭銜入值軍機處，享有了宰相的名與實，算是「真宰相」。自己有了這個靠山，要開銷處分，東山再起實在不難，所以，他只「微露心事」，點到為止，接下來的，才是他真正感到為難的幾件事。

首先，番人古旦巴作亂，劉璈辦理善後，辦得大不如人意。

劉璈是湖南臨湘縣人，縣學生員出身，現任蘭州兵備道，算是追隨左宗棠南征北戰的親信。此番，他赴岷洮善後，竟縱兵焚掠，殺戮很慘。

本來，依楊昌濬的主意，只要首惡拿獲，其餘脅從可以從寬。再說，岷洮一帶藏民一向溫順，也用不著痛加懲戒。無奈劉璈不把他這署理藩台放在眼中，一任馬占鼇等人橫砍蘿蔔豎切蔥地亂殺。

另外，此案還牽涉到上年春間秦州、階州一帶的地震。

去年春間，階州地震。據當事人記述，其時有聲如雷，蕩絕數百里。地震波及周圍七八個縣，階州城內死亡近萬人，文縣死一萬七千人，成縣、西固、秦安及天水等地也有不同程度的死傷。階州下游有一個鎮，名洋湯河，原來曾是萬家燈火的集鎮，地震後，倏成澤國，雞犬無蹤。

當時，左宗棠正駐肅州，甘肅藩司崇保、臬司史念祖欲會銜入奏，左宗棠慮及中俄交涉吃緊，兩國有動刀兵的可能，怕京城一班都老爺又藉「天象示警」大做文章，故主張不報，不久，有御史彈劾四川總督丁寶楨，說他匿地震不報，請旨嚴加詰問。左宗棠得知消息，才趕緊補報。

其實，四川之震，實乃階州餘震。左宗棠武功赫赫，聖眷優隆，「都老爺」們也欺軟怕硬，避實擊虛。左宗棠心中明白這關係，又好氣，又好笑。

「因階州地震，民人駭怕天災，正惶惶無主，番民古旦巴乃藉機造謠。說來可笑，也實在是小民愚不可及，古旦巴之妻，恰好於地震之日，產下一子，古旦巴便詭稱此子為活佛轉世，並說他雙耳垂肩，生下即能言語，說得活靈活現。」

楊昌濬向左宗棠補述番民造反的起因，先是感歎一番，又說：「古旦巴家住距階州九十里的瓜子溝，四通八達，一下傳揚出去，引得階州四鄉民眾相互傳言，說古旦巴生有大耳朵兒子，如何的天生異人之相，古旦巴愛算卦、跳神，在人前裝神弄鬼，很有一班信徒。於是，藉此為由，傳雞毛令箭，說地震為大耳朵兒子所帶來，乃是因眾人不信活佛之故，又說，如信活佛，刀槍不入，無災無殃。無知百姓怕地震，又惑於活佛保佑，於是紛紛自帶刀槍，往投活佛。這一來，反形大露。」

左宗棠聽了搖頭歎息，又問起岷洮的楊、馬二土司。

管理岷洮地方的楊土司、馬土司對朝廷忠心耿耿，得知消息後，一邊趕緊著人來省城報警，一邊加緊調兵鎮壓。楊昌濬在蘭州得到警報，馬上從隴東南及河湟一帶調兵，又派劉璈、沈玉遂親赴階州督促，會同秦階鞏道魏光燾部署進攻，迅速布防堵截，毋令滋蔓。

他知回民與番民因教爭不和，特將馬占鼇的三旗河州團練也派了去。番民雖為烏合之眾，且又不曾受訓，但岷洮一帶地形複雜，山勢險峻，番民利用有利地形處處設防，步步為營，與官軍反覆拼殺，致使官軍傷亡甚大。

劉璈、沈玉遂一怕遷延時日，二恨番民頑抗，遂令部下馬占鼇等部大肆焚掠砍殺，有時玉石俱焚。為此，岷洮一帶民眾及士紳對此很是氣憤，甚至說河州來的團練此番是要公報私仇，形同土匪。並有鄉紳聯名具稟，控告到了省府，說劉璈、沈玉遂縱兵殺戮無辜百姓。

楊昌濬把這些情況報告與左宗棠，左宗棠對眾鄉紳的控告並不放在心上，只追問道：「首惡古旦巴及那個大耳朵兒子呢？」

楊昌濬說：「首惡古旦巴自然落網，至於那個不凡的『活佛』，在其父母被俘後，才絕乳三天，也就死了。」

楊昌濬拉拉雜雜，期期艾艾說了事件及處理的全過程，左宗棠細細地體味，發現他有些心虛和後怕，不由開懷地笑了。楊昌濬還有些莫名其妙，左宗棠拍著他的肩膀說：「石泉，你真是一朝被蛇咬，三年怕井繩。為伊犁之爭，中俄之間，劍拔弩張。楚軍主力，盡調往邊疆。隴中為我西征後方，豈能容此小丑跳樑。若不放手懲治，盡快殄滅，豈不要壞了我的大事？古人一句名言：當斷不斷，反受其亂；當殺不殺，大亂乃發。所謂以殺止殺，以刑止刑。不然，何以根治？這以前，我對金積堡、西寧、肅州都是這種手段。要根治匪患，別無良方，就只一個狠心而已。劉璈、沈玉遂跟我最久，也最善於體察我的意思，算是甘肅省傑出的能員幹吏呢。」

說到這裡，左宗棠又壓低聲音，對楊昌濬說，「實話告訴你罷，當時對河州馬占鼇的各門宦，也是要大加整肅的，因他十分恭順，才刀下留人，現在看來，還是當初手軟了一些，河州後來又反了閔殿臣嘛。凡是當初狠心整治的地方現在都安寧無事，金積堡、西寧、肅州再沒有複叛。石泉呀石泉，仁不掌政，慈不掌兵哩！」

楊昌濬怕的就是殺戮太慘，控告上去，上頭追究。楊乃武蒙冤，畢竟沒有殺頭，也把個巡撫的烏紗摘了，何況這是良莠不分，玉石俱焚，一殺就上千呢？今見左宗棠肩膀極硬，是擔待得起的靠山，也就放了心。左宗棠又叮囑他說：「我看這樣的小事，用不著憂心忡忡，趕緊把善後過程詳細寫明出奏。年底前，通省官員考核勞績，在這事上出過大力的擺在前頭，尤其是岷洮士紳攻擊最厲害的劉璈等人，要大書特書，使上頭知道這些人對朝廷最忠，功高受謗。至於有人要說，要告狀，就由他們告去好了，焚燒搶掠也好，殺良誣盜也好，誰讓他們造反呢？兵凶戰危，死人是常事，聖人知兵器是凶器，不得已而用之。」

天大的干係，就左宗棠一肩挑起，楊昌濬放了心，接下來，便是糧餉的事。

最近，因中俄關係吃緊，談判毫無進展，外間不斷報導，俄羅斯帝國黑海艦隊鼓浪東來，海防漸漸被提到迫在眉睫的地位上來。於是，各省督撫，尤其是沿海富庶省份，無不以此為藉口，幾乎在不同程度上拖欠停解的西征協餉。年關在即，新疆各路軍馬的薪餉已瀕臨枯竭。

這些年，左宗棠於西征軍事，無有不順手之處，而最令他心力交瘁的便是籌錢。胡雪巖經手籌借外債達一千萬兩，外間頗有責難。借外債打內戰名聲不好且不說，更有人指責左宗棠用人不當，說胡雪巖中飽私囊，發國難財，對這些，左宗棠皆隱忍不言，極力為之掩飾。他並不是甘心受胡雪巖的蒙蔽，實在是捨胡之外，更無人可挺身而出，救此燃眉之急。

眼下新疆軍事並未完全告竣，萬一談判破裂，仗還有得打。對於在西域用兵，籌備糧餉輸運一事從國初以來便責無旁貸地落到陝甘總督的肩上。眼下各軍行餉已改成了坐餉，又大肆在裁撤冗員，軍費較以前節省不少，但那一筆遣散費加上歷年積欠，實在也不是一筆小數目。左宗棠任督辦軍務欽差，催撥糧餉的信自然向他來。這裡左宗棠奉詔東還，還才啟程，劉錦棠催餉的專函便到了楊昌濬手上，說年關前非急解二百萬兩白銀來不可。

「老師，劉毅齋在這一個月內連發來七封專催撥款的信。毅齋說，歷年積欠已至數百萬之多。這次裁撤老弱冗員，要打發人家上路，不清理陳帳會要鬧出亂子。又說如今他的日子是王小二過年——一年不如一年呢。」楊昌濬一邊說，一邊從靴統子裡慢慢地取出一封書紙，準備讓左宗棠看。

「唉，他幾時便到了這個地步呢？」左宗棠白一眼信封，懶得去接。他說，「前不久，廣東不是解去了五十萬兩麼？他為人我清楚，一個心思只為撈錢，生怕欠下的成了死帳，一個勁地逼，到手便是財。其實呢，唉，不說也罷，古人說，金銀珠玉，饑不可食，寒不可衣。」

這話籠籠統統，含含糊糊，楊昌濬明白其中的奧妙——劉錦棠愛財，這幾年，在家鄉及長沙寶南街大砌府邸，在湘鄉廣置田產，楊昌濬也是湘鄉人，心裡自然清楚他錢從何處來，加之他接手理事不久，便發現劉錦棠軍費報銷中有好幾筆糊塗帳，他幾次向左宗棠寫信提出此事，都被左宗棠壓下去了，左宗棠甚至在今年年初一封信中明白地告訴他，且引用二句軍中流行的俗話說：西出陽關無好人，千里做官只為財。有幾個人能像你我，胸懷天下？他們出生入死，圖的就是後半世的富貴呢，劉錦棠窮漢出身，貴顯後求田問舍，不能怪他沒出息，實在是根底全無，超脫不到哪裡去。左宗棠又說，劉錦棠會打仗，不怕死，軍中稱「劉大鬮」，他愛錢，就讓他揮霍一些也就得了。

這回，劉錦棠算是走過了頭，左宗棠才離任，尚未到京，便讓才接手的楊昌濬為難，使左宗棠也覺太過分了。

左宗棠氣憤之餘，還在沉吟。楊昌濬急於要左宗棠有個切實的交代，他明白，左宗棠這「鐵肩膀」一走，擔子全落到他身上。

劉錦棠信上開的是獅子口。老湘營軍餉還在曾國藩時代便已認定由兩江總督劃撥，曾國藩之後，沈葆楨便賴過帳，如今沈葆楨又死了，由劉坤一接手，幾經易人，這一項餉源怕落空，如今，劉錦棠戰功赫赫，驕橫之態一日勝過一日，且已代領全軍，催的已不是老湘營一個營的餉，哪裡會把他一個小小的楊昌濬放在眼裡呢？

楊昌濬不說話，只雙眼定睛地望定左宗棠，必得他一句實在的話才能放心。左宗棠沉吟半晌，終於說：「這樣吧，劉毅齋那裡，你先回他一封信，告訴他，所有積欠，一定陸續解到，只是在時間上有個輕重緩急，但絕不會落空——你知他的意思吧？他急著催餉，是怕你接手後，不認陳帳，趁我還未走遠，先釘上釘子反上腳。他撈錢逼帳厲害之處便在這上頭，你也領教一下你這位鄉親的手段吧，你讓他放心，另外，我到京後，不會把這事撂開不管的。皇帝不差餓肚兵，養兵就要拿錢來嘛，這些年，各省督撫們在西征協餉一項上從沒有痛快過，好像光復故土是我左某人的私事似的。」

左宗棠說著來了氣，拳頭往小几上一擊說，「各省協餉不力，一定要請旨嚴加切責。另外，你也不必擔心，只要兩宮太后、皇上認為這仗要打下去，新疆也丟不得，上頭鬆了口，我還有另一著棋呢。」

這「另一著棋」楊昌濬明白，無非又是令胡雪巖借外債。外債利息高得嚇人，卻可以應急，再說，劉錦棠所催的餉是按編制應予劃撥的，遲早是要撥，一文也少不得的。

頭等的兩項大事有了眉目之後，以下便是泛泛之談了。

今年，甘肅省出了兩件令讀書人引以為榮的大事，第一件是春闈榜發，安維峻中了進士，這證明左相愛才重教，慧眼識人；第二件便是前蘭山書院山長吳可讀起復之後，在京師隨百官護送穆宗及嘉順皇后靈櫬去皇陵路上，留下一首七言律詩及一份遺疏自縊殉君——遺疏中提出了「繼統必繼嗣」這一大題目，這也是他早在穆宗龍馭上賓時便言論過的，今天不惜為此拚性命了。

此事發生後，一時在公卿士大夫之間鬧得風風雨雨，尤其起勁的是那一班「清流」，認為吳可讀此舉為清流增了光，一時之間，哀詞、輓聯、誄文紛紛而至。靈柩運回蘭州之日，蘭州的官紳更舉行了一次大規模的公祭。

左宗棠聽楊昌濬說起，不由感歎了一番。

天南海北，扯了很久，左宗棠健談，滔滔不絕。說到最後，他用神祕的口吻告訴楊昌濬，說後營還載了一個西域美女。「立雙臺於左右兮，有玉龍與金鳳；攬二喬於東南兮，樂朝夕之與共。」說到此事，他不覺神采飛揚，逸興遄飛。

楊昌濬真的服了——他不明白，這個長自己十五歲的老人，何來如許旺盛的精力。

盛宴

左宗棠終於進入蘭州城，看到了畢生以來場面最為壯觀、且專為他一人而設的歡迎儀式，領會到了萬千民眾對他的無比景仰和愛戴。

蘭州，古稱「金城」，設置於西漢始元六年，為歷代兵家必爭之地。至明清已為內地，朱元璋封第十四子為肅王，藩邸即在蘭州。

左宗棠自同治五年九月奉旨出任陝甘總督，迄今整整一十四個春秋，他駐節省城的時間卻並不多——他率兵赴陝甘後，由秦而隴，步步進剿，直至同治十一年七月才首次進入蘭州城，這距發表為陝甘總督之日已整整六年了。

其時，金積堡的馬化龍已就戮，河州的馬占鼇已就撫，西寧及湟中大部分地方已光復，逃在循化一帶的馬本源、馬桂源已成釜底遊魂，就擒只是早晚的事，僅馬文祿仍據守肅州，但那僅剩一隅之地了，六年苦戰始進入他的任所。

這以後，為指揮西征，左宗棠又駐行轅於肅州，時間長達四年，他在蘭州時光不長，但不乏惠民之政。小言之，僅開鑿飲和池及挹清池——兩個大水池，解決了城內民眾汲飲之患，便使蘭州大部民眾感恩戴德，有口皆碑了。

為此，他西征奏凱，載譽東歸，竟贏來了蘭州民眾——無論漢民、回民的盛況空前的歡迎。

這一天，陽光明媚，很少風沙。古老的金城，如逢年過節，盛裝以待。儘管這些天，把守城門的官軍人數翻了幾番，盤查、監視特別嚴格，但四郊的百姓，包括皋蘭、金縣甚至更遠一些的人，全趕早進了城。

他們中，多為看熱鬧的婦女、老人，也不乏趕生意的小販。大男小女、扶老攜幼，不到午時，城裡已人山人海，三街六巷及通衢大道上，滿是攢動的人頭。

廣源、廣安、廣武、迎恩、通遠、南稍、安定、袖川、皋蘭九座城門的城樓及千年古渡鎮遠浮橋的欄杆皆整修、油漆一新，上面高高地吊一排大紅燈籠，外面紮起一座座松樹和花草紮成的彩門，垂著流蘇彩條，遠遠望去，就如一座大型的花轎。

西北的鼓樂，特具粗獷、豪邁之色，大鑼大鼓及成隊的腰鼓、羯鼓，合擊起來，聲音宏大，形式壯觀。

蘭州東西兩城及四郊民眾，為歡迎左宗棠的入城，竟有些爭雄鬥勝似的，皆罄其所有地搬出來了，只見自北岸的王保城經鎮遠浮橋直至西關十字路口，一片彩旗招展；進西關後，城門口及兩邊街上排列上百面大紅架子鼓，每鼓配兩人，身著彩裝；架子鼓後，是成百上千的小夥子組成的腰鼓隊和鐃鈸隊，大鼓一響，鐃、鈸齊應，聲震九天。

兩隊搖頭擺尾、首尾相銜的龍燈，先是奔騰翻滾，迎左宗棠於鎮遠橋頭，然後，又飛翻滾動，在前面開路，接左宗棠前往總督府署——節園。

兩隊龍燈中，最值一提的是走在最後的幾節龍燈，真個使蘭州的百姓耳目一新——這是純為取悅左相而排出的節目，不但舞龍的人全是在蘭州的湘陰籍兵丁，且玩的龍頗具左相故鄉湘陰的特色。

原來湘北一帶的龍燈比其他地方的龍燈要不同些，他們一般分「擺龍」和「玩龍」，「擺龍」形狀比北方的還大，有的可長到一百零八把，近一里路長，但純為擺著而不玩，故名為「擺龍」。「玩龍」小巧精緻，一般為十三把，可玩起來花樣很多，它除了行進時，也像北方的龍一樣奔騰翻滾外，還可相互穿插，玩出許多吉慶的名色。

另外，湘陰玩龍，還有一項特色，即舞龍時同時舞蝦。蝦子由整根楠竹剖開做成，上面紮許多裹白皮紙的竹圈，表示為蝦子的軀體，一個大「蝦頭」，幾根長長的觸鬚，很威武。舞時由兩人扛著做一伸一屈的動作——其實既費力也並不怎麼美觀，但因是左相家鄉特產，故由楚軍中的湘陰人把它搬演出來，居然也博得不少人的喝采。

先是兩隊本地龍燈過後，隨行的是一隊小鑼鼓及嗩吶，他們敲奏出一套《將軍令》、一套《得勝令》過街，然後，兩條長長的擺龍靠兩邊排過來，為後面的「玩龍」開出一條寬敞的道路，緊接著，九條小巧的「玩龍」捲成一團，張牙舞爪的捲過來，「九龍下海」過後，是一隊赤膊大漢舉著幾隻蝦子，一屈一伸地跳過來，這時，銃炮聲聲，為之鼓勁，本地人沒見過這種耍法，一齊叫好……

直到楚軍的龍與蝦過後，才是左宗棠的座車。

此時，兩邊的民眾見左宗棠的座車出現，馬上一齊擁上來，立時阻塞了車道，從西關至總督衙門所在地的節園雖只短短的兩三里路，卻走了幾乎兩個鐘頭。

面對如此熱烈的場面，左宗棠豪興頓發，途中遇險及宏仁寺的疑雲也早被這震天鑼鼓、轟隆隆的銃炮驅散。他不顧袁升的勸阻，竟令從人撤去車簾，讓萬千民眾盡情地瞻仰他的丰采，自己端坐車前，不斷地向兩邊的人拱手，人們則大量擁向他的車邊，向他歡呼。

一個頭戴白帽、銀髯飄飄的老回民擠上來，攀住他的車轅，叨叨絮語。左宗棠拉住他的手，也想和他說幾句，但鼓聲、銃炮聲、歡呼聲震耳欲聾，終於聽不清對方說了些什麼。

一個壯年漢子，肩上扛一個年約四五歲的小憨娃，手中拿一長串紅野果子穿成的圓圈，好不容易地擠到了車前，小憨娃向他不斷揮手，口中哇哇大叫。

左宗棠一眼瞥見小孩的臉龐非常可愛，又見他父親快要擋不住人流而被擠到街邊去了，忙伸手讓袁升從眾人頭上把小孩接過來，抱在懷中。

小憨娃不畏生人，把手中的野果串戴在左宗棠的頭上，口中直嚷嚷。左宗棠湊近他嘴邊才聽清，小憨娃一口河州腔，喊的是「耳則子，老人家。」

河州方言，「耳則子」為貴人的稱呼，老人家則是稱本門宦的教長。左宗棠覺得此憨娃憨態可掬，乃順手從手指上取下一枚翠玉扳指賞他。

這樣擠擠挨挨，可累壞了袁升及他督率的衛隊，在平常情況下，這支武器精良、武術嫻熟的護衛隊保護一個總督是綽綽有餘的，可在此情形之下，要防萬一卻十分困難。他們懷中的雙槍不能上膛，怕萬一走火傷了百姓，喜事成了哀事，刀也不便明晃晃地操在手中。

於是，袁升命令部下，緊緊地挨著左宗棠的座車，背靠著左宗棠，面對民眾，眼睛注視前後左右，凡面露凶氣、不尷不尬的人不讓靠近。

就這樣，走到節園門口時，袁升全身已被汗水浸透了。

「好，好！」進了節園後，儘管耳鼓裡仍是「通、通」的鼓聲，左宗棠仍忍不住自言自語地稱讚了一句——就此一個「好」字，使一邊侍立的蘭州知府賈元濤鬆了一口氣，如聽到了皇帝親口褒獎一般，喜不自禁。

賈元濤幾乎在接到左宗棠動身的消息時，便已開始構思、籌畫這回的迎接場面了。如果這樣的便算好，那更好的還在後頭呢。

節園為故明肅王舊邸。《明史》記載，肅莊王朱楧，為太祖十四庶子，初封於漢，後改封於肅，再移蘭州，九傳至朱識鋐，萬曆四十二年封世子，天啟元年襲封。崇禎十六年死於流賊之難，故其邸稱節園。

這座府第基宇宏闊，不僅園亭花木之盛為各省之冠，就其建築規模而言，也是繼兩江總督府後，再無可與之為匹的。

明末肅王這次遇難，肅王嬪妃全數自裁於府邸。同治五年督標兵之叛，楊岳斌的幕僚全數被戕，這血案的全過程也發生在節園總督署內。

節園作為總督府署，歷任總督都有所修建，其中以嘉慶、道光間的總督那彥成及現任總督左宗棠挪移重建工程最偉，自正門、儀門、大堂及大堂後面各庭院、樓、堂、館、閣和花園戲臺、水榭一律重修，很費了一番苦心，左宗棠又審度地形地勢，引黃河活水入園，逶迤曲折，使滿園充滿生機。

左宗棠進得園子，已是黃昏時候了，放眼節園，已是花的海洋，燈的世界，今天，節園前後左右四門，全部對外敞開，除一部分機要所在及眷屬居住的院落關閉、並布有兵丁警戒外，其他地方，一任遊人自由賞玩。

左宗棠馬上征戰半生，頗嚮往禮樂興邦，楊昌濬早揣知其意，想讓他辭別金城之日，有一個與民同樂、共慶升平的機會，所以，奉詔東行公布之際，他便開始令人籌備，藩庫支錢，四鄉雇人、備料，這一切交蘭州知府賈元濤承辦。後來得信，軍情緊急，左宗棠不可能在蘭州過年，只好讓燈會提前，今天，算是大功告成了，左宗棠如願以償；蘭州城及四鄉的居民也得以一飽眼福。

園中燈火輝煌，遊人喧鬧，而東邊緊靠藩台衙門的後花園——憨園的大廳裡，卻又是另一番景象。

這裡是東苑，乃節園的園中之園，遠接外面燈火繁華處。但從這邊再往前走，卻遊人稀少，幾至絕跡，原來這裡已布了官軍步哨，戒備森嚴，從這裡抬頭往前看，只見「神功顯濟」、「瀚海波清」的兩塊高大燈牌遙遙在望，因地方寬敞，林木遮擋，竟感覺不到半點喧鬧聲，真是一個鬧中取靜的所在。

大廳中，集聚了甘肅一省所有的頭面人物。左宗棠居中，坐了首席，左手邊是楊昌濬、寧夏副都統謙僖、涼州副都統崇志、甘肅臬司史念祖、署理臬台、平慶涇固道魏光燾、安肅道福裕、西寧道張宗瀚、秦階鞏道譚繼恂、甘涼道鐵珊、蘭州兵備道劉璈等一班司道大員及馬占鼇、馬悟真、馬萬有、馬順清等一班回紳，蘭州知府賈元濤、知縣王體仁叨陪末座；右手邊則是湟中縣塔爾寺幾名著名的喇嘛、活佛和阿拉善蒙古親王府的幾名官員及王德榜、王詩正等統兵大員，陝西就撫的客回中幾個較有名望的大阿訇、族長也坐在右下手。

案上已擺出了各色瓜果。蘭州素有瓜果之鄉的美譽，此時已是隆冬，然而，正因為是隆冬，外地瓜果絕少，才可顯出瓜果之鄉的美譽不虛——紅橙黃綠，應有盡有，且色澤鮮豔，氣味芬芳，令人一望而口角生津。

只說梨，此為蘭州特產，品種之多，達十餘種。什麼蘇木梨、吊蛋、窩梨、金甄等，一種一個味兒；再說葡萄，蘭州特產一種無核水晶葡萄，個頭大，甜酸而無核，味道極正；另外，哈密瓜、敦煌瓜，亦極負盛名。所謂「平涼百合敦煌瓜，邴家灣的黃韭芽」，皆冠絕一時。這些東西，都不是出自冬天，但經內行巧手收後窖藏，色味不變，擺在桌上，只見赤橙黃綠青藍紫，花紅葉綠樣樣鮮。

楊昌濬起身，向四座拱手，先代替左宗棠致詞，說今天滿漢回蒙藏共聚一廳，為百年難遇之盛會，大家辛勤國事，共頌升平，是為一大樂事，又說此番奉詔離蘭赴京，甘肅為任職多年之地，承各位抬愛、襄助，遽爾離別，心依依而情切切。

聽這麼一說，眾人便一齊起立，向左宗棠敬了第一杯答謝酒，左宗棠一邊起身拱手答應，一邊囑大家不必拘禮，務必盡興。

酒過三巡，菜上五道，眾人的話多起來，但都是對左宗棠的歌功頌德之詞，馬占鼇首先拿左宗棠比岳鍾琪。左宗棠聽了，馬上謙虛地說：「哪裡，哪裡！岳襄勤公以漢大臣拜大將軍，有清一代，僅他一人而已，高宗純皇帝讚其為三朝武臣巨擘，鄙人豈敢妄比？只怕連曾文正也有些勉強呢。」

這一說，眾人當然不能同意。

臯司史念祖說：「曾文正公因人成事，且僅在江南得便宜，一過淮河，就被捻子的馬隊弄得暈頭轉向。可大人平長毛、平捻子、平回、收復新疆，抗衡英、俄兩大強國，真是勝曾文正公多多啊。」

譚繼恂也說：「此論極是。想當初陝甘兩省幾無淨土之際，曾文正公就主張只清關內，不管關外；李合肥伯相更是到了潼關便不再想往西走半步，這邊大軍準備出關，那邊淮系劉銘傳、宋慶便紛紛束裝東撤，若依了他們，統一天山南北路的豈是咱們，肯定是那個畢條勒特大汗啊。」

眾人的比擬，皆泛泛之論，不著邊際，只有這話才真正是左宗棠壅塞於胸、極欲一吐為快的，譚繼恂可謂深得左宗棠之心。只見他聞言後，眉梢一挑，立刻來了勁。那洞察他人肺腑的目光如閃電般地四座一掃，一手執箸，一手舉杯，悠悠然擺弄著，說：「說起來，鄙人自覺高人一籌、且可炫耀的第一件事，莫過於塞防、海防之爭沒有退讓；鄙人自認仰不愧於天，俯不愧於人的第一件大事也是收功新疆。當然，千金之裘，豈一狐之腋哉。此皆在座諸君同心用命所至也，這也是大家都可以誇示於人的事！」

此話一出，他不容他人插嘴，接下來便是一篇宏論。

然而，西域論功，出乎部分人的意料之外的，是左宗棠推王柏心第一，文祥次之，劉松山叔侄及劉典尚在他二人之後。

表述過這二人的功勞之後，左宗棠話鋒一轉，說到自己的奇夢。他說：「說到經營西北，不瞞諸君，當年鄙人困頓鄉間時，在柳莊曾有一奇夢，夢見自己一天之內，走遍諸多名山大川，險要關塞。醒來之後，述與夫人聽時，夢中情景，仍歷歷在目，直到後來仍永存於記憶之中。不料一到西北，竟發現昔日夢中景物，竟全是眼底河山，所以，帷幄決策，皆胸有成竹，這怪夢直至今日，鄙人仍百思不得其解呢。」

這個奇夢，部屬有的已多次聽他說過，皆說不出所以然。楊昌濬乃說：「古人說因果，凡事皆有前定，所以西北未亂，先安排平亂之人，興亡成敗更是如此。」

左宗棠說：「也只能這麼解釋了。記得道光二十九年冬天，林文忠公回籍養疴，道經長沙，泊舟嶽麓山下，他聞鄙人之名，遣公子柳莊相邀，鄙人得以晤林公於舟中。那回所談，盡是關於西域的題目，林公曾經荷戈西行，親歷親見，談起西域歷史沿革、疆域、山川形勝、風土人情、歷代戰爭，鄙人有問必答，無所不談。林公當下頗感慨地說，設若西域有事，捨子誰何？想不到他一言而中，要說因緣，這真是大大的因緣巧合。」

這一說，說的人得意忘形，面露驕矜之色；聽的人肅然起敬，佩服不已。

此時，菜已上了六七道，酒已勸過三五巡。眾人面對如此盛大的場面，如此佳美的肴饌和如此絕妙的音樂，想到自己這麼些年追隨爵相，置身要津，如今，爵相晉京面聖，功德巍巍，聖眷優隆，有此靠山，自己前程真不可限量，不由一個個皆飄飄然起來。

他們於席間談起自己的抱負，來西北的戰功，無不得意非凡，於是，言談的詞句也不注意忌諱。

魏光燾直言不諱地談起平金積堡、平河州、平西寧，王德榜是個粗人，竟一口一聲「逆回」，使得在座的馬占鼇諸人及一班陝西受撫回民面上皆難堪起來。

楊昌濬看在眼中，正頻頻向魏光燾等人使眼色，想改換話題，不料左宗棠也忘乎形跡了，說自己平生抱負，眼前功勞，楚軍諸將，藏龍臥虎，統收歸自己麾下，回首往事，千山萬壑，盡成坦途，自己究竟有多大的能耐？治大國若烹小鮮，那一份得意勁，較眾人更甚。他一口喝乾杯中酒後，說：「胡詠芝有一句名言：幹大事，不要怕包攬把持。曾文正也有一句名言：不信書，信運氣。諸位，你們說說，鄙人百年之後，墓碑上刻一句什麼話最好？」

這一問，問得眾人有些木然。虧他自己接得快，他說：「鄙人說出來，諸君可要記住。我死後，墓碑上不著邊際的恭維話無須刻得，只刻這麼八個字：揮金如土，殺人如麻！」

說著，他得意地掃了整個大廳一眼，見眾人尚未反應過來，又重複一遍說：「揮金如土，殺人如麻。這八個字可貼切？」

這一說，可真有些「語驚四座」。眾人說貼切不好，說不貼切也不好，一時無人能接茬，連素有急智、會圓會說的楊昌濬也不好說什麼，眾人皆僵在那裡……

楊昌濬見這陣勢，雖無法把他老師的荒唐話給圓過來，卻明白老師已有醉意了，於是，他說：「老師，您已喝不少了。七十挨邊的人，謹慎為好。」

說著，他想伸手拿掉左宗棠面前的酒杯。不料左宗棠卻不依，他固執地舉杯，向眾人道：「在座諸君，皆為同官袍澤。平日軍務倥傯，難得一聚。今日相會，宜痛飲直言，方不負此良宵。說到這八個字形容鄙人一生，應是極公平貼切的。不信，可去金積堡、西寧、肅州踏訪，當日之屠，哪一回不是伏屍盈野、血流漂杵？治亂世，用重典。若有違天和，有傷陰騭，九天降罪，罪在宗棠一人而已。」

說著，伴著悲哀的樂章，他酹酒於地，語調頗為感傷。眾人見此情狀，只得又紛紛接言。譚繼恂避開他那「殺人如麻」四個字，卻盛讚他安置陝西回民、撫輯流亡、貸糧貸種、督耕督牧的事蹟，落實那「揮金如土」四個字……

這一場宴會，直延至午夜。到散席時，外面已是燈火闌珊了。

笙歌歸院落，燈火下樓臺，袁升把左宗棠扶入宴會廳後面小室少歇，楊昌濬仍伺候左右，左宗棠端坐在太師椅上，叫袁升把端進來的一盆銀骨炭火移得遠遠的，只見他紅光滿面、精神煥發、目光炯炯、意猶未盡。他盯著楊昌濬，好一會兒才問道：「石泉，今日盛會，一共來了多少人？」

楊昌濬不明白他的用意，低頭想了想說：「一百餘人。」「你認為他們之中，特別傑出的人才是哪些？」

楊昌濬不知何意，只好以劉璈、譚繼恂、魏光燾對。

左宗棠沉吟片刻，點頭說：「所見略同。眼前中外人士，對鄙人是沒得說的了，唯說我沒有選拔人才，王湘綺甚至說我能識人而不能容人。依我看以你所舉的這些人物，加上新疆的劉毅齋、張朗齋等人，也算得上人才濟濟了，誰說我帳下無人呢？只是朝廷有負功臣。以你之才，竟被區區小事所挫，而劉錦棠以赫赫之功，卻不得升遷，這足見中樞無識。此番我返京後，官是沒得升了，已封侯拜相，還巴望什麼？不過，事還是有得做的，當年接手西事時，便對家兄說過，官不圖升，只圖做事，只圖一盡平生抱負，如今仍一本初衷。你看，近事伊犁未歸，遠事列強圖我，看起來，事還真有得做，仗也還有得打，且只會越打越大。」

於是，他向楊昌濬談起了對形勢的預測。

前不久，俄國已向中國政府發出了所謂「哀的美敦書」。這等於下了戰表。中國朝廷豈能受此訛詐？就是袞袞諸公一致認為俄釁不可開，他也要獨陳己見，金殿請纓，與俄國人一決雌雄，他又認為，崇厚辦外交多年，數次與洋人折衝，曾紀澤無論從聲望、名位及才幹皆不及崇厚，所以要推翻崇厚所訂之約，也是絕不可能的。

「只要這談判決裂，就是我等大顯身手的機會了！」左宗棠意地說，「李合肥又在搖唇鼓舌了，他認為中俄邊界相交，從東到西綿亙上萬里，一旦開戰，防不勝防。這是那種只趴著準備挨打的人才有的想法。殊不知我防他固然防不勝防，他防我也防不勝防。」

接下來，他又談起了自己對俄國作戰的構想。如何沿海布防，陸路進攻，竟頭頭是道，條理分明，有憑有據，顯然已穩操勝券了。最後，他說：「石泉，你等著看吧，到了那一天，不但要武力索回伊犁，東北邊界，俄國人在咸豐年間強佔的大片地方也要回歸，至少也必須令他們遵從《尼布楚條約》所劃定的邊界。」

這一說，連楊昌濬也被鼓動起來，躍躍欲試了。

他發現，他的老師不單對李鴻章耿耿於懷，念念不忘，且仍懷抱令人難以置信的宏圖壯志。他又詫異，老師那永遠旺盛的頑強精神，那對個人事業執著的追求，在火與血的鍛鍊中，不但絲毫未能磨滅，反老而彌篤，愈磨愈堅。他有永遠走不完的路，永遠追逐不盡的目標。

然而，歲月不居，他已老了，這衰老，明顯地表現在高興時不能自持，忘乎形跡。他想，以這種精力瀕臨枯竭的身軀能實現懷中的抱負嗎？

想到這裡，楊昌濬不禁也在心裡問起：薪燼火誰傳？

袁升護送左宗棠去內院休息，楊昌濬仍在沉思……

不料左宗棠一行人走後不久，前面忠烈遺阡方向傳來一片人語聲。

楊昌濬聽出聲音有異，急忙趕過去。

他原以為老師不勝酒力而出了意外，待趕到時，只見燈光下，乘坐在軟轎上的左宗棠在眾人簇擁下，安然無事，這才放了心。

原來此時燈會早已散去，眾軍士及巡更的人已在清園，當左宗棠一行人路過太華夜月的假山時，發現從左宗棠藏嬌的東跨院躥出一條黑影。

衛士一驚，尚未回過神來，那黑影幾竄幾跳，便翻過延祿亭，往忠義祠方向跑沒影了。

楊昌濬心想，也許是觀燈的人中混有小偷，忙令人關緊園門，嚴加搜索。

身邊的袁升心中卻「咯噔」了一下，忙帶著幾人走向前，將左宗棠要去的地方仔細搜索了一番……

第六章 怨侶情仇

麗人行

阿芙一頭倒入余小虎那寬大的胸懷，嗅著他身上發出的陣陣汗臭味和牛羊羶腥氣，就如同回到了嚮往已久的故鄉……

——那天，車隊經過平番境內，隔著淺而窄的莊浪河，她忽然聽見了對岸河灘上傳來一陣類似熱瓦甫的彈撥之聲，「叮叮、咚咚」極其悅耳，一下引動了她蘊藏心底的無盡鄉愁，她似乎又回到南疆，回到了喀什噶爾，站在那艾提尕爾清真寺前的廣場上，看到了寺院高高的塔樓，以及寬敞明亮的禮拜殿……

那是一年一度的古爾邦節。廣場上，樹陰下，以及艾提尕爾寺的門樓上，到處有人在吹奏嗩吶，彈奏熱瓦甫和都塔子，青年男女，穿紅著綠，敲著手鼓，翩翩起舞……

她加入他們的行列，盡情地歌舞，人們一如既往地欣賞她的儀容，她的舞姿，把鮮花扔到她的頭上和身上，不自覺地圍著她，與她一起舞蹈。

玩夠了，跑累了，古爾邦節小開齋，家家的地毯上，都擺上了羊肉抓飯，她又盡情地吃喝……

然而，夢境畢竟是夢境。眼前她看著乘坐的豪華轎車，與解送犯人的囚車無異，就是這豪華舒適的囚籠，把她帶到遠離故鄉的陌生地，周圍的氣候、景物、語言，與南疆的距離越來越遠，越來越陌生，昨天，不知是在哪裡，她忽然一眼瞥見了一座清真寺，她看得很真切，那圓形塔頂，那拱門，遠不及艾提尕爾寺氣派，可那《可蘭經》金字浮雕卻一點也不假。

阿拉的聖光普照，是何等地廣袤無邊啊，連這樣荒涼的鄉村，竟也有頌聖的場所。她真想喝令停車，去參拜、祈禱一番。

但想一想簇擁在座車前後左右的陌生面孔，都是不信真主，不遵聖教的異教徒，要在他們面前得到允許去參拜聖寺，簡直就是一種奢望，年邁的總督，大清帝國皇帝陛下的欽差，對伊斯蘭有著刻骨銘心的仇視，他指揮的楚軍掃蕩了十數萬為主道而戰的穆斯林，也掃蕩了阿古柏、伯克胡里苦心經營的樂園，她是他的俘虜，他的奴隸。平日，她在他面前，不要說念誦《可蘭經》，念誦真主阿拉的聖號，就連一個穆斯林應該完成的功課也不敢當他的面履行，更不用說，同意停止前進，讓她下車，當著眾士兵、隨員的面去禮聖場所參拜了。

他認為，她只求他庇護，阿拉不可能保佑她，他需要她，需要她的歌喉，她的舞蹈，她的姿容，她的肉體，他不願她有思想，有信仰，更不願她把他視為邪惡的宗教信念帶到他的生活中來。她甚至漸漸看清他對她的態度，沒有情意，只有需要；只要可能，他願將她變成一個畫上美人，或是一個會動會唱的木偶，裝在他隨行的木箱籠裡，招之即來，揮之即去，不為他添半點麻煩。

「這糟老頭，可惜不會魔法，不會念咒語，不然，他一定會在我身上施法的。」她暗暗詛咒他，仇恨他，但卻無法抗拒他的命令，只能乖乖地聽他的安排，雖一次又一次夢見南疆喀什噶爾，夢見在大草原上狩獵，可也就僅僅只是夢想而已，在旁人的眼中，她是總督大人溫順的羊羔，很受寵幸，經常被召去獻歌獻舞，陪寢陪餐，甚至通宵達旦留在總督身邊，不受限制地發問。

東行以來，一路之上，所遇盡是令人高興的事，而每逢高興時，他願有人向他提問，也願意把自己的知識向人炫耀。

直到這時，她才明白，他肚子裡確實蘊藏了豐富的知識和說不盡的故事——他連新疆歷史上的許多名人以及回回、蒙古人的傳說與故事也知道得很多、很詳細，但他講得最多的，便是風流的高宗皇帝和他的愛妃伊帕爾罕的故事。

阿芙注意到，一說到這個話題，他便滔滔不絕，眉飛色舞。

阿芙想：他大概是認為自己有些像高宗皇帝，或乾脆在個人行為上暗暗效法這風流天子罷。

有時，她從他口中還了解到一些宮中祕聞，一些關於這個為大和卓木家族帶來殊榮的「香妃」的另一種傳說。

這傳說與通常的、流傳於南疆一帶的版本截然相反，說伊帕爾罕本是大和卓木布那敦的妻子，豔名遠播西域。乾隆年間，高宗派將軍兆惠攻喀什噶爾，擊殺布那敦，擄香妃。兆惠用香車送其至京，高宗聞其豔名，納入後宮，可香妃思念南疆，思念親人，拒絕媚顏事敵，就在皇帝準備召幸她時，她身藏匕首，準備刺殺皇帝，事為太后所知，乃趁高宗齋戒時，將香妃殺死。

儘管左宗棠在向她講述這個故事時，引經據典，指斥其荒誕不可信，但阿芙卻有幾分相信。將心比心，故土難移，本是人的天性，且不說她果有前夫，人亡家破。而且，她從他所述的正史中，也可看出這位受人景仰的香妃生活中並不和諧，比如說她自進後宮，擅專房之寵，皇帝為博其歡心，為她建土耳其浴室，賜她哈密瓜和沙棗，還為她建專辦羊肉抓飯的廚房和一如牛街清真寺式樣的禮拜堂。

阿芙想，她若果真安於現狀，樂不思蜀，又何必要這樣的恩賜呢？

由此，她產生了種種聯想——當初南疆喀什噶爾的人們，不也曾一度用「伊帕爾罕」來稱呼自己嗎？聯想到自己的身世和命運，彷彿這一切全是命中注定了似的。

然而，一想到南疆，想到過去那種草原黃羊般的自由，她便不能安於這金屋藏嬌的生活，不能順從命運安排，她渴望自由，渴望過去那無拘無束的「撒野」。可她又沒有辦法擺脫這囚籠，只好把希望寄託在那天偶然發現的寶馬——「天山神駒」的主人身上。

往事如煙，瞬息萬變。留給阿芙的，只有如夢似幻的、苦澀的回憶……

光緒三年五月下旬的一天，阿古柏暴斃於庫爾勒行宮。

當阿古柏次子海古拉以繼承者的身分，把父親的屍首塗上香油，用牛皮捆好運往南疆的喀什噶爾城去時，半路上遭到了長兄伯克胡里的伏擊，結果，海古拉被殺死在父親的靈櫬前，那被土耳其的哈里發封為「埃米爾」的阿古柏的屍身，作為權力的象徵，又落到了伯克胡里的手上。

伯克胡里繼承了阿古柏的汗位，繼承了「埃米爾」稱號和財產，也繼承了比他小十多歲的後母「伊帕爾罕」。

那年七月底，官軍因等待補給，暫時停止了對南疆西四城的進攻。

伯克胡里以為可汗秦的軍隊是受到了英國女王的警告而停止了進攻，他緩了一口氣，在庫車做短暫的勾留，想對「哲德沙爾汗國」的殘餘軍隊做一番整頓。

就在這時，阿克蘇傳來了不妙的消息——那個最早由阿古柏護送到南疆的布素魯克的孫子、野心勃勃的艾克木汗在阿古柏死後竟自立為汗，並派兵阻擋伯克胡里回南疆，而最先在喀什噶爾起義反清的布魯特酋長思的克也不知從何處山中竄出來，趁火打劫，圍攻「哲德沙爾汗國」的都城喀什噶爾。

各路警報傳來，伯克胡里這一驚非同小可。

自從老臣穆罕默德．雲努斯病逝，阿布杜拉戰死，愛伊德爾呼里被俘，他身邊沒有一個可以信賴可供諮詢的人了。看來，只有親率精兵，才可殺敗艾克木汗和思的克，殺回南疆喀什噶爾城，但是，自己把精兵帶走，這後宮眷屬及成千上萬的駱駝、車輛所裝載的輜重如何處置呢？他不由想起一度幾乎成為敵人的東干人——陝西回民大、小虎。

可憐的伯克胡里滿以為在強大的官軍攻擊、掃蕩中，他們之間早已放棄了過去的摩擦而結成生死與共的盟友，心想，這些東干人離鄉背井轉戰千里，人地生疏，和他這個在異國稱雄的王子處境極為相似。

於是，他請求大、小虎為他斷後，並保護後宮眷屬及輜重，屈尊求人，自然要博得他人歡心，這樣，「天山神駒」又重新回到舊主之手。

丟掉了心愛的駿馬，伯克胡里並沒有討到余小虎的歡心，反之，倒勾起余小虎對往昔受辱的回憶。雖然大敵當前，雙方皆處在生死存亡的邊緣，不是火拼的時候，可余小虎卻不是犯而不較的君子，和手下人商量後，他決定要小小地報復一下這狠毒貪婪的阿古柏繼承人。

伯克胡里帶著他的全部精銳：五千餘騎匆匆趕前走後，只留下挑選下的少數老弱疲兵保護輜重和眷屬，後衛則由大、小虎率領的陝西回民擔當，兩支隊伍首尾銜接，緩緩地朝西撤退。

白彥虎不想退往喀什噶爾。

他明白，背後數萬精銳官軍會馬上尾追而來，喀什噶爾不久也將步庫爾勒的後塵。與其那時再倉促出逃，不如現在擁著伯克胡里留下的數以億萬計的不義貲財直奔俄國。

不想劉錦棠早防備了這一手——他預使老將方友升，一路從正北邊包抄過來，佔領烏什，截斷了白彥虎北上經此去俄國的道路。迫使白彥虎放棄了這個計畫，改而沿著伯克胡里西撤路線直退阿克蘇。

一天晚上，大約在拜城以西，安集延人的隊伍已安營紮寨了，白彥虎的人馬也緊挨著他們安營。

三更時分萬籟俱寂，安集延人皆進入夢鄉，突然，遠處一個號炮響起，似一道流星從黑暗的蒼穹劃過，隨即號炮響起，殺聲從四面八方傳來，叫得人心驚膽戰，緊接著，戰鼓咚咚，流彈飛曳，號角勁吹，呼叫聲頻傳，被驚醒的安集延人嚇得亂成一團，不知發生了什麼事，就在這時，一個安集延軍官模樣的人站在高阜大喊：「不好啦，和台殺過來了，可汗奏的大軍劫寨來了！」

迷迷糊糊中的安集延人不辨虛實，心想精兵銳卒全由伯克胡里帶走了，這一班老弱疲兵又毫無戰鬥力，驚弓之鳥，哪敢應戰，一聽有敵人劫寨，馬上慌成一團，各自逃命，哪個去管堆積如山的糧秣及金銀細軟，哪個去照顧阿古柏、伯克胡里遺下的後宮佳麗？

其實，這只是大、小虎合計的一場戲，官軍主力此時還在兩百餘里之外呢。

余小虎帶人衝進安集延人的大營，衛隊一個也不見了，只有整車的糧草、兵械、彈藥；整馱的金銀、綢緞和文書，皆被遺棄在一邊。

在後營一座華麗的氈帳內，巨燭依然高燒，熊熊燭光映照著一位苗條的麗人，孤零零地瑟縮在一旁。

突然的變故，驚散了阿芙的侍從，待她收拾了隨身衣物，準備不管東南西北逃命時，去路卻被人堵住了。

余小虎只一眼便認出了眼前的麗人，高興得大笑起來——想不到在獲得大批財寶的同時，還有如此豔遇。

他斥退從人，然後一步一步向她走來，並扔掉了手中鋼刀……

阿芙也認出了小虎。不知為什麼，她沒有一絲一毫的驚恐，反而有幾分慶幸，她清楚余小虎要幹什麼，她默默地迎著他，像赴情人的約會……

余小虎猛撲上來，一下攫住了她，如猛虎叼羔羊。

就在這華麗的營帳內，在先是阿古柏、繼是伯克胡里的床毯上，余小虎盡情地領略了聞名西域的「伊帕爾罕」的風韻與柔情。

第二天，大、小虎率領的後衛大軍趕上了潰散的安集延殘兵，儘管全部財物丟失，可東干達德華還是送還了幾乎全部都受到污辱的宮眷，其中包括伯克胡里心愛的妃子「伊帕爾罕」。

以後的日子是翻天覆地的歲月，隨著官軍風捲殘雲般的掃蕩，伯克胡里儘管取得了對艾克木汗、思的克的勝利，可最後還是敗走俄國。

阿芙也就再也沒見過余小虎了。

那近乎野合的一晚，給她留下了什麼呢？阿芙一生閱人多矣，阿古柏的強悍凶狠，伯克胡里的英俊狡猾都曾使她顛倒銷魂，卻使她喪失了昔日的自由，王宮繁瑣的禮節、嚴厲的禁條就如一條條鐵鍊，後來，她又落到了勝利者左宗棠手上，成了他的侍妾，這更是從一個籠子轉到了另一個籠子，儘管蒙受無比的寵愛，可她時時刻刻戰戰兢兢。她詛咒、厭棄這種生活，只希望重回南疆那自由天地。

這樣，自然要思念那和她只一夜風流的余小虎了。

還在吐魯番叼羊賽上第一次發現他時，她便發現自己往昔的盲目——只有他，才是自己嚮往的男人，綺羅叢中的過來人，只嚮往跟一個粗獷不羈的莽男人，在草原上奔馳，到夜晚頭枕著他，眼望著天，在赤膊男人懷中做一場混和著汗臭、馬膻的春夢，今天，她終於盼到了。

夢境

撫弄著懷中溫軟如玉的美人，余小虎想起了另一個女人，耳中也響起了她的歌：

高四古日阿五喲，
起來、起來快快跑。
高山上槍響著哩；
平川上刀晃著哩！
高四古日阿五喲，
起來、起來快快跑！

「高山上的槍」終於響了，但倒下的不是「高四古日阿五」，而是美麗善良的阿依莎——阿依莎為了救自己心愛的人，用歌聲報警，終於倒在血泊中。

那天夜裡，余小虎又回到了馬壽家，那裡已遭了大劫，活著的人統統被抓走了，什物被砸得粉碎，可憐的阿依莎仍靜靜地躺在那裡。

小虎強忍著一腔熱淚，背起心愛的姑娘，一直背到太子山上，他在山頂挖了一個深坑，把心愛的姑娘放在坑裡，在上面蓋上黃土，栽上樹苗和花草。

阿姑尕拉吉喲，
我心上的姑娘，
我看一看你的黑頭髮再走，
我看一看你的大眼睛再走，
我看一看你的鼻樑再走……

余小虎記起故事中有這麼一首歌，他此刻多想放開嗓子為阿依莎唱啊！他多想大喊道：阿依莎，若不是肩負了義父的神聖使命，我一定會娶你的！可他沒有唱，也沒有喊，只跪在一邊默默地祈禱……

先知先覺的主啊，你為什麼不懲罰惡人？不降災與那些叛徒和撒旦？不降天火燒他們，不下冰雹砸他們？

先知先覺的主啊！

余小虎在失望之餘，心灰意冷，傷心至極，直感到前途一片空白，真想就在這漆黑無人的夜晚，在無人知曉的阿依莎墳前，用短劍結束自己的生命。

可就在抽出短劍，一眼望見刀柄上那先知的名字，他又猶豫了，耳中彷彿響起義父的遺言：娃，一定要重新叩響西安府的城門環！

現在，左屠夫就要回北京去了，能讓他耀武揚威地返回北京，向那太后老妖婆吹噓屠戮眾陝甘義軍的武功嗎？

「我的心肝，你現在可如願以償了吧？你終於離開了多災多難的南疆，離開了那個可惡的安集延王子，做了堂堂正正的總督夫人，怎麼還這麼纏著我呢？你應該知足了啊。」

余小虎一邊緊緊地摟抱著懷中的美人，盡情地滿足這蛇妖似的美人對愛的饑渴，一邊用目光在昏暗的室內警惕地掃視。

享有總督、欽差、侯爵、大學士等一大堆顯赫頭銜的左宗棠，他的藏嬌之所是多麼的豪華與舒適啊！那些名貴的字畫、時鐘、古瓷、珍玩陳列滿堂，比余小虎所見的任何富豪官宦之家、甚至比阿古柏的王宮更多、更名貴。小虎叫不出名字，想不出它的用途，也估不出它們的價值，可是，這一切卻能於無聲中，煽起他心中的無名怒火。

他的仇人，這個屠殺了千千萬萬陝甘義軍的傢伙，這些天在蘭州居然還受到了萬人空巷的歡迎，特別令小虎氣憤的是歡迎的人群中，竟有不少頭戴白帽、口頌真主的穆門聖子。

這些甘心受人愚弄、迷信邪教、崇拜偶像的叛逆啊！究竟是你們不知覺醒、甘心沉淪，還是左宗棠對你們施用了某種魔力呢？對這一切鬼蜮伎倆，真主的懲罰遲遲不見實施，眼下，左宗棠不但享盡了他不應得的榮譽和愛戴，也享用了眼前的一切，包括這雕花錯金的床帳內、錦繡綺羅中的名揚西域的美人。

此時此刻的余小虎，恨不能將身化為一團烈火，燒毀這一切的一切……

可他的懷中卻是另一團火。

——阿芙雙臂緊緊勾住小虎的脖子，身子緊緊地貼在小虎的身上，盡情地領受心目中的完美的男人的愛，至於小虎此刻在想什麼？他是如何逃出喀什噶爾城下那一場大圍殲、大屠殺的？又怎樣避開警備森嚴的崗哨混入總督府這幽靜的香巢的？眼下是否有暴露的危險？這一切，她都不願問，反認為多餘，因為事實已告訴了她一切。

這情形，真如饑渴的羊群找到了肥美的青草和凜冽的山泉，只顧吞噬，不問其他。

「寶貝，你說話呀？你不覺得你的行為瀆褻了你的身分嗎？」余小虎輕輕地推她的肩，試探地問。

「不！」面對余小虎的叨叨絮語，她幾乎沒一句入耳，但對那輕輕地一推卻反應極快，如同母親要從娃娃口中抽出乳頭，她馬上吐出一個堅定的「不」字，並馬上又用兩條蛇似的手，緊緊地勾住余小虎的脖子，不願放鬆片刻。

沉默了很久，在小虎連連催問下，阿芙終於開腔了：「我知道，你這是故意說反話挖苦我，你知道我仍是一個囚徒，一個犯婦，隨時可被拉出去砍頭，那糟老頭雖喜歡我，可從不把我當一個人，只看作一件玩物，一件活的玩物。我已厭倦了這種生活，仍思念南疆，思念喀什噶爾的山山水水，可他卻會把我帶到遙遠而陌生的地方去。」

阿芙說著，開始低低地啜泣起來，想用盡一切手段感化這個正和她做愛的野男人。

「你知道嗎？打從那回看見你，不，不是營中那一回，而是早在吐魯番叼羊賽那一回，我就喜歡上你了，難道你不記得，你和伯克胡里動刀子時，阿古柏已準備殺你，殺你們所有的陝西回民了，只因為我一句話平息了你們之間的爭鬥。還有，在拜城以西，你們那一次的『官軍劫案』，我看見你時我是多麼馴服地依從你，可你這呆瓜卻不知情，把人的好心當驢肝肺，硬把我推回安集延人營中，你知道那一次讓我好傷心啊！」

黑暗中，聽到對方如此動情的傾訴，余小虎露出了得意的笑。但他還是說：「伊帕爾罕，你不要哄我，其實你說實話也沒關係，你怎麼會愛上一個流浪漢呢？你本是官宦小姐，歷經磨難，總算出了青天。現在老天有眼，讓你找到了一個強硬的靠山，他今後一定會為你洗去恥辱，昭雪你的先人，這樣才不會辜負你，不辜負真主賜予你這一副好皮囊。」

「你胡說！」

阿芙見小虎仍用這種玩世不恭的口氣和她說話，氣得用胖胖的小拳頭去捶余小虎的肩，用牙齒輕輕地咬他的肉，千方百計，只想使他順著她的思路來。她說：「別提那官宦小姐的出身吧，我生來就不是那個料，母親是一個纏回，父親是個粗人、武弁，我從小就信馬由韁，散漫慣了，更何況，過去的一切沒什麼值得昭雪，我父母已被剖腹挖心，洗什麼，刷什麼，如何昭雪法？現在，我想的是怎樣盡快逃脫這漂亮的鳥籠，去南疆自由自在，小虎啊小虎，你知道嗎？只要你肯幫我，我願把下半世全交給你，還在阿古柏時代，我就做了準備，在喀什噶爾郊外，有一座祕密的山洞，現在，只有我才能找到它，那是我父親選定的，在那洞裡，藏有大量的伊提達特（金帛）和銀天罡，找到這個山洞，我們可成為一個巨富，可以去天方或者英國，過半輩子享用不盡的富裕生活。」

「真的嗎？」小虎問。

「真的，憑先知易卜拉欣的名義起誓，我不騙你。」

「那你怎麼能脫身呢？」

「那當然要靠你了。我說了，我願把我的身子、我的一切全交給你。」阿芙虔誠地說。

「啊，真是個絕妙的安排呀。」余小虎歎了一口氣，像是回答她，又像是自言自語。

人啊，始終生活在希望的世界裡，不論身處何種環境中，都時時生希望心，日日夜夜在幻境中設置美麗的花環，為自己構造出理想的境界，哪怕就是一個死囚，物質的希望已破滅了，也有精神上的，現在沒有，將來一定有——小虎的希望在哪裡呢？丟開過去的一切不提，小虎想，與其做這個豔婦的闊丈夫，倒不如當初就在馬壽家做倒插門女婿，和阿依莎過一輩子，可那已是癡人說夢了……

「怎麼，你答應了？」阿芙不知身邊的小虎的心早已離她千里，還以為他在考慮自己的要求，於是，她施展出渾身的魅力，吻遍小虎全身，然後說：「只要你救我出去，我願一輩子對你像對阿拉一樣的虔誠。」

「阿芙，你聽著，這以前所談的全是夢境，我覺得應和你談一點實在的。」余小虎忽然坐起，異常嚴肅地說。

「啊，夢境？可我說的全是實在話呀？」阿芙又幾乎要發誓了。

「你別發誓，我說，你怎麼不問問，我是怎樣死裡逃生的？現在還被追捕呢。」余小虎說。

「這個我不管，反正我清楚，你是個槍彈打不倒的人，官府追捕你不是一次兩次，也不是一年兩年了，你總是有辦法的。」

「是的，這是在我一人闖蕩江湖的時候，如果要帶上你，情形便大不一樣了，起碼那個老蠻子絕不會輕易放你逃走，會四處布下天羅地網。」小虎肯定地說。

「他？哼！他並不天天和我在一起。而且，他也不上我住的地方來，每次想我了，就召我去，三五天、七八天，都沒準兒。平日和我為伴的，就幾個新疆樂班女子，她們和我一樣思念家鄉，思念親人，同病相憐，絕不會出賣我。你看，今晚老蠻子設宴，她們全被召去助興了，像這樣的機會多的是，你在外面好好地安排一下吧。」

阿芙說走就要走，迫不及待，哪知小虎根本就沒這個念頭。

余小虎根據她剛才提供的這情況，聯想到自己那回夜間摸入肅州行館行刺所看到的一幕，知道面前的美人沒說假話，左宗棠不敢離開自己戒備森嚴的居室，這樣可使仇人很難獲得伏擊他的機會，而一個單身進入他臥室的女人根本是無力謀害他的。

於是，一個計畫開始在他的腦子裡形成。當阿芙催促他作出決斷後，他先是裝作認真的樣子想了一會，又搖了搖頭說：「寶貝，帶你這麼走沒那麼容易，堂堂的欽差行轅如一隻密不透風的鐵桶，我縱有來無蹤去無影的本領也只能保自己。」

「那總不是毫無希望呀。」阿芙相信這是真話，但仍不甘心。

余小虎默默地歎了一口氣說：「我的心肝，你聽我的吧，我其實早就對你一往情深，就在吐魯番咱們第一次相見時，我的心就屬於你了，為了得到你，哪怕是片刻的聚會，我也絕不會放棄這機會的，為此，才有拜城之西那一次『官軍劫寨』。後來，為了維持和安集延的聯盟，在義父的敦促下，我才極不情願地交出你。我知道你傷心，可你能知道一個男子漢內心的痛苦嗎？後來，喀什噶爾城破了，為了找到你，我幾次出入官軍的兵營，差點被他們殺死，直到前不久，才如願以償，我終於找到了你的下落，今天又冒著生命危險來和你相會，誰還懷疑我的誠意呢？你可能不知道老蠻子將你帶往何方，他是要把你帶到他的故鄉去，那可是苦惡的蠻荒之地，到處是霧氣、濕氣和沼澤，天上飛著吸食人血的虻子，地上爬著蛇蠍，沒有可以交談的人，更沒有督促你做禮拜的阿訇和供你做功課的清真寺，你去了東土，就等於到了人間地獄。在南疆，你是人人崇拜的、美麗的伊帕爾罕，到了東土，那裡沒有你這種膚色、這種裝束的人，又因為風俗、習慣的不同，人們將會像看妖怪一樣地看待你，不久，老蠻子雙腳一伸死去了，按他們的習慣，一定要用死者生前最喜歡的、年輕貌美的女子殉葬，就是說，要把你這個活生生的人埋入他的墳墓，和那具僵屍嘴對嘴一起活埋。」

余小虎開先那娓娓表白儘管阿芙也聽出言不由衷，可她仍感動了，因為只要一半是真的她也滿足，何況他冒險前來相會也是事實呢？可接下來這一段卻無異於展現了一幅地獄的圖畫，嚇得她緊緊地摟住小虎的脖子，就像一個溺水者抓住一塊木頭。她哭泣著說：「好人，你說得太可怕了，我清楚我的命很苦，可還不至於被人活埋；東土也並沒有這麼恐怖，但我的確不願離開南疆，你趕快帶我走吧。」

「這怎麼可以呢？」余小虎用力扳開她蛇似的手臂，冷冷地說，「不除掉這個老蠻子，我們走不動的。」

「莫非你要讓我去殺人？」阿芙一驚，她從小虎閃爍其詞的話語中，終於有所領悟了。

「不是嗎，這可惡的老蠻子如此喜歡你，他怎麼能讓你逃走？只有下狠心，除掉他你才能脫身，更何況這可惡的老蠻子是穆斯林最凶惡的敵人，殺死他也是主的意願。」

聽余小虎如此明白地一說，阿芙不由打了個寒噤。

在新疆乃至整個西北，提起左宗棠的名字幾乎無人不曉，甚至連他的敵人也有幾分敬畏，幾分忌憚。殺死他，那將是驚天動地的大事，阿芙幾乎想也不敢想，不料今天余小虎卻一下說出了口，並明顯地露出要假手於她的意思。她聽著就要發抖了。

「小虎，我看你這才是在說夢話呢。」阿芙說，「他的總督府可不是你們的軍營，他的衛隊也不是你們那班人可比擬，沒有他的允許，誰也近不了他的身。另外，他還有個貼身跟隨，人像猴兒一樣機靈，忠心耿耿，身手不凡，平時像影子一樣時刻不離。不要說你這主意根本成不了事，就是成了也逃不出去，馬上會被剁成肉醬的，趕快打消這個念頭吧。」

「哼，念頭是鐵定的，死也不會打消，能否成事就靠你了。」余小虎說著，便在衣襟上摸索著，像找什麼。

阿芙不知小虎在幹什麼，驚訝地看著他。

余小虎捏著，用手推著，忽然手一揚，一支灰白色的小管子出現在她眼前。她接在手中開始只一怔，以為花了眼，可揉一揉眼皮，定眼細看，不錯，的確是那麼一截灰白的天鵝羽管。

「啊，這是什麼？」她尖叫著欲丟掉。

「寶貝，你怎麼啦？怎麼一見這東西就失態了，還問這是什麼呢，未必不認識了？」余小虎用手推回去，臉上露出狡猾的訕笑。

「不，我不明白，你別逼我。」阿芙恐懼地、大聲地叫起來，忘記了周圍的環境。

「寶貝，你別大聲嚷嚷。」余小虎急忙用那雙粗糙的大手來掩她的小口，「你以為這樣便可掩蓋你的虛假和作偽嗎？你錯了，過去的事不全是你的錯，所以，阿拉會原諒你的，可你必須將功贖罪，再幹這一回。幹了這一回，在千千萬萬穆斯林的公敵的名單上，將抹去一個顯赫的名字，而真主那裡，將記下你一份不可磨滅的、誰也無法比擬的功勞。信我的，按我的指令去做吧，這不是一樁普通的謀殺，而是穆斯林為阿拉之道而戰的一部分，如果你幹了，功德無量；不幹，便是違背阿拉的意志，那麼以前的罪孽將一起清算，你將下火獄，受各種慘不忍睹的刑罰。」

自接受了小虎的那截羽管，阿芙就像手中捏著一條毒蛇，而小虎的話，一句句像利劍，在割她的肉，眼前的形象越來越恐怖，阿芙似乎已置身於宗教法庭，在聽法官念她的罪狀，她終於承受不住心理的壓力和巨大的恐怖，手抖著，全身抖著，一下昏厥過去……

余小虎一見懷中的美人突然昏厥，不由也有些心慌。他不知採用什麼方法使她覺醒，只一個勁搖她，用手去撫摩，口中「心肝」「寶貝」地低聲呼喚。

阿芙卻如一具軟綿綿的死屍，任人擺布，毫無知覺……

就在這時，外邊的甬道上突然出現了一片火光，映得他們房間的窗紙上人影幢幢，一陣雜沓而急促的腳步聲，分明是朝這邊奔來。

余小虎一驚，顧不得仍昏迷不醒的阿芙，一下跳起，躥了出去。

縱論古今

余小虎這一躥，失掉了一次千載難逢的好機會，可惜他不自知，不然將懊悔不已——因為是在警備森嚴的督署，更因為酒後激動，人已忘形，左宗棠竟打破常規，乘興直奔他的香巢，看望他寵幸的「伊帕爾罕」。

左宗棠的突然降臨，並沒使昏迷中的美人清醒多少，她仍雲鬢散亂，衣衫不整地躺在炕上。處於極度亢奮中的左宗棠並未察覺情形有異，還以為這屋子裡所有女眷仍在外面看燈會未歸，待隨從們將四處燈火點燃，才發現他的美人隻身一人睡在炕上，忙摒退隨從，上前來看望。烏絲曳地，如弱柳迎風，粉面飛紅，像朝霞映日——面前分明展示著一張楊妃出浴圖。

「小傢伙，你怎麼啦？怎麼沒出去看燈會？」左宗棠上前，一把抓住阿芙的手，又用另一隻手去試她的額上的體溫，他以為她病了。

經外面帶進的冷氣一吹，阿芙已漸漸甦醒，左宗棠這一隻手又很是涼人，終於使她完全恢復了正常。眼前的情景很是突然，她只好將錯就錯，輕輕地哼了一聲說：「呀，好冷。」

一見她嚷冷，左宗棠忙脫掉外衣，坐上炕來，一邊為她扯上被子，一邊用手撫摸她的臉，說：「你不舒服嗎？小傢伙，有什麼感覺？」

阿芙懶懶地搖了搖頭，說：「好好的，沒什麼。」

左宗棠說：「哎呀呀，好好的怎麼躺在屋裡呢？應該去看一看外面的燈會呀，今晚好熱鬧。你在南疆長大，幾時見過這樣的場面？」

阿芙說：「沒有您的吩咐，我哪敢離開這屋子呢？萬一您想我了……」

「啊，是的，這是我的錯。我忘了事先關照他們一句。」

見她有些生氣，左宗棠忙笑呵呵地認錯。又安慰她說，「不過，錯過了這回也不要緊，看熱鬧的機會有的是，此番進京，可能正趕上京師的上元燈會。到時，我一定派人陪你去，京師的燈會，可比這裡又更精巧些、熱鬧些。」

阿芙試探道：「我們幾時動身去京師呢？」

「這個——」左宗棠用那鷹隼一樣的眼掃了身邊的美人一眼，含糊地說，「快了。」

說著，褪下皮褲、布襪，將上身倚在床靠上，扯上被子蓋住下身。

阿芙不好意思再自顧躺著了，只好含笑爬起，與他並排半躺著，頭倚在他懷中。左宗棠於是就在懷中，輕輕地撫摸她。又問：「京城可是帝王之鄉，你可願去觀光？」

「我——」阿芙話到嘴邊又嚥下了。

老頭子這話好多餘，幾時有過她的「願與不願」呢？她想起剛才余小虎講起的東土，什麼霧氣、濕氣和沼澤，什麼蛇、蠍和虻子，還有什麼活人陪葬。心有餘悸，不由又恐怖地抖了一下，並微微地歎了一口氣。

這細小的動作馬上被左宗棠察覺到了。他驚奇地回頭望她，用手托起她的臉問道：「怎麼，你不高興跟我上京，不願去帝都觀光？」

其實，阿芙在娘家時，經常聽旗人說起北京，那簡直比天堂還好。她也明白，余小虎所說的「東土」，其實沒有那麼恐怖，她所厭的只是這眼前枷鎖，眼下為應付老頭子，只好也有一搭沒一答地敷衍下去。她問：「我們從此就永遠居住在京城嗎？」

「永遠？不，不，不。」他說，「帝都繁華，豈可久戀？有朝一日，我了卻了君王的天下大事，就帶你回南方，回我的故鄉，到那時，嶽麓山下賞紅葉，洞庭湖上看晚霞。斯景斯人，其樂可知。」

左宗棠說得興起，把阿芙的頭緊緊摟在懷中，把她的臉緊挨著自己，一任那思維在想像的空間馳騁，為自己勾勒出一幅休閒林下的圖畫。

不料懷中的美人又抖了一下，顫抖著說：「我怕！」

「怕，怕什麼？」

「唔，怕水。」

「怕水？」左宗棠不知這是搪塞，還以為她撒嬌，得意地大笑道，「水有什麼可怕？沙漠甘泉，貴比黃金；農夫澆灌，以水為寶，一泓如碧，溫柔可喜，故有人謂女子為水性，怕什麼？」

「我怕沼澤、怕蛇蠍，還怕虻子。」阿芙索性羅列一大堆忌物。

「哈哈，這也值得你膽戰心驚？你是貴人，蛇蠍和虻子近不了你。再說，我們家鄉江南可是好地方，比你經歷過的喀什噶爾、庫爾勒、吐魯番都要好，那裡有山有水，日麗風和，所以，有一句俗話：上有天堂，下有蘇杭。蘇杭也就在江南啊。」

「可言語、習俗不同，服裝打扮全不一樣，那裡的人會把我當妖怪。」阿芙情不自禁地把余小虎的話複述了一遍，只不提殉葬的事。

左宗棠把她的問話當作尋開心，一邊聽一邊笑，笑畢他說：「小傢伙，你淨在尋開心，別人哪會把你當作怪物呢？你是我的人，是身分高貴的侯爺寵姬，人家尊敬你，巴結你還唯恐不及呢？更何況，你長得這麼美，江南美人多，可你這一去，把那些吳娃越女全給比下去了。人們只有佩服的，把你比作天上仙人的，哪會當作妖怪呢？」

「不管如何，我總有些怕。」阿芙小心地、但頑固地堅持。

「不，你應該高興。」左宗棠耐心地開導她說，「你應該明白，這在別人，尤其是你這種身分的人更是難得的機會。真如出幽谷而遷喬木。江南氣候宜人，沒有新疆的酷熱與嚴寒，江南風光旖旎，不像新疆遍地戈壁，那裡是數千年文獻之邦，有許多著名的名勝、古物，你去了那裡，真可大長知識，大開眼界。啊，對了，你不是一個崇信伊教的回回嗎？伊教教主穆罕默德就曾說過：『學問，雖遠在中國，亦當求之。』所以，穆罕默德的繼承者，第三任哈里發歐斯曼即位之後，即派了使者來中國。」

阿芙這時不由精神一振。她和左宗棠同居，這是第一次聽他這麼平心靜氣地、不帶敵意地說起伊斯蘭教，說起穆氏聖人。於是，她大著膽子反駁說：「不，穆罕默德沒說過這話，至少我從沒聽阿訇說過，《可蘭經》上也沒這句話，更沒聽說派什麼使者。」

左宗棠見她反駁，不由寬容地笑了，就如老師對蒙童的無知的寬容。他說：「小傢伙，你呀純是盲從，又讀過幾遍《可蘭經》和《啟示錄》？告訴你，伊教教主穆罕默德的最親密的道友斡歌士早在隋朝大業年間就來過中國，距今已有一千二百多年了，這是見之於史書記載的呢。」

「那，東土有沒有穆斯林，有沒有穆斯林的學者，有沒有祝聖的場所呢？」

「有，有，有。論起來，早在隋唐時代，就有大批回紇人留居中原一帶，大詩人杜甫不是有一首《留花門》的詩嗎？『花門天驕子，飽肉氣勇決。高秋馬肥健，挾矢射漢月。連雲屯左輔，百里見積雪。沙苑臨清渭，泉香草豐潔。花門既須留，原野轉蕭瑟。』」

左宗棠說得興起，搖頭晃腦地吟起詩來，且又為懷中美人作注——「所謂『花門』原指甘肅及居延海一帶地方，當時為回紇人游牧地，後來則以『花門』專指回紇人。唐天寶末年，安祿山叛於范陽，肅宗為平叛，乃借回紇兵助戰，所謂『連雲屯左輔，百里見積雪』，就是指回紇人皆頭戴白帽，遠望如一片積雪。這些，都是你們穆斯林的榮譽，學者詩人津津樂道的地方。至今回回中，仍開口就說唐王如何，指的就是這事。這以後，回回就散居北方各省，論起來江南一帶出現穆斯林甚至比北方還早，比新疆還早，據史載，第一批天房的使者來中國走的是海路，先來在東南沿海的省份，隨同有大批做買賣的番客，這些人因生意需要，便定居下來，多在廣州、揚州及泉州一帶。有回回必有『麥斯吉德』——做功課的地方，這你應該明白，中國的第一座清真寺就是斡歌士自麥迪那乘船至廣州後所建的懷聖寺。那時候，你們新疆大部分地方還信佛教，即所謂『和台』，南疆及和闐還是有名的佛國，唐僧及唐僧後的許多取經者還不都是從南疆去印度，或者乾脆只在和闐一帶待一段時間，回來就到了佛國？這以後，內地的清真寺多如牛毛，開始叫『禮堂』，唐詩中有好幾處就寫到了禮堂。傳至大清，伊教更加興盛，凡大的府縣幾乎都有清真寺，如西安化覺寺、泉州清淨寺、杭州鳳凰寺，都是伊教名寺。至於你問到伊教的學者，這更值得江南人驕傲了，告訴你，第一個用漢文闡釋回文經義的王岱輿就是南京人，他是明朝隆慶、萬歷朝人，著有《正教真詮》、《清真大學》、《希真正答》等書；另一個伊斯蘭大學者劉智，就是著《天方典禮》的那人，籍貫也是南京，為本朝乾隆年間人。你說，我們江南有沒有伊斯蘭學者？」

「那，你們家鄉也有穆斯林麼？」阿芙不放心，又問。

「有啊。」一碰上左宗棠酒後談興正隆，真是有問必答，「我們湖南的穆斯林雖比不上北方，也比不上沿海，但也不少，最有名望的一支，是常德翦姓。他們祖先本是纏回，英勇善戰，明初，太祖為翦平武陵八洞苗蠻，遷他們入居常德，賜姓翦。我們湘陰也有兩姓回民，他們也是明初從北方遷入，至今子孫繁衍，在他們的村裡也有清真寺。」

左宗棠縱橫三萬里，上下五千年，從大食、波斯、麥加和麥迪那，一直扯到常德和湘陰，外加唐詩、宋詞中與回回、伊斯蘭有關聯的事物，應有盡有、如數家珍。阿芙聽著聽著，不由驚奇地睜大了眼睛。

直到此時，她才明白，阿古柏、白彥虎等那麼不可一世的強者，統統敗在這矮小、肥胖的糟老頭子腳下的緣故。原來他對他的敵手的過去和現在有如此詳盡的了解，而阿古柏卻茫然無所知，只知道東方有可汗秦，或者也叫秦可汗、唐王，信奉佛教，仇視穆斯林，故穆斯林也叫他們為「和台」，西邊則有俄國、英國、土耳其和天房，其餘則一概不知。

她想，不了解對手的歷史如何能打敗對方呢？

由此，她對他不由從心底產生了幾分敬意，她倚在他懷中，盡量做出小鳥依人的親暱舉動。可她始終不敢問及殉葬的事，也不敢提出，即使到了江南，是否能讓她去參拜那些著名的頌聖之所。

鐵腕冰容的總督，說變就變，哪怕就在高興時，甚至在做愛時，那目光中也有幾分殺氣。

他開始把她緊緊摟在懷中，臉挨著她的臉，嘴裡發出一些含糊不清的囈語……

直到他滿足地睡去，阿芙才動手扯被褥來遮蓋自己裸露的軀體時，這才發現自己的右手仍握成拳頭，並已發酸了。

她鬆開手掌，在濕津津的掌心裡仍躺著那一根灰白色的羽管。

她，又身不由己地戰慄起來……

後宮的淫亂

那是在阿古柏的全盛時期。

那一回，阿古柏獲得了土耳其的統治者阿不力則孜汗授予的「埃米爾」稱號，接受了使者頒賜的皇冠與龍袍，這可是無上的光榮，萬不料沙皇俄國也接著派來了一個龐大的武裝商團，這些人到達喀什噶爾後，獻上了大量的軍火和禮物，並代表沙皇提出：俄國願意承認「哲德沙爾罕國」，但要求阿古柏接受沙俄的「保護」。

這可是一個頗為嚴峻的問題。阿古柏與他的智囊們幾度密商，決心先採取拖延的辦法，正面不談這類事情，只用豐盛的酒宴熱情款待這一批使者。

於是，在阿古柏的精心安排下，在喀什噶爾王宮為沙俄的軍官和商人們舉行了一個盛大的晚會。

晚會先是豐盛的酒筵，飲至半酣，宮中的大廳及兩廊奏響了叮叮咚咚的手鼓和各種琴弦，赴會的客人們開始還有些矜持，此時再也控制不住了，他們發了瘋似地挽起了勸酒、上菜及獻歌、獻舞的侍女，成雙捉對地轉了起來……

就在各主要人物都在前廳參加宴會和舞會時，後宮花園裡，出現了兩個婀婀婷婷的人影，一前一後走得很急。

黃昏暮色，樹影依稀，很難看清這兩人的面目。但那纖細的身材和緊繃著面紗的頭足以證明她們是女人，快要到後宮大門邊時，走在前面的女子回過頭，對後面的一個女人說：「你回去吧，我會辦好的。」

後面的女子止了步，但沒有馬上往回走，她目送著前面那女子，一直看著她走至門衛的崗亭前。

守衛後宮大門的，是一小隊安集延兵。領隊的胖色提（百夫長）是一個肚子裡已塞滿了燒雞和葡萄酒、眼前已是金星亂冒的傢伙。開先，他看見宮殿的柱子似在傾斜，現在卻又倚著牆在打瞌睡。但一聽見腳步聲，像受了電擊，猛地抬起頭，睜開朦朧的醉眼，看清來人後，討好地說：「啊，你終於來了，快走吧，再過一刻，我就要下崗了。」

說著，身子一閃，彎腰擺手，做出一個「請」的姿勢。

那女人一隻手抓緊面紗，一隻手將懷中一個小布袋往胖色提懷中一扔，急匆匆地走出了這警衛森嚴的後宮。

百夫長點頭哈腰地送走她，急忙打開懷中的小布袋，裡面裝的全是嘩嘩作響的銀天罡，胖色提笑得眼睛眯成一條縫，連連向旁邊的衛兵擠眉弄眼……

後面這個女人，一直閃身在大花園的樹陰下，悄悄地注視著這一幕，直到前面那個女人出了宮門，走了很遠，才了卻一樁心事，重重地噓了一口氣。

她，就是當時「畢條勒特汗」的寵姬阿芙。

今天，她藉口身子不舒服，拒絕了陪阿古柏出席宴會的要求，悄悄地待在後宮，待眾人都離開後，急忙和貼身女侍葉兒去幹一件她認為的善舉——幫助一個奴隸獲得自由。

前不久，她和眾多的後宮佳麗一道，隨阿古柏去莎車巡視，偶然向車窗外一瞥，竟看見了原喀什噶爾參贊大臣衙門的幕僚文翰。

「這不是過去的未婚夫嗎？最初父親屬意的人啊。」當時，喀什噶爾屯邊的官吏都傾慕「伊帕爾罕」的豔名，都願做何參將府的東床快婿，何步雲獨相中這個孱弱的書生，因為他與伊犁將軍有郎舅之親，巴結上伊犁將軍，前途不可限量，要不是穆斯林的暴動，要不是阿古柏的迅速入主南疆，阿芙幾乎做了這個毫無陽剛之氣的旗人的妻子。

現在，阿芙已做了威名赫赫的畢條勒特汗的寵妃。按本地習俗，她沒有吃過文翰半塊鹽水饢，千真萬確，算不得文翰的妻子，僅僅只有那麼一點點糾葛而已，除了當事人，誰也不記這件事了。

安集延人以異國人入主南疆，打破了過去的社會秩序，甚至顛倒了過去的人際關係。原先的主人成了奴隸，舊人風流雲散，誰還去惦念這場不成功的婚姻？

但是，偏偏有這麼一場邂逅。

阿古柏出巡，非常講究排場。除了要大隊士兵擔任護衛隊，行李也十分奢豪。他要用幾十輛寬敞華麗的大車供他和他的后妃乘坐外，為擺闊氣，顯示與眾不同，又要備五十輛大車拖金銀，五十輛大車拖紅銅錢，到時隨他的興趣賞賜他人，還要兩千峰駱駝負著裝有各種服裝和緞匹的箱子；

一千匹高頭大馬，其中五百匹鞍韉齊備，供他的衛隊乘坐，五百匹不備鞍韉，以備輪換，以壯聲威；除此之外，還要用五百名奴隸趕毛驢馱水，在安營紮寨時，將水灑在帳篷四周，以防沙土侵襲他的營帳，這可是一項苦差，由被擄的漢人和旗人充當。

不料就在馱水的苦役中，竟有可憐的文翰。

喀什噶爾被攻克前，他們旗人是威風凜凜的土皇帝，政權易手之後，沒被殺的統統做了俘虜。阿古柏對這上萬名俘虜做了甄別，善火炮技術和會操作、修理槍炮的馬上補充進軍營；有錢的官吏標出價碼，勒令家屬出高價贖人；無技術無金錢的則淪為奴隸。

文翰的家在城破後已被洗劫一空，拿不出半個小錢贖人，於是淪為奴隸。

可怕的饑餓和無休止的勞役，改變了昔日那白皙稚嫩的膚色，眼下的文翰滿臉黑不溜秋，渾身瘦骨嶙嶙，走路搖搖晃晃，好像是從墳墓中拖出的一副枯骨。

阿芙在車中瞥見他的時候，他正吃力地拉著兩匹毛驢，馱兩個大木桶，在隨隊伍艱難地前進，那一身藍布長衫掀著角，破爛不堪，罩一件不知從哪裡撿來的破舊的黃羊皮軍服，原先一直穿著，既闊氣又顯示身分的黑色貢緞方頭靴子前後都已綻裂開，露出了腳趾和後跟。

就這麼短暫的一瞥，勾起了阿芙心中異常複雜的感情。

她雖不曾愛過文翰，但文翰畢竟是父親曾喜歡過的人，而且，只差一步就納采下聘，成為他的妻子。如今，他落到了這個地步，眼看就要倒斃沙漠了。她想，當初南疆風聲一天緊似一天之際，很多閒散佐雜人員、無守土之責任者紛紛攜家帶眷逃往內地，他之所以滯留喀什噶爾，說不定是留戀我的緣故呢。

偶然的相遇，觸發了心靈深處的惻隱之心。於是，她令貼身使女葉兒趁今天這個機會去探望文翰。葉兒是她娘家的丫環，認識文翰的，她帶去一袋子金幣，讓文翰設法贖身。

直到望不見葉兒的影子了，阿芙才懷著終於辦了一樁大事的滿足回到了自己的臥室。臥室裡靜悄悄的，還沒有點燈，為她服役的四個安集延侍女已被她支開，去陪前面的軍官們跳舞去了，她摸黑進了屋子。

阿芙幾時有過撒手千金、幫助他人的經歷？所以，今天她情緒特別興奮，想在迷茫的夜幕中，好好地體察一下救世主的滋味，想像那個文翰，懷一肚子娶到美人的癡夢，結果卻淪為奴隸，如今又一下得到一袋金幣，這一榮一枯的境遇，該怎樣地欣喜若狂啊？

她扔掉已滑到肩上的面紗，脫去身上的衣裙，只穿一件內衣，準備上炕去躺一下。就在這時，她忽然覺得帷幔後有異樣的窸窣聲，不是貓和狗，而像是人在喘粗氣。她一驚，馬上大喊道：

「誰，什麼人？」

帷幔後的窸窣聲更響了，但沒有人回答她。

她像是明白了什麼，摸黑點上燈，屋內的情形馬上清清楚楚——她分明發現，帷幔抖得厲害，而下面露出一雙男人的漆皮靴子。

「哼，滾出來吧，不然，我要喊人了！」阿芙一邊嚷著，一邊抓住一件大衣披在身上，盡量遮住裸露的部分。

那人從帷幔後走出來了，站在她眼前。

定睛一看，原來是阿古柏的長子伯克胡里。

伯克胡里已三十出頭，有了三個老婆。因為他是王子，可以隨意出入後宮，也可經常和她碰面。平時，她雖披著面紗，遮住了部分面部，但她透過面紗，常望見這漂亮而健壯的王子睜著一雙貪婪的眼睛望著她，有時趁阿古柏不注意，還偷偷地向她做那種下流的手勢。

其實，阿芙也覺得伯克胡里可愛，他畢竟比阿古柏年輕，也比阿古柏英俊、瀟灑，這以前，她已風聞伯克胡里和他的好幾個後母都有私情，就有些怦然心動。可是，她不喜歡沒有預約的突襲，尤其是躲在帷幔後，想乘她不備，佔她的便宜。

「我以為是一條狗，原來是一隻饞嘴的貓兒，滾出去！」阿芙突然拉下臉，戳指著伯克胡里怒聲喝罵。

「別這麼大聲嚷嚷，請注意，我已看見你剛才那一幕——你賄賂宮中侍衛，派你的使女去看你過去的情夫。」

伯克胡里到了這一步，不覺也硬起來，他涎著臉皮走攏來，想摟抱後母。

原來他已窺伺多時了，這賊心不死的傢伙。可是，自己能被他要脅嗎？

「啪——！只見她身子一歪，讓過撲上來的伯克胡里，卻伸手在湊近的伯克胡里臉上狠狠地刮了一巴掌，教訓地說：「這有什麼了不得？我看的畢竟是過去的未婚夫，可你，不但勾搭上了你父親的第二和第四個老婆，如今還想佔我的便宜，這要讓你父親知道，可有你的好看。」

「哼，這有什麼。」伯克胡里一邊捂著發燒的臉，一邊做出無所謂的笑。可他不敢再走近她，更不敢再伸手摟抱她了，只訕訕地說，「我們雖生長浩罕，可我們是成吉思汗的後裔，按照我們的傳統，父王死後，兒子要續娶後母，不久的將來，她們倆，也包括你，都會成為我的老婆，到時看你嘴硬。」

「哼，你想得真美，只怕不等你父親死，我便可先弄死你。」

「你敢！」

「你背著你父親，私自和英國人、俄國人來往；你暗地派人搶劫印度的商隊，伏擊阿富汗王的使者，掠奪他們的財物；還有，你為了和海古拉爭奪汗位，竟勾結巫師，用巫術咒你父親和海古拉早死。這些事情，我只要向你父親透露一點點，我看你能繼承汗位？做你的美夢去吧。」

阿芙一樁樁一件件，數的全是伯克胡里的陰謀，伯克胡里一下嚇得癱軟了。開始，他僅僅是抱著偷香的目的，美麗的後母太令他銷魂了，但一直尋不到機會。後來，他進一步發現這個女人如此得到父王的寵愛，控制住她，通過她，可得到許多有利於自己的消息，可影響父親，改變父王對自己的看法，於是，他發誓要弄到她。

今天，好容易拿住了她的把柄，好容易找到了這個機會，他滿以為會一下成功的，不料她這麼厲害，而且知道的祕密太多了，伯克胡里得重新考慮自己的計畫。

「好了，好了，我總算領教你了，從今天起，我不敢輕看你，今兒的事，我什麼也沒看見，你我各走各的路。」伯克胡里說著耷拉著腦袋，像一條落水狗一樣，快快地往外走……

「哈哈。」阿芙痛快地仰天大笑，笑外表如此英俊、勇武的王子竟這麼軟弱無能，竟是一隻地地道道的紙老虎。

「回來！」她大聲地下起命令。

伯克胡里一驚，乖乖地轉了回來。望了半裸的後母一眼，真有些魂飛魄散，趕緊低下頭，說：

「你，你還要幹嘛呀？」

阿芙身上遮身的大衣早掉了，她走上前，任胸脯薄薄的內衣裡的兩坨肉輕輕地抖著，逕自走到伯克胡里面前，摸著他的臉道：「你這半邊臉還紅紅的，就這麼去呀？」

「那，那怎麼辦？」

阿芙柔聲地說：「一個偷香竊玉的老手，居然躲在帷幔後緊張得喘粗氣，發抖。哼！你剛才說了什麼？」

「說什麼，我沒說什麼呀？」伯克胡里心有餘悸，「我只求你別傷害我。」

「不，你還說了什麼。」阿芙那裸露的玉臂搭在伯克胡里的肩上，提示說，「你說，你是成吉思汗的後裔。成吉思汗的子孫勾搭後母都像你這麼軟弱嗎？」

伯克胡里一下明白了。他猛撲上來，緊緊地摟住了她……

這以後，她暗地裡和伯克胡里往來，打得火熱。她以為伯克胡里是她的掌中之物。直到後來，她才明白，女人畢竟只是女人，她到底還是被伯克胡里耍了。

魔女與甜藥

光緒三年春夏間，官軍開始大舉進攻南疆。隨著前線失利的消息不斷傳來，阿古柏的脾氣變得異常暴躁。他常常無緣無故地鞭打後宮姬妾，連阿芙這樣的寵妃也不能倖免，誰碰上了該誰倒楣。

一天黃昏，阿芙正陪阿古柏散步，大臣雲努斯來商談事情，阿古柏就在走廊裡和雲努斯說話。

不料這時，前線送來緊急軍報，說劉錦棠的軍隊已集結完畢，不日即將進攻。

阿古柏自吐魯番戰役後，一聽人提劉錦棠就勃然變色，心慌得不行，這時，誰在場誰就會被他找茬子責罵，踢打。

阿芙見又是有關劉錦棠的消息來了，情知不妙，趕緊悄悄地走開，想待阿古柏發過脾氣後再回來，來到後花園，靠在一棵樹下閉目養神，就在這時，樹後忽然伸出一雙手，一下捂住了她的眼睛。

她不用猜，只從背後那一股馥鬱的香水味中就知道來人是誰了。只是此時此刻，她心中也無比地煩躁，無心和人逗樂，於是，她一下扳開眼前這雙手，說：「別吵，當心撞見別人。」

「嘻嘻，一個外人也沒有。這花園四周都是我的心腹，你別擔心。」伯克胡里一邊說，一邊緊挨著阿芙坐著，一雙手也極不規矩起來。

「真是躲也躲不開你們父子，只想圖個清靜也不能，你滾吧。」阿芙沒好臉色。

「嘻嘻，寶貝，你今天怎麼啦？」伯克胡里涎著臉，說，「我們父子英雄蓋世，別人都佩服得不得了，你還不滿足嗎？」

「英雄？呸！」阿芙往地上啐了一口說，「你們父子是一對活寶，是活脫脫的『凱麥克』，還充英雄呢。」

「凱麥克」是阿拉伯傳說中，一個光說大話、毫無作為的人。阿芙以為伯克胡里這下可有些難堪，不料他卻嘻嘻地笑著，不以為然地說：「這話只對了一半——父親像個凱麥克還差不多，我哪像呢？我幾時說的沒有做到？」

「你能說到做到？真的，你說一定要敗在劉錦棠手下，果然被他殺得大敗，丟了好幾座城池，連個大總管愛伊德爾呼裡也送與敵人了。」阿芙放肆地嘲諷他。

「嘿嘿，痛快。」伯克胡里悻悻地說，「有人說吐魯番打的是窩囊仗，全怪父親指揮不當，我、海古拉、愛伊德爾呼里，還有烏七八糟的東干、北疆馬人得等部，互不相統屬，沒人掛主帥，這仗怎麼打？能不被人各個擊破？這局面再繼續下去，南八城的失守，也只在指日之間，咱們只好腳踩西瓜皮，溜到哪裡算哪裡了。」

阿芙雖也明白將是這結局，但從伯克胡里口中說出來，聽的滋味又不同些。看來，局勢的發展已出乎一般人的意料之外，阿古柏父子全是銀樣蠟槍頭，過些日子這局面還不知會糟到哪一步去，將來南疆易手，官軍重新回到喀什噶爾，他們安集延人只可能仍回浩罕。

浩罕已是俄國人的天下，阿古柏不能再做大汗，自己將依靠何人呢？萬一被丟下不管，這後半截日子要多難堪有多難堪呢，想到這一層，她不由長長地歎了一口氣，說：「滾吧。你們都滾。」

伯克胡里見狀，忙說：「我的小心肝呀，退一萬步說，這局面真的維持不下去了，我們都滾，又哪能丟下你呢？更何況，我說的是若再這麼下去，才不可收拾，只要父親能省悟，懸崖勒馬，劉錦棠做夢也進不了南疆。」

「你又說大話。」

「不，真的。只要他不再首鼠兩端，專心一意，不再今日用我，明日又用他，弄得汗國內部事權不一，互不相統屬。」

不久前，伯克胡里種種大逆不道的行為傳到了阿古柏耳中，阿古柏欲除之而後快。為此，他商之於老臣穆罕默德．雲努斯，不料雲努斯認為伯克胡里、海古拉都已長成，各有一股勢力，大敵當前，廢長立幼，只能引起內亂；另外，伯克胡里的過錯雖聳人聽聞，卻缺乏有力的證據，輕易廢黜，不能服眾，也不能服其心。故此，阿古柏才暫時沒有廢掉伯克胡里世子的位置。

阿古柏的心事及舉動，伯克胡里不是沒有警覺，為挽回父親對自己的信任，他煞費苦心，其中阿芙便是伯克胡里與父親達成和解的橋樑之一，阿芙說得多了，甚至引起阿古柏的懷疑。今天阿芙見伯克胡里又提起這事，以為伯克胡里又想通過她去說什麼，想起阿古柏此時火氣正旺，她滿不高興地說：「得了，你又來了，要說什麼，你自己去說吧，我再說可能引起他的懷疑，那可惹火上身了。」

「哎，你錯了，今天，我可不想讓你去說什麼，我聽說父親這幾天脾氣很壞，連你也受了不少委屈，特來看看你呢。」伯克胡里笑嘻嘻地說。

阿芙見說，心裡一酸，但臉上仍是不屑一顧地說：「收起你這一套吧。貓哭耗子假慈悲，幾時要你可憐起我來呢？」

伯克胡里說：「你不知道，我父親是舊病復發了。他早年得過一熱病，肝火旺盛，發火時，誰遇上誰倒楣。曾請人調治，並沒斷根，遇上戰事不順心，便又激發了。」

安集延地方苦熱，人多犯熱病，阿芙常聽人說起過。阿芙於阿古柏並不怎麼關心，但阿古柏發火，她日子難過，於是說：「那怎麼不讓人調治呢？」

伯克胡里說：「不行，父親生來好強，忌諱說病。更何況軍情緊急，說病也影響軍心。」

伯克胡里說著，四處望了望，忽然從口袋中掏出一截天鵝羽毛管子，遞與阿芙道：「這是他過去患病時吃的藥，我還保存著呢，但你不必告訴他，以免他疑慮重重，只把它撒在他常喝的蜜酒中就行了。」

「這成嗎？」阿芙沒懷疑有它。

「成，這藥他吃過多次，每次一吃就好。」伯克胡里誠懇地說。

阿芙被伯克胡里一番表白迷住了，沒有想到，這中間有陰謀。

她接了那一截羽管。

《可蘭經》故事中，記載了人類第一樁謀殺案。

據說，人類的始祖阿丹和好娃生下兩胎孿生兄妹，他們是嘎比洛和他妹妹，哈比洛和他妹妹，阿拉啟示阿丹說，應該讓他們異胞婚配，即這一胎的男子與那一胎的女子結婚，可是嘎比洛不願服從主的安排，他非要娶同胞的、美麗的妹妹不可，於是，他趁哈比洛隻身放牧之際，殺死了自己的親弟弟。

——人類這第一場謀殺案即以女色為爭奪對象，兄弟相殘殺為結果。

伯克胡里兄弟相殘比這更殘酷，他要殺死弟弟，卻先從父親下手，當然，他也利用了女色。

阿芙也曾聽說起過這故事。但她認為，這只是發生在上古時的事，在遙遠的天邊，從沒想到就在現在，就在眼前，另一樁背棄人倫道德的謀殺發生了，並且，主謀者假手於她，她成了直接凶手。

那天晚上，阿古柏睡在她房中，半晚，阿古柏要水喝，喝了她摻了藥粉的蜜酒。

阿古柏果然熄火了，但那不是熱病之火，是生命之火，是異常痛苦的發不出聲的猝死，那死相，頭足勾連，屍身乾涸，面目猙獰可怖。

直到後來她才清楚，那天在花園相會，伯克胡里是冒著極大的危險、抱著孤注一擲的心理來找她的。

他勾結俄國人、搶劫阿富汗王的商隊、用巫術詛咒父親和弟弟的事，統統被海古拉掌握，且將證據擺到了阿古柏的案上。為此，阿古柏已下了密令，叫海古拉逮捕他，他若再猶豫，就有可能成為一個階下囚了。

阿芙不清楚內情，竟信了伯克胡里的話，當了他的幫凶。

到後來，阿芙每回想起那一幕，特別是想起阿古柏的死相，她便心悸不已。

這以前她充滿了自信，認為憑自己的美貌，可左右一切男人，不料這只是一廂情願的幻想——女人的本領再大，也只是男人們陰謀手段中一顆棋子，擺脫不了為人利用的命運。

她明白，幸虧當時「哲德沙爾罕國」已面臨崩潰的邊緣，阿古柏樹敵過多，無人認真追究此事，加之海古拉也跟伯克胡里一樣，早已垂涎她這後母的美色，不然，要查出她這投毒者是毫不費力的，根據伊斯蘭宗教法庭的法律，她是謀害本夫的直接凶手。她將被處以酷刑，即用石塊砸死，或是從懸崖上推下去摔死。

——今天晚上，像鬼使神差一般，一截小小的羽管，又一次出現在她掌中。

她想，這真是命中注定了似的。但是，余小虎從哪裡弄來這東西的呢？這個神出鬼沒的「草上飛」！

第七章 舊雨萍蹤

父與子

四公子左孝同是在左宗棠一行到達蘭州後的第四天趕來的，父子團圓，那一種由衷的喜悅，於年近七旬的左宗棠尤為顯著。

左宗棠有四子，長子孝威為正室周夫人所生，其餘三子——孝寬、孝勳、孝同皆是側室張氏所生。張氏本周夫人隨嫁丫環，當年左宗棠完婚之際，岳母認定此女生就宜男之相，故遣其陪嫁，並囑女兒，將來收其為偏房。後來張氏果為左家生下了三個兒子。

四子中，長子孝威生性和善，又極孝順，加之聰穎好學，最得人喜愛，可惜是天不假年，小小年紀便得了肺癆，青年即殞。餘三子中，左孝同算是聰明才俊，為左家的「千里駒」。

一生於學位不無遺憾的左宗棠，儘管平日經常嘲笑同僚中的翰林、進士，用人的準則也是翰林不如進士，舉人不及秀才，但對自己的子侄卻仍寄希望於舉業發解，掙一個正途出身。

孝同自幼在嫡母周夫人教誨下識字讀書，六歲能詩，七歲能文，十九歲即遊泮，比大他三歲的三哥孝勳還早三年成為秀才。

左宗棠雖遠在西北，軍務倥傯，但對家中子侄學業從未放鬆督導。

江南與西北之間軍報頻繁，每逢軍郵往還之際，常順便捎來左宗棠擬就的題目，又帶去兒子們的功課，他常抽空點評。

孝同的文章詞句華美，構思奇特，有時甚至近乎怪誕，很得左宗棠的好評，也常使得左宗棠帳下那一班幕友們驚詫、佩服不已。

但是，真正使左宗棠喜歡的還不在文章——左孝同行事舉止，匪夷所思，敢想敢說敢做，左宗棠從他身上往往可看到自己的過去。

這以前，長沙發生的前後兩次「攻郭」事件，即光緒二年郭嵩燾出使之初，長沙學生搗毀又一村郭府和去年郭嵩燾返湘，湘陰、善化、長沙三縣學生集會明倫堂，禁止郭嵩燾乘洋船入內河，兩次使左宗棠政敵大丟面子的事，左孝同從中出了大力。

此番孝同西北省父，又懷揣大事，急於向父親披露來了。

父子相聚，孝同向父親陳述過家中一些近況後，馬上講起了長沙及湘陰的一些新聞。

「眼下何紹南仍健在的消息已是通省皆知了。」左孝同低聲向父親說，「與何家接近的人，有的還來我家探口風呢。」

這些天左宗棠常在考慮處置何紹南的事。

自肅州啟節東進之際，便吩咐袁升，祕密將何紹南押解，隨東行車隊到達蘭州，就近拘押於藩台衙門的庫房。今天聽兒子一說，心想，這怎麼可能呢？知道何紹南活著的人很少，且事先已警告過不准洩露，什麼人敢公然違抗禁令呢？而且，這可要打亂自己的計畫了。

不料接下來，孝同更拿出了令他氣憤不已的東西——在縣誌局拿到的《湘陰縣圖志》。

這以前，左宗棠已從家信中得知此書的大概情節，現在到手略翻了幾頁，一股怒火油然而生。此書長達三十卷，人物志中，郭嵩燾為已故的長子郭剛基寫的傳中多溢美之詞，而於左孝威才有幾個字的記述，甚至還不及左宗植之子、嵩燾之婿左譂。

更令人難忍的是他果然為何紹南立了傳，傳中對他左恪靖侯指名道姓地攻擊，說何紹南「亢直敢言，指畫利病得失無稍阿回，左宗棠氣矜導諛，左右皆阿附，惟紹南遇事敢言，左宗棠不能容。」

「氣矜導諛，左右皆阿附。」看過這一段，左宗棠冷冷地重複這九個字，眼中露出了陰狠的光，「這可不單是攻我，這一筆可把我的幕府中人，甚至帳下文武全掃了。讓大家都看看吧，郭嵩燾為生人立傳，未蓋棺便定論，許多百戰成功的忠臣志士，反不如他一個認賊作父的叛臣，真是奇文，天下奇文啦。」

「這件事於他郭筠仙是悔之無及的了。何紹南仍活著的消息是前不久才傳回去的，他這《湘陰縣圖志》已在八月間便已問世，所以，我聽郭家人說，老先生仍嘴硬得很，說何紹南已死無疑，仍健在的消息是我們故意造出來嚇他的。」

孝同得意地向父親訴說，「不過，何家的人又不同，他們有些相信。又說何紹南是官身，只要未死，走失歸來，不該遭拘押，還說您如不放人，他們準備上京控告，到都察院遞訴狀。還有幾個操空心的在籍官員準備聯名與您寫信，要求先開釋何紹南，讓他與父母、妻子團聚。他們背後說，左某人縱有通天的本領，總不能做得太絕，不要故鄉桑梓。」

聽孝同這麼拉拉雜雜地訴說，左宗棠只連連冷笑，並不作聲。

有何紹南這活人在，無論郭嵩燾相不相信，或何家人的京控，他認為統統不在話下，何家人對他的種種無理他還可犯而不較，但郭嵩燾藉修志誹謗他卻不可容忍。

左宗棠想，要徹底搞翻他郭嵩燾，何紹南這是個好題目，說他私刻謗書、攻訐大臣顯得自己量小，若說他為叛臣立傳，大逆不道，題目既正且罪戾不輕。

只是這事由誰出面出奏呢？自己出面理由雖正，可仍顯得是公報私仇，楊昌濬出面也欲蓋彌彰，想來想去，他想起了陝西巡撫譚鍾麟。

此人與他關係一向不錯，眼前又正有求於他——此番自己離任，由譚鍾麟接手應是順理成章的事，朝廷遲遲沒有發表，主要是還想徵詢他這個前任的看法，若將這事託譚鍾麟，由他出面題參，他一定會答應的。

主意已定，剛要提筆寫信，想一想這事怎麼寫也不好落筆，再說，落文字在人家手中也不便，自己東歸，西安正在途中，何不去西安當面說呢？只可惜關於何紹南的消息已傳到湖南，怕郭嵩燾得知確信而設法補救。

想到這裡，他把那洩密的人恨得牙癢癢的。心想，自己一直嚴於執法，此事三令五申，仍有人敢冒此大不韙，膽子也不小哩，再說，他既敢洩露這事，還保不住不說其他，這還得認真防範呢。

他清思滌慮，把軍中的知情人一一排隊，在胸中盤算、否定，自言自語道：「這洩密的是何人呢？」

孝同一邊小心地陪坐一旁，觀察父親的神態，心中已把父親的心理揣摩透了。此時聽父親一說，心領神會，眉梢一揚，笑一笑，手指蘸上茶水，在父親面前案桌上，寫下了一個大大的「袁」字。

「是他？」左宗棠愕然一驚，略想了想，既不願承認，可又不能否定。這可是一件足以令他心痛的事實，霎時之間，肝火升騰，心神不定。

這些年來，隨著自己聲名日顯，他於桑梓故土多有潤澤，同治十三年，湘陰知縣冒小山來信，言及湘陰的土城牆被水浸久，西門一帶已傾圮無餘。他閱信後，記起咸豐時，長毛西征，曾長驅直入湘陰城的往事，乃連夜修書，從自己養廉銀中，指撥一萬兩白銀，與縣府修築石城。

光緒三年，縣學仰高書院山長來信，說學院因連年失修倒塌，莘莘學子無所歸依。他閱信後，又捐出養廉銀三千五百兩，以二千兩修復書院，一千五百兩助師生膏火。

這些年，常有湘陰人來西北找他謀事，左宗棠雖用人之際，但也不能不量才力而用，且也不能盡用私人，為此，他雖婉拒，卻多助銀兩讓其回鄉，他自認無愧於鄉里。但郭嵩燾著謗書，縣局中人，竟然無一人出而伸張正義，而今，居然連身邊人也與他們暗通消息，真不知還有什麼話落到了故鄉那一班不懷好意的人手中呢……

楊昌濬為替孝同洗塵，兼賀左宗棠父子團聚，特設小宴於節園。出席作陪的除了他自己，僅此回隨孝同一道來蘭州的兩個湘陰人，一個是左宗棠的族弟左宗燦，一個是左宗棠遠房堂侄婿、前蘭州候補道吳炳昆之子吳翊元。

當年，楊昌濬隨左宗棠在浙江做官時，孝同也曾一度隨父親於杭州小住，那時他才六七歲光景，常隨楊昌濬出外玩耍，提起這一段往事，楊昌濬還能講出許多細節，眼下，他誇孝同是左家的千里馬，將來克紹其裘，光前裕後非孝同莫屬。

這時，因寒氣加重，袁升上來，將左宗棠開先脫下的一件大毛坎肩拿來，替他重新籠上。左宗棠回頭瞥見袁升，乃伸手拍拍他的後背，接著楊昌濬的話茬說：「天下事也很難說得，小小年紀，哪能就看得出將來的作為？就說這一位吧，沒有我，至今還不是一個泥夫，在鄉間叱牛屁眼麼？又哪有今天的地位呢？可就是到了這一步，也很難說他究竟是何收身結果呢。」

楊昌濬聽了這番話，有些不明白，本是一般的場面應酬，左宗棠為何要扯上袁升，且說出一些令人費解的話？

連襟

吳翊元終於在蘭州見到了活著的何紹南，真有幾分相對如夢寐之感，這事若論起來，當然要歸功於袁升的穿針引線。

老舉人歐陽蘊章先生，是湘陰中塅人，世代業儒，以書香翰墨傳世，頗獲清望於鄉里，三次赴試禮部不第，大挑後任過一任武岡縣教諭，不久返鄉，任湘陰縣仰高書院山長。

歐陽先生膝下無兒，僅生有兩位千金，長女佳秀，即嫁與何紹南為妻，次女當年正待字閨中。同治五年，左宗棠奉詔移督陝甘，因軍情緊急，無暇返鄉，乃派袁升回長沙接取家眷去漢口團聚，同時囑咐袁升順道去何家催請何紹南去漢口西征局報到。

七年前投軍時，「狗伢子」袁升還是泥豬土狗般的鄉里人，如今，卻是頭戴鏤花金座珊瑚頂子，身穿繡獅子補服的正二品總鎮了。既已榮歸，自然難以免俗——他順道回到老家柳莊祭祖。

那天，袁升騎著高頭大馬，身著官服，並攜一班顯赫的隨從，抬著抬槓、箱籠，趕著驢騾、駿馬返鄉。到了家門口時，銃炮喧天，里閭相望，幾乎轟動了四鄉，第二天，他又攜左相的親筆信去何家拜訪。

雖說他職務只是左相差官，可也是堂堂的二品大員，何家人自然大開中門迎接。就在何家，袁升與歐陽蘊章相遇。

何紹南在閩浙時，已與袁升稔熟，袁升品級雖高，終不離下人身分，對何紹南這樣極有才名的師爺極其謙恭，故何紹南也從不在袁升面前擺文人架子，二人關係相當好。

今天，袁升親自持函上門，何紹南自然高興，他備辦酒宴款待袁升。歐陽蘊章恰好也在何家，何紹南於是在岳父面前極力恭維袁升年輕有為，深得左相器重，前途真不可限量。

歐陽蘊章聽了大女婿這一誇，又得知袁升未娶妻，大概是多喝了幾杯，一時得意忘形，頭腦發熱，竟退席託親翁出面作伐，將次女佳媚許與袁升為妻。

以歐陽家的清望，以二小姐才色俱佳的名聲，袁升真是做夢也想不到的美事，當下於席前拜了岳父，並以西洋打簧金表一隻，翡翠戒指一對為聘。因軍報催逼，何紹南和袁升皆不能久留，就訂在月底迎娶。

不料歐陽蘊章回到縣城家裡，家裡卻鬧翻了天。

原來二小姐心性高傲，自負不淺，受家風薰陶，小小年紀，琴棋書畫，詩詞歌賦樣樣精通，因此，也以才女自居。何紹南算得上倜儻才人，格調高雅，人又長得標緻，在她心中，恨不得未來夫婿應該勝過姐夫才算稱心如願，不料糊塗的老父，竟將自己配與一個差官——她也不管這差官品級大得嚇人，只聽說此人面目奇醜，像一隻猴子，家中數到五代也沒一個識字的人，成人了也沒有名字，做官後追封三代時，父輩、祖輩、曾祖輩淨是「三貓」、「四狗」這一類賤號，這與她心中設想的夫婿差去了十萬八千里。

於是，她在家中痛哭了三天，任人勸說也無效，看看老父無收回成命的樣子，竟趁人不備，投繯自盡了。

本是一件好事，如今鬧成了這麼個結局，老舉人氣得大病了一場，臥床近半年不起。

袁升得訊，自歎福薄，可他是個厚道人，婚姻不成，也不以二小姐嫌自己醜陋為忤，仍認這個岳家，臨行之前，他特備厚禮去看望臥病的老舉人，又買了醴酒三牲，去未婚妻靈前弔唁。

這以後，袁升雖遠在西北，四時八節，請安問候歐陽蘊章的書信不斷，饋贈的土特產還要遠遠勝過何紹南。

有此一段姻緣，他與何紹南情同手足，何紹南出走失蹤，他比誰都焦急，何紹南在南疆被尋獲，他又比所有人都高興——但僅僅是私下高興而已。

左宗棠曾嚴厲地告誡左右，不准將此事向任何人透露，更不得在家信中向故鄉親屬提及。一向以鐵腕冰容著稱的左相，倘有違拗，縱是心腹家奴，也可立時令其喋血轅門。為此，誰個敢不忘記何紹南的存在？

「何愷仲此番只怕真的不能活了。」袁升天性未泯，在見到吳翊元，知道他與何紹南的關係，也明白吳翊元此番西行的目的後，躊躇再三，終於忍不住一句話脫口而出。

「啊，這麼說，何紹南現在真的還活著？」吳翊元一驚，馬上追問。

袁升忍了又忍，欲說還休。這情況又何必再問呢？

若不是何紹南而是另外一個人，吳翊元恐怕不會多這個事，他也實在沒有這一份閒心。

吳翊元的父親吳炳昆，字貞階，乃湘軍水師宿將，咸豐三年，曾國藩初創水師，以楊岳斌、彭玉麟領戰船，吳炳昆以故友的身分出佐楊岳斌，為營官，出征長毛，戰輒有功，咸豐五年冬，楊岳斌養病於武穴，太平軍翼王石達開誘水師舢板船進入鄱陽湖，然後緊鎖湖口，湘軍水師在長江中的長龍、快蟹等大船失去依憑，被太平軍殺得太敗虧輸，混戰中，吳炳昆獨率戰船六艘負責一方與敵軍苦戰，終於殺退敵軍，又於敵軍全部退走後，收拾敗軍所棄於八里江的船隻歸隊，成為水師碩果僅存的一營，以此功他被保至道員，功成後留湖北補用。

同治四年，楊岳斌出督蘭州，邀吳炳昆出佐幕府，後楊岳斌出巡慶陽，蘭州城內的督標兵因楚軍待遇優於甘軍而不滿，他們在督標參將煽動下發動兵變，炳昆及翰林院編修鍾啟珣一道殉難。

吳炳昆生前為候補道，死後照按察使例賜卹，並贈太常寺卿，長子翊元賜騎都尉世職。

當年甘肅兵連禍結，交通中斷，翊元一直無法運回父親的骨殖，後兵亂平息，翊元又因母親病危而無法抽身遠行，所以，翊元最大的願望便是尋回父親的遺骸，回鄉葬於祖塋，因聽說左孝同要來西北省父，於是，他和孝同一道來到了蘭州。

吳翊元極重親情，節園是當年父親的殉難之處，吳翊元一踏進園子，一股悲戚之情油然而生，還有何心情去管他人閒事？但何紹南卻非一般。

摯友

吳翊元與何紹南為摯友，紹南老家低華嶺距翊元老家東塘沖不過七八里路，兩家原係世交，他們總角相交，既同受業於一個蒙師，後又一同求學於縣城仰高書院，吳翊元因身體孱弱，父親又從軍遠行，所以，年紀輕輕就絕了功名之念，只在家侍奉母親，輔導四個弟弟。

何紹南則於咸豐十年隨左宗棠入浙，掌書記。摯友雖然遠行，二人書信仍往還不絕，後吳炳昆殉難，楊岳斌告病從西北歸，喪報之日，何紹南正告假在家，吳翊元遭此大變，一門悲絕，何紹南經常適時地造訪吳家，於翊元一家人以莫大的安慰。

後左宗棠移督陝甘，何紹南又應徵去西北，吳翊元因要去湖北料理父親一些遺事，二人相偕乘船過洞庭，下漢口，又一次依依賦別。

不久，聽到何紹南走失的消息，吳翊元曾去何家探望，其時，何父白髮蒼蒼，呼天搶地，何紹南髮妻佳秀披頭散髮，抱幼子哭至昏絕。見此情形，聯想到自己父親慘死時，家中一門哀絕的狀況，吳翊元不由在何紹南靈前痛哭失聲。

去年，何父不知從何處聽人說，西征軍中有一瘋子，相貌與紹南酷似，諸位親朋好友都勸何父來西北認子，何父其時已得風癱之症，半身不遂，豈能遠行？所以，此番聽說吳翊元動身來西北，乃拄杖至吳家，千叮嚀，萬囑咐，託吳翊元一定要將紹南的消息打聽確鑿，伺機一伸援手。

今天，吳翊元一聽袁升口中露音，立時警覺起來，他於無人處一個勁地盤問袁升。

袁升本意是向吳翊元求援討教的，但有顧慮，故欲言又止，見吳翊元一個勁追問，顯然情真意切的樣子，於是，原原本本，向吳翊元講出了實情。

「這麼說來，何紹南有從賊的罪名了？」吳翊元見袁升這麼煞有介事，以為紹南在那邊有獻計獻策、大逆不道之舉，於國法難以容忍，所以他問道：「是不是還有法子可想？」

「不是，您誤會了。」袁升搖搖頭，期期艾艾地說：「您也不是外人，是我們三爹家東床，說與您聽也無妨的。其實呢，天大的事情，犯在我三爹手上也無所謂罪不罪的，他老人家的鐵肩膀一肩挑了，誰奈他老何？皇上、太后能不賣這個面子嗎？吳士邁不是以七品中書殺了朱德樹這個二品總兵嗎？朱家人告御狀又告了個什麼結果？可何紹南這人牛脾氣，扶起不走，拖起倒行，只要他在三爹面前說一句軟話認個輸他也不肯呢。」

說著，他又把上次在肅州時，左宗棠祕密傳見何紹南，二人又一次頂牛的情景向吳翊元複述了一遍。

「這麼說，這事也不能全怪你家三爹哩。」吳翊元是個忠厚人，聽袁升如此一說，他倒將心比心，對家鄉關於何紹南戲弄左宗棠的傳聞及左宗棠現在對何紹南的態度持不同看法了。他說：「人誰沒有個面子呢？何況你三爹這等地位的人，你不認個錯，難道要他向你認輸麼。」

「是嘛，何紹南死不開竅。」袁升一邊說，一邊氣得頓足，「那天他還指著三爹鼻子破口大罵呢。」

「這麼說，你是希望我去勸一勸他了？」翊元心中估算，口裡發問。

「這個——我確實是有這念頭。」袁升說著又上下打量吳翊元一番，他想，翊元為左氏門中女婿，現膺世襲騎都尉，在這裡又是客人，以他的身分，最好在左相面前進言，只是翊元若去，得先稟過左相，左相於此事諱莫如深，開首一句，吳翊元如何啟齒呢？他把自己的顧慮向吳翊元一說，翊元低頭想了想，胸有成竹地說：「你放心吧，辦法總會有的，到時相煩你引路。」

聽孝同說起吳翊元此番西北之行，為的是要搬回父親吳忠階的遺骨，左宗棠一時作了難。

當年蘭州兵變，楊岳斌遠在慶陽，亂兵們殺了住在節園內的擔任留守的營務處官員後，預備迎造反的回民軍進城。虧時任蘭州道標都司的湘陰人劉楚中在混戰中走脫，乘夜單人獨馬，趕赴慶陽報信，楊岳斌才知省城有此大變，忙調兵殺回蘭州。當時糧道受阻，蘭州城已絕糧很久，米珠薪桂，百姓餓死成千上萬，沒有死的也紛紛出城逃命，偌大的省城幾乎是一座空城。楊岳斌回城之際，城中餓殍遍地，節園內死屍狼藉，血肉模糊且腐爛不堪，哪裡還能辨認得出誰是張三、誰是李四呢？

楊岳斌無奈，只好令人將屍體統統用草席裹了，運至城外，於五泉山下挖幾個大坑埋了，園中另築一衣冠塚，上列吳炳昆、鍾啟珣諸人名字於墓碑上，再具疏上聞請旌表。

及左宗棠督甘，念及當年諸位殉難同人，吳炳昆不但與他同為湘陰人，且是世交舊好，遂於節園建忠義祠，更添一炷香火，算是於故人有個交代而已。

眼下吳翊元欲運先人遺骨，雖孝行可嘉，但五泉山下，墓木已拱，怎好破土開掘？豈不要驚動其他先烈？再說，當時血肉之軀，尚無法辨認，今萬人坑內，白骨累累，又怎能認出親人呢？

左宗棠於是偕孝同去客室看望吳翊元，預備於閒談中，勸阻吳翊元放棄此行的計畫。

父子走進翊元居室時，翊元正在謄正於忠義祠中抄出的、有關吳忠階及諸同仁的事蹟，臉上淚痕依然。

「子和，你真有上進心，刻苦用功，於客中亦不輟筆。」子和是翊元的字。

「啊，三爹，您也來了。」翊元因是左家女婿，以前常去左家走動，故仍沿襲家裡舊稱。「我這哪是用功呢？昨天在忠義祠拜祭先人神主，拜讀了您的大作碑文及諸位年伯的輓聯、誄文，這些可是家嚴的身後哀榮，豈能不抄錄回去給家裡人看呢？於是，我當場匆匆草錄了，趁現時無事，把它拿出來謄正。」

左宗棠歎了一口氣，說：「子和，你的來意，小四已全告訴我了，我很敬重你的孝行，到底不愧是忠良之後，不愧是書香翰墨人家的子孫，這麼千里迢迢，來尋先人遺骸，只此一點，也上得二十四孝的書了，只是，只是——這事還不好辦呢。」

吳翊元一聽，急忙問起所以然。

左宗棠知道不直說不行，於是委委婉婉，把當時實情告訴他，最後，左宗棠又把楊岳斌不得已，只得槁葬的心情代為剖白了幾句。

這一說，直把吳翊元的眼淚說得如大雨傾盆，慟哭不止，左氏父子費了九牛二虎之力，總算勸止住了他。

左宗棠見吳翊元止住了哭，便慢慢開導他說：「子和，我體諒你的苦心。為人臣盡忠，為人子盡孝，盡忠盡孝是讀書人立身之根本，做兒子的豈能令先人遺骨拋棄異鄉？只是令尊忠階公情形又不同些，他是為了國家而殉難的烈士，皇上已有旌表，史官載入了史冊，自然就不能做尋常人一般對待了。我與令尊總角相交，知他性情最坦蕩，平日又不拘俗禮，所以，今日的情形，縱是起他於九泉之下，也不能怪你這做兒子的，古人說，青山到處埋忠骨，湘陰有句俗話，亡人入土為安，他已長眠地下多年，我看一動不如一靜。」

吳翊元聽他如此一說，明知他這是為了安慰自己，但既是實情，他也莫可如何。

接下來，左宗棠又安排人引翊元去五泉山下當年埋骨處去祭奠了一番。

隔了一天，袁升來催問情況，吳翊元心情已漸平復，便乘空去見左宗棠。

左宗棠正準備過兩天便離蘭州繼續東行，見吳翊元來了很高興。

他和吳翊元閒談了幾句，得知吳翊元還要在蘭州做道場超度父親，年前不能動身後，他也不勉強。

翊元見左宗棠情緒極好，想起袁升的催問，便乘空說：「三爹，昨晚我做了一個夢，您說這夢怪不怪？」

「夢，什麼夢呢？可是夢見了你的父親忠階公？」左宗棠見吳翊元情緒已正常，他很高興。只要他不再提出令他辦不到的要求，他巴不得吳翊元有其他事扯散。

「唉，」一聽左宗棠提到了父親，翊元不由又歎了一口氣，這回他沒有掉淚，只是用低沉的調子說，「您說的也是正理。人死如燈滅，有什麼靈驗呢？像我父親他老人家，在世時是何等慈祥、何等關切，可一旦撒手而去，就無影無蹤了，按說，人死在這異鄉之地，這麼些年無親人祭掃，今日兒子來了，也應該有個什麼預兆吧，可這兩天我一直未見任何異兆呢。」

左宗棠說：「是的，是的。鬼神之事，原是無影無蹤的東西，信不得的，你能做到這一層最好，回去後，多多安慰你的母親，對生人多盡一份心，就是孝呢。」

吳翊元又拾起開始的話題說：「可該夢的沒夢著，倒夢見了一個早已遺忘的人，此人以前和我雖是形影不離，無話不說的，可他自來西北，便下落不明了，這些年已被人遺忘了的，偏偏昨晚夢見了他。」

左宗棠一聽，本是漫不經意的神情突然緊張起來，那一雙鷹眼一瞪，趕緊問道：「誰？」

「何愷仲。」

「啊，何紹南？」

「是呀，三爹，我夢見了何愷仲，他衣衫破舊，很是落拓的樣子，走到我床前，拉著我的手說：子和，我望你來望了好久了。我思念老父、髮妻、幼子，你一定要帶我回南啊。三爹，您說，這何愷仲不是已經死了麼？」

左宗棠一聽，臉上肉微微一抖，望一眼立在身邊的袁升，說：「子和，你莫非得了何紹南什麼消息？或者說，你來西北尋老人骨殖是名，受人之託，來察訪何紹南下落是實呢？」

「不、不、不。」吳翊元聽出左宗棠話中的分量，趕緊否認，他掃一眼旁邊的袁升，分辯說：「為父親尋回遺骨是多年宿願，誰去想別的呢？至於何愷仲，早聽說是死了，昨晚夢見他，可能是死得冤枉，又無人為他表彰，才冤魂不散來尋朋友呢。」

「哼，哈哈。」左宗棠先是陰冷地「哼」了一聲，突然又爽朗地大笑起來，笑畢，又用嚴肅得令人生畏的音調說：「吳子和，我的賢侄婿，在我面前你還是老實一些的好，什麼冤不冤呀，還請表彰呢，他配嗎？你這是借用常惠欲使單于釋蘇武歸漢的故伎哩，豈能瞞過我呢？」

聽左宗棠如此一說，一生中從未撒過謊的吳翊元臉紅了。左宗棠不管翊元窘在那裡，又接著矜持地說：「告訴你罷，何紹南他確實活著，就住在這節園的肋巴縫裡，你去問他可想表彰，冤他不冤？」

「啊，三爹，您誤會了，我不是這個意思，聽袁將軍說，他確實不受人敬重，我純粹是可憐……」

於是，他把自己動身來西北前，何父的拜託學說了一遍。

左宗棠一面聽，一面冷笑，待他說完，他馬上盤問郭嵩燾對何紹南還活著的消息的看法，及湘紳中唆使何父去京控的人的情況。吳翊元知道這是個是非，只一概推說不知。左宗棠見狀，又冷冷地瞅了袁升一眼，說：「好罷，子和，難得你有這一副古道熱腸。只可惜何紹南未見得會賣你的面子領你的情呢。」

「應該不會，三爹，人非草木，孰能無情？他家中上有老，下有小呢。」吳翊元見左宗棠口氣有所鬆動，忙說，「他豈有不思念親人，懷念故土的。」

「哼。」左宗棠顯出不屑置辯的神氣，忽然轉過話題道：「子和，你說說我對於桑梓父老又如何，可對得起不咧？」

左宗棠如此突兀地一問，頗令吳翊元莫名其妙，他茫然地說：「這個，還用說麼？您的豐功偉績，實在是無負國家社稷而有光故鄉桑梓……」

「算了吧，這樣說未免太泛，鄉里人講實惠，我呢，可實在也只做得到這一步，博施濟眾，堯舜猶病。」

左宗棠不待翊元的恭維話說完馬上打斷他，接下來，點點滴滴，把湘陰修石頭城，他資助萬兩白銀，仰高書院傾圮，他捐廉整修並助師生膏火的事，絮絮叨叨，訴說起來。

吳翊元見狀，不得不畢恭畢敬地聽下去。

左宗棠一口氣數落了許多，最後說：「我左某人仰不愧於天，俯不愧於地，更無愧於桑梓父老，倒是桑梓父老未免不近人情於我，不然，何以郭筠仙撰修謗書，顛倒黑白，縣裡人卻不置一詞，公然讓他去血口噴人呢？」

吳翊元一聽，這才明白左宗棠繞了那麼大的圈子所說所指，一說起眼下正發行的縣志，吳翊元不得不謹慎，他不是不知其中的委曲，只是事情勢必牽扯到左宗棠和郭嵩燾，翊元家與左、郭兩家皆是親戚，左、郭又為湘陰一時之人望，未免有床底下打斧頭，礙上礙下之感。所以，他一見左宗棠提到這事，馬上自動緘口，只悉心恭聽，更不置一詞。

左宗棠氣咻咻地罵過郭嵩燾及縣志局一班人後，這才又提起何紹南，說：「天作孽，猶可為；自作孽，不可逭。畏罪私逃，入贅賊中，這已是大大地逆人倫而背天理之舉了，被擒獲後，毫無半點悔罪向善之誠意，反嘻笑怒罵，裝瘋賣傻，這可不是我無心出脫他，是他自己執迷不悟，一條黑道走到底，不信，你可以去問他，只要他自己哪天想回去，便可哪天來求我，現在說還來得及。」

聽左宗棠如此一說，翊元越加不解了，心想，何愷仲若是貪生怕死而降敵，那麼，被解救回到自己人這邊後應該感激涕零，再說，凡是怕死的人，在那邊怕死在這邊也一樣啊，何況這邊上有老下有小呢，究竟是什麼原因使他能忍心棄而不顧呢？吳翊元實在想不出所以然，也無法跟面前這位長輩探討。

左宗棠讀到了他臉上的疑團，最後手一揮，向袁升努一努嘴，說：「不信，讓他帶你去看一看也好。他是前因後果都清楚的人，與他何紹南又是連襟，要是天良未泯，應該告訴你全部實在情形！」

《金縷曲》

陪同吳翊元去的，除了袁升外，還有得到左宗棠允許的陳迪南——也是對何紹南一事耿耿於懷，欲伸援手而力不從心的人。

節園與藩台衙門所在地「憨園」是相通的，「肋巴縫」就在藩署的庫房邊上。朝廷自聖祖以來，數度對西域用兵，每次用兵，總糧台都設蘭州，凡一應錢糧餉項、軍火軍需，皆由甘肅藩台經理、轉運，甘肅藩署庫房之大，亦為全國之冠，一排排的庫房，倉廒、銀庫、糧庫、被服庫等，整齊而劃一，所謂「肋巴縫」，便是兩庫之間的小房子，簡陋得無法形容。

自在肅州再次頂撞左宗棠後，紹南便被先期解省城，原先對他的一些優待統統取消了，連同那一張破琴也被收繳去，他已是形同囚犯。

當吳翙元一行人走進「肋巴縫」時，他正席地坐在倉板上，身擁棉被，微閉雙目，像一個入定的老僧。

「愷仲，愷仲！」吳翙元大喊。

何紹南聽見腳步聲，先睜開了雙眼，乍一見吳翙元，有些震驚，竟本能地站了起來，手也不自覺地伸出去，雙雙握住了對方的手，半天都沒有作聲。

「看看，好好地看看，看還記得我否？」吳翙元在老友面前，比在左宗棠的客廳裡隨和得多，牽著何紹南的手，把他拉到門前光亮處，四目對視。

「吳子和，怎麼能不記得呢？」何紹南搖了搖吳翙元的手，轉而微微歎息說，「真是歲月不居啊，你也老了。」

這一說，連身邊的陳迪南也被感染，三人皆陷入不同程度的感傷之中。

記得那一年，吳翙元順道送紹南至漢口，臨分手之際，幾個在鄂的湘陰籍同鄉於黃鶴樓附近一酒家為即將遠行的紹南餞行，這以前，朋友們都曾勸阻何紹南去西北，有的說，西北水土苦惡，南人不能適應的；有的說捻黨行蹤飄忽，回民軍護教堅決，很難就範的；也有人說起左宗棠刻薄寡恩，很難相與共事的；吳翊元也於一旁重提舊話，用自己父親之死為例，勸阻何紹南應徵。

不料這些好意皆不為何紹南所重視，對別人的勸說，他只哼哼哈哈，一笑而不予作答，一時之間，席上空氣顯得很是凝重。

其實，吳翊元明白何紹南的苦衷——父命難違，也了解何紹南的性格，一旦成了過河卒子，就有進無退，所以，他也只是點到為止。酒至半酣，何紹南索筆墨寫下了一首很長的古風，題目為《應募赴西征行轅臨別答諸好友》，並附有一段序言。

詩長達三十餘韻，吳翊元記不得了，僅記得序中有「兩千石正為良佐，一萬里原是壯遊；楊柳歌殘辭鄂渚，葡萄酒熟趁涼州」之句。

回想起來，送行的場景仍歷歷在目，對照當前人事，「楊柳歌殘」之句，竟有幾分詩讖的意味。

「左季高之為人，其明足以拒諫；其辯足以飾非。何愷仲倜儻才人，只怕受不了他的箝制。」曾與左宗棠一道出任駱秉章幕府的郭崑燾在送別紹南後，這麼輕輕地歎息了一句。

後來的事實，即不幸為郭崑燾所言中——紹南到西北後未久，給翊元的幾次來信情緒便不怎麼高昂，他數落了好幾件左宗棠驕橫拒諫的實事，已隱隱流露出自己鬱鬱不得志之意。

翊元當時已看出來，何紹南到西北後，並未獲左相重用，而是留在行轅聽使喚而已，左相性情難測，暴喜暴怒，紹南不能承其詞色，受頤指氣使。

果然，半年後，吳翊元即收到了何紹南以詞代信的一紙小箋，詞牌恰選取《金縷曲》。翊元心頭一緊，忙急不可耐地看下去：

往事休回首，只而今，功名二字，怎生成就？未報親恩應惜死，忍撲俗塵三斗，更何忍淚珠盈袖。自古才人傷老大，算鯫生庸福都難受。慚愧煞，承高厚。

神傷無補雌黃口，是頻年，青燈黃卷，慣拋長漏。幻說文章能報國，總有霓裳堪奏，早只是秋高人瘦。萬里關山詞客路，快思量拓筆天涯走。指湟水，漫株守。

一口氣讀完這一首《金縷曲》，翊元很是震驚，他不意何紹南一別才年餘功夫，心境便從極大的熱情中，一下跌落到如此悲苦的境地，好一首令人迴腸千轉的《金縷曲》啊，這是只能給知心密友細訴而不能告訴親人的，要是傳到高堂，耄耋老人不要傷心失望死？

何紹南分明不願傷老父的心！由此，他不由又想到歷史上關於此曲的一個故事——康熙時，詩人吳兆騫因被人誣陷而遠戍吉林寧古塔，好友顧貞觀寫了兩首感人的《金縷曲》，寄給他那遠在東北冰雪中的「烏頭馬角」之交吳兆騫。顧貞觀的另一個好友納蘭性德為詞中摯友間殷殷渴望之情所打動，轉而求告自己的父親——聖祖的寵臣明珠，終於把吳兆騫給放了回來。

吳翊元想，顧貞觀填此曲而救友，因而演出一段良朋絕塞，垂老生還的佳話，何紹南不也是他的「烏頭馬角」之交嗎？如今也受窘於西北，自己作為朋友，應該旁觀者清，勸他「泥爛早抽篙」，不料就在回信投郵不久，即聽到何紹南失蹤的消息，那些日子，他幾乎每望西北則思緒綿綿，難解難排那陷父失友的遺憾……

「哎，坐啊，坐。」吳翊元正陷入深沉的往事中，袁升卻從旁邊守藩庫的兵丁住房中，搬來了幾把凳子，招呼三個斯文人坐下。

吳翊元坐下後，回過神，先向何紹南說了一句最為實在的話：「先告訴你一個喜訊罷，你家中所有人都安好。友直也早已發蒙上學了哩。」

何紹南臉上肌肉抖了一下，嘴唇翕動了半天，王顧左右而言他地岔開了自己應該關心的問題，反問道：「哎，子蔭、子傑他們好嗎？還有剛基、笠臣呢？」

子蔭、子傑是吳翊元的弟弟，剛基即郭嵩燾的長子，笠臣是湘陰才子張自牧的表字——他們都是和紹南、翊元同班輩的人，也是志同道合的好友，這夥人中，除郭剛基已病逝外，其餘都還健在，翊元乃一一回答了他。

聽說郭剛基已死，何紹南輕輕地歎了一口氣，說：「剛基為郭家的千里駒，筠老豈不要傷心死呢？」

見他問到了郭嵩燾，吳翊元於是把他前幾年出使英法的簡單經過敘述了一遍。何紹南默默地聽，臉上並無多大的興趣的樣子。

翊元講完，何紹南隨便地問了一句道：「那麼，你千里迢迢來西北，莫非也想在左某人手下謀一個差，補一個缺？」

「哪裡的話。」翊元不由認真地糾正說，「你還不清楚我？我這人做官、做事兩無成——此番來，還是為盡那一份孝心，了卻那個夙願——運回我父親的遺骨啊。先前是因兵禍，交通阻塞，後來呢，又因老母患病，一拖再拖，沒料到現在有能力親身來西北了，可來了也是空的，事情辦不成呢。」

說著，吳翊元的眼睛濕潤了，只斷斷續續把無法找到親人骨殖的事敘述了一番。要在以往，何紹南不但會慢慢勸慰翊元，且會為他出主意，想法子。不料眼前的何紹南聽了，只雙手一攤，喃喃地說：「吳子和何必太癡情呢？人死如燈滅，生不認魂，死不認屍，千辛萬苦來西北，竟為了那具毫無知覺的軀殼。值得麼？」

翊元一聽，不解地反駁說：「愷仲，話不能這麼說啊。為人子止於孝，為人父止於慈。這可是聖人傳教的立身之本。身為人子，我怎能忍令老人遺骨拋棄異鄉呢？」

何紹南一聽，嘴角癟了癟，不再作聲了。

吳翊元和陳迪南對視一眼，又抓住話頭繼續說：「愷仲，你未必不想託我帶一封平安家書回去呀？眼下年逼夕近，何老年伯是盼望了上十年哩。」

何紹南聽了，臉上肌肉又顫了顫，微微歎了一口氣說：「我已是死了的人，人死了，氣化清風血化泥，望鄉臺上焉知家在何處？」

吳翊元說：「你怎麼這麼說呢？水有源，木有根。人又誰無父母，誰無家庭，誰無故鄉桑梓？」

於是，他又把何紹南家中細節重新提了一番，特別提到家中已隱約得到一些他的消息，老父拄杖登門拜託，諄諄囑咐的話學說了一遍。

何紹南仍無動於衷，閉目端坐，像一尊泥塑，好半天才低聲地說：「生離死別，人人都有一回，既然當初他老人家逼我來西北，就要做我不能返鄉的打算，而且，以前他們已認定我死了，縱然有剜心剔骨之痛，也經歷過來了，何必又讓他們生希望心，又去重新痛楚一番呢？子和，就借重你的口對他們說，我何紹南的確是死了罷。」

吳翊元一聽他仍這麼說，越加不解地搖一搖頭。

——自聽了袁升的介紹，聽了左宗棠對何紹南的一番指責，他只認定紹南一定是有什麼難言之隱，自認為以密友的身分慢慢啟發、開導，或許他肯回心，所以，他見面以後，只告訴他親情，盡量把他往父子人倫正道上引，萬不料何紹南越說越離譜，簡直潑水不進，於是，他焦急地說：「愷仲，你這是胡說，看來，你在外幾年，受一些左道旁門的毒害，已有些痰迷心竅，你要洗心革面，重新做人，非得先在心中破除這些異端邪說不可。」

這回何紹南反應極快。只見他突然睜開雙眼，目光如電，顯露出十分鄙夷的神色，緊盯著吳翊元問道：「吳子和遠道而來，莫非也要替左某人當說客耶？」

吳翊元一怔，未料到何紹南突然變臉，正驚訝之際，倒是沉默一旁的陳迪南忍不住發火了。

監利人陳迪南是左宗棠好友王柏心的親戚，同治八年，由王柏心薦來充任隨軍記室，陳迪南為人，才不高，志不大，安分隨和，十餘年甘居冷曹閒衙，與世無爭，可他也有發倔脾氣，說出話很噎人的時候，初來時，他與何紹南很投機，何紹南出走，又僅與他話別，所以，他認定自己於何紹南的沉淪有責任，這些日子以來，他暗中觀察，私下揣摩，發現只要何紹南肯認錯服輸，處於萬事順利中的左爵相並無意重修舊怨。故此，他一直想尋機會開導於他，今天，算是千載難逢的機會，吳翊元以同鄉故舊之情，一定能化解何紹南心中那至死不悟的疙瘩。結果實出他意料之外——何紹南竟如此頡頏不屈，撞倒南牆不回頭，且出言十分荒謬狂悖。於是，他火氣來了，竟指著何紹南說：「何愷仲你未免矯情太甚了。人家如今文拜相武封侯，你能奈何他什麼？你算得個什麼人物，用得著他向你來派說客、下說詞麼？」

「是的。」吳翊元馬上附和說，「你與他並非敵國對頭，說客一詞，何從說起？你呀，要清醒，要明白，他並無求於你，我們也完全是為你下半世著想，你為什麼要說這種自絕於人的話呢？要知道，你已是懸崖邊上的人，退一步，仍可做忠臣孝子，滑一步不單是粉身碎骨，且落下千古罵名呢，你自己去權衡吧。」

陳迪南想，這吳翊元真不愧為諍友，如此吹糠見米地一說，是再透徹不過了。他正要幫說幾句，指出他當初在營務處時，過於恃才傲物，終於引禍招災，也不能完全怪罪左宗棠的話，沒想到紹南連聲冷笑，說：「哼，吾有大患，乃吾有身；及吾無身，吾有何患？」

他這一說一笑，態度已十分明朗而堅決的了，尤其是那慘澹的笑容，使旁人覺得如幽谷冷風，一下涼透骨底，也一下使人絕望了。如果說，吳翊元的話很陡，也很有分量，那麼何紹南的態度已是完全決裂了，人有生，才有欲，於是，君臣、父子、夫妻、朋友全有了，功名、利祿的競爭也出現了，人於是也有了榮辱，有了敬畏，君子有所恃而無恐；小人有所畏而不敢，但是，人只要把生命等閒視之，捨棄了生，淡忘了宇宙間的存在，又何來由欲而產生的一切呢？何紹南此說，顯然已把生和欲置諸度外了，再說下去，從何立足，又從何啟齒呀？

人生遭際，飄茵落溷。吳翊元也很淡薄名利，但無論如何也超脫不到如此地步。想到過去的何紹南，於父子、夫妻有情有義；於國家、事業又如何的壯志滿懷，曾幾何時，竟一齊灰飛煙滅，變成了今日一個如槁木死灰的呆人。

吳翊元不由掉下淚來……

心似既灰之木

眾人都走了，何紹南仍如一段槁木，如一堆死灰，默默地獨自枯坐，咀嚼著心中的苦果……

昨晚，他又夢見了秀姑，騎馬挎刀，喊他道：「達吾德，跟我回關中當倒插門的女婿去！」

他聽了這話仍猶豫，但當看見兒子友諒在秀姑懷中時，便不顧一切了，秀姑伸手將他拉上馬，他便緊摟住她的腰，三人共騎，在曠野狂奔。

突然，前面出現了一道懸崖，林壑幽深，亂雲怒吼。秀姑吩咐道：「達吾德，閉上眼。」

他嚇得緊緊地將身子貼緊秀姑，閉上眼睛……

不料就在秀姑縱馬飛躍一瞬間，家中髮妻佳秀帶著大兒子友直在身後招手，大喊著他的名字道：「愷仲，愷仲，你快回來呀。」

佳秀那淒厲的叫聲，喊得紹南的心撕裂般的疼痛，猛地睜開眼睛，回頭一望，只見那馬正騰空躍起，四蹄懸空如船槳一般在空中划行……

紹南驚叫一聲，手一軟，人就離開了秀姑，一個仰空翻掉進了深谷，往下沉呀沉……

他醒來後，發現自己一身衣已被汗水濕透，忙披衣坐起，茫然四顧。

髮妻、友直以及那回女秀姑、友諒全消失在迷茫的夜色中，迷濛中，譙樓正連敲三下，天邊殘月正穿過簷前漏眼，照著半壁發青光的霉苔，反射出一抹淡淡的幽光，門外，高聳起伏的五泉山、白塔山在朦朧的月色中，如匹匹奔馳怪獸，一絲如泣如訴的嗚咽聲，就從「怪獸」腳下發出來，像無數冤魂在哭泣……

年來的夢境，幾乎都是類似的故事，都有秀姑、佳秀、友直、友諒，都是為爭奪自己，只是場面不同，情節略有出入而已。有一回，當他在夢境中和髮妻佳秀在家中庭院中納涼時，忽見秀姑渾身血跡斑斑，牽著馬向他們走來，馬上馱著友諒，一副病懨懨的樣子。他一見母子倆，馬上驚起上前問候，可是秀姑一見他，竟杏眼圓睜，柳眉倒豎，咬牙切齒地罵道：「達吾德，你這狠心賊，你倒好啊。原來你成心拋棄我們母子，你好騙人呀。」

說著，秀姑衝上來揪他，哭罵糾纏了好一陣，他任是說破嘴皮子也不信，好一陣才驚醒過來。

他想，這大概是有鬼罷，秀姑一定是死了，不然，不會和友諒在一起的。

這些夢皆很合實情，秀姑的確說過這類似的話的，那是在三年前的南疆喀什噶爾城——正當友諒能用稚嫩的童音背誦唐詩時，傳來了張曜、金順及隨後的劉錦棠率大部隊出關的消息，不久，古牧地失守，烏魯木齊、瑪納斯也相繼被官軍收復，吐魯番一戰，劉錦棠的老湘營又一舉擊潰了回民軍和安集延的聯軍，何紹南跟著秀姑，從北疆的紅廟子先退吐魯番，再退到庫爾勒、庫車、阿克蘇，直至喀什噶爾。

那年冬，喀什噶爾被劉錦棠指揮的近四萬精銳之師所包圍，安集延人及陝甘肅回民軍已潰不成軍，喀城肯定是守不住了，再退，只有越葱嶺、渡納林河，逃到俄國去。望著國門在即，從此將遠別中華，飄泊異國，紹南心底那枯死的、麻木的意識忽又重新復活了，開始惴惴不安起來。

秀姑彷彿已看透了他的心思，就在官軍發起對喀城總攻擊的前夕，她向他說了許多「斷頭話」。

數月來，沒日沒夜的戰鬥、奔走，秀姑顯得異常的疲勞與憔悴，她告訴他，她大哥白彥虎已做寧逃出國也不投降官軍的決定，至於到了俄國的命運如何，則只有「抓住真主的繩索」，聽從主的安排了。她說：「我們與官府、與左屠夫已結下了萬世不解的冤仇，我們就是死也不能死在仇人的手上，由他們羞辱。所以，我們寧願遠走天涯。聽說老毛子俄羅斯人很刁鑽，他們將如何對待我們，先不必管他，反正是捨下一條命了。」

秀姑說著停下來，一雙眼睛複雜地在他臉上掃來掃去。又說：「達吾德，告訴你，你本是他們那一夥的人，又不招人顯眼，沒做什麼於他們不利的事，完全可以說是被我們擄獲的，只要當時沒死，到了他們封刀時，便可去找他們，說不定還可見到你那前妻呢。只是我警告你，可不要看輕友諒啊，你如果聽任你的前妻虐待友諒，我死了也不會饒恕你！」

何紹南一聽心痛不已，他一個勁表示願追隨秀姑突圍，可秀姑明白，突圍將是一場惡戰，乃做了最壞的打算——她不顧友諒已睡熟，竟扒下他的衣衫，在他嬌小的手臂上狠狠地咬了一口。

孩子突然驚醒，不明白母親為什麼下此狠心，竟哇哇大哭起來。何紹南至此，不由淚如雨下……

「穆斯林為阿拉之道而戰，死後可上天堂，將來他來天堂找我，就以此傷痕為證。」秀姑毫無戚容地說。

第二天凌晨，就在城裡人準備突圍時，官軍在城外發起了總攻，密集的炮火，打亂了城內安集延人和陜甘肅回民民軍本來就不協調的指揮系統，迫使他們各自為戰，分頭逃命。

何紹南背著友諒，跟在秀姑後面剛衝出城，便遭到官軍徐占彪部的攔截。官軍躲在塹壕裡用排子槍射向隊伍不成形的回民軍，一邊組織馬隊發起衝鋒……

紹南他們冒著炮火高一腳低一腳沒命地跑，只聽天空一聲呼嘯，一顆炮彈飛來，他大叫一聲，趕緊滾到旁邊的坑裡，只聽「轟隆」一聲，前邊的人倒下一大片，待煙霧散去，已不見秀姑和她的戰士們。

「她一定以為我有意拋下她。」何紹南想，戰後他東奔西跑，尋找秀姑，在被俘的穆斯林中，在死屍堆裡，後來，他絕望了，因為遭到了劉錦棠的拘禁。

在被羈押的日子裡，儘管他心似油煎，但為照顧友諒，只能坐困牢房，他不能捨下孩子而與官軍抗爭，這是他唯一的慰藉，也是秀姑的囑託。然而，友諒思念母親，日夜悲啼，不久，竟死於傷寒。

於是，他失去了一切，只留下了一場永遠也做不完的噩夢。

眼前，他還有一條路，家中老父和老母、髮妻和友直還在等他，這也是左宗棠對他啖之以利、誘之以情的誘餌，他能順著左宗棠的安排走下去嗎？不要說這樣做正應了秀姑的猜疑，且也不是他的稟性所允許的，因為要走這條路，得先在左宗棠面前屈膝，說自己寧死也不願說的話。

若那樣，左宗棠巴望的一切可就都實現了，他不但可逃脫世人的譴責，且功德圓滿，可任意向世人誇說自己的寬宏。而我何紹南雖撿回一條小命，卻是從狗洞裡鑽出去，這一筆孽債再向誰算去？這是脫自己於苦海呢，還是成全他左宗棠呢？

天，漸漸黑下來，空蕩蕩的藩庫死一般寂靜，樑間的耗子漸趨活躍，嘰嘰喳喳吵得不可開交。

他輕輕歎了口氣，撿起牆底一團黃泥，順手在倉壁上寫下了一行字：

身如不繫之舟，

一任流行坎止；

心似既灰之木，

何妨刀割香塗。

馬前「張保」

袁升一腳跨入左相辦公事的大廳，才覺出自己有些失態，可惜等到自己警覺時已經遲了——三爹那聰明睿智、無所不知無所不察的兩道劍似的目光正迎著他……

今天遞到的廷寄僅一份轉抄奏疏——在籍侍郎郭嵩燾就目前中俄伊犁交涉上的一道奏疏，名曰：《中俄構患已深，遵議補救之方摺》。奏疏由李鴻章代奏，六條內容與李鴻章之議大同小異，中樞就此徵詢左宗棠的看法。

左宗棠讀著想著郭嵩燾的《湘陰縣圖志》，不由雙眼直冒火星，不料就在這時，袁升一步跨了進來。

從何紹南那裡出來，袁升悲哀到了極點，三爹今日居然肯破例讓吳翊元去見何紹南，而吳翊元以密友的身分相勸，何紹南或許會動心，袁升對此抱了極大的希望，萬不料何紹南依然冥頑不化。

三爹不日便要離開蘭州了，袁升明白三爹將怎麼處置何紹南，不由心痛了，那淚水不知不覺流了下來。

「回來啦？」

「嗯。」

「你是和他做生離死別的交談麼？」左宗棠話語中帶有明顯的諷刺，「今生今世只怕再也見不到了嘛。」

袁升聽了這話，只微微抖了一下，不知該如何回答他。

「都說了些什麼呢？」左宗棠又問。

袁升喃喃地說：「無非是勸他回頭唄。」

「怎麼這樣籠統，你好好地學說一番我聽。」左宗棠那兩道閃電一樣的目光又逼過來，袁升不由得一愣，明白自己剛才不該疏忽了這頭——回來必會遭到盤問，他一時不知所措，為敷衍，只得上前替左宗棠沖了一杯滾茶，又裝了一袋煙遞過去，趁轉身的當口，揉了揉眼皮，並擦淨臉上淚痕，這才若無其事地過來。

這時，左宗棠已架起二郎腿，手捧煙袋，做出一個聽審的模樣，袁升只好上前作古正經地回答。

「你們去後，誰先開口呢？」

「自然是吳大人，他說，愷仲，還認得我不？」

「他又怎麼答呢？」

「他說，不是吳先生嗎，怎麼不認識？於是把手，說對方老多了，又問家鄉的一些朋友的情況，就是不問父母妻兒。」

「嗯，」左宗棠若有所思，點一點頭，又問，「後來呢？」

「後來，吳大人告訴他，他家裡父母、妻兒都好，都盼他回去。」

「他怎麼說呢？」

「他一聽，眼淚也出來了……」

「啊，還出了眼淚？」

「是的，誰不思念父母妻兒呀，這也是人之常情哩。三爹。他說，我已是死了的人，讓他們永遠當我死了好了，這樣乾脆死了一條心。」

「嗯，」左宗棠點了點頭，說，「後來呢，你接著講呀。」

「吳大人馬上和他說，快不要這樣想，只要你肯悔罪，左爵相會網開一面的。何況這以前他老人家本來就很賞識你嘛。」

「嗯，他又如何回答呢？」

「他說——他說我也知道左爵相是金剛面目，菩薩心腸，不會不原諒我。只是我罪孽深重，無顏面和他說起過去，也無顏面回去見家鄉父老，所以乾脆頂撞他，讓他殺了算了。」

「啊，哈哈！」左宗棠聽著，冷森森地笑起來，又說，「這麼說，他還是服輸了？」

袁升被左宗棠的笑聲刺得有些毛骨悚然，但仍硬著頭皮說：「是嘛，人豈有明知行不通也要走到底的呢？您暫時不要逼他，他會悔罪的。」

「哼！」左宗棠又輕輕哼了一聲，那一雙威不可測的眸子在袁升身上掃來掃去，直掃得袁升渾身不自在，忙接過他手中的煙筒，替他裝上煙，正準備遞過來，冷不防左宗棠拋出一句話道：「這麼說，該考慮從輕發落他了？」

袁升忙說：「三爹是大人，大人大量。」

不料左宗棠馬上接言道：「只是他最後說的話語似是換了一個奴才的口吻，幾時還有『湖湘狂士』的味兒呀。」

袁升一聽心一沉，趕緊低頭不作聲。

左宗棠接過煙袋，用籤子把袁升裝好的煙像煙灰一樣往外戳，戳完把空煙袋往几上一頓，似是自言自語地數落說：「我也不明白，我的飯怎麼養人不親。有人在別人面前倒是有真話講，卻變著法兒用假話騙我。」

這一說，直把袁升的眼淚說得斷了線的珍珠似地，撲簌簌直往下掉，立在一邊只喘粗氣不吭聲。左宗棠瞅了一眼，偏過頭去不理睬他。就在這時，有人來向左宗棠辭行了。

原來左宗棠到達蘭州後，想起今後在京師供職，無須再保持一個龐大的幕府，也無須太多的衛隊，於是，他開始遣散這些人。

凡跟隨多年，又立有功勞的都不宜再留在身邊，這些人中，有能力做官、本人又願意得一任實缺過一過官癮的，便統統給他們謀了個位置；而有些人這些年在他身邊看到了官場凶險、倦於仕途蹭蹬、沒有官癮的，便厚贈一筆銀子，讓他們回鄉做寓公，所謂近水樓臺先得月，向陽花木早逢春，這些天，補上優差實缺的，翎頂輝煌、前呼後擁興沖沖走馬上任；不然，則箱籠抬槓，錦衣肥馬健僕，樂滋滋而賦歸去來兮。

於是，營務處天天有人餞別，天天有人辭行。現在來辭行的是差官隊伍中的文人——戴福。

戴福耳朵雖有些背，平日常鬧一些笑話，但他在家裡讀過幾年私塾，雖天資魯鈍，但能寫家信，告示上的字認得大半，且能勉強斷句，這在文盲成堆的差官隊裡算是能人。他遲袁升一年入伍，當差也沒有袁升殷勤、貼心，可憑他這點墨水，遇上須識字才行的差事便輪上他，故此，他所得保舉比袁升多，到來陝甘前便是武職從一品的記名提督了。

戴福頗有官癮，差官們愛聽評書，聽得最多的是《說岳》，他們很佩服岳飛，將今人比古人，也從《說岳》中找到了自己的位置，戴福常指著袁升、朱信等人說：「我是馬前張保，你們是馬後王橫，將來成功了，我也要學張保樣，弄個實缺的總兵幹幹。」

這話有回讓左宗棠聽見了，也就記在心裡，只是武職保舉太濫，一時也找不到好去處安置他，故一拖再拖。此番河州鎮總兵沈玉遂因舊傷復發，請求開缺，左宗棠想一想，便委戴福去署理沈玉遂的缺。他對戴福說：「論起來，你是記名提督，該補提督缺，只是眼下全國實缺陸路提督也不過十八名，候補的有幾百，其中有好些是立了大功，皇上已許他遇缺即補的，哪能輪上你呢。如今大銜補小缺的例子不少，你不是想學馬前張保補一個實缺總兵麼，這河州鎮正好合適。這裡地方重要，你別輕看了它，要知道，大清的總兵可不是兒戲，就那顆金印，也比我的總督關防還大一個圈呢，你不要錯失了這個機會。」

戴福耳朵雖背，但這一席話句句聽進了耳，尤其是聽說總兵的印比總督的還大，不由喜上眉梢，忙趴在地下，結結實實地給左宗棠磕了三個響頭才起來。

於是，左宗棠出奏時，把沈玉遂因病請求開缺及保奏記名提督戴福署理河州鎮總兵情由奏報上去，上頭自然照准。

待左宗棠到達蘭州後，上面的批覆已下來，戴福一到蘭州便離開了行轅，搬到外面打公館、置辦行頭、延聘師爺，興沖沖準備去上任。到今天，他一切手續就緒，便來節園向左宗棠辭行，他是熟人，無須通報遞手本，就這麼一路進來，先去看各位長官、先生，再去看那一班昔日的同命鳥，和眾人道了別，只沒有見著袁升，估計在左宗棠那裡，便逕直走了來。

「啟稟爵相，卑職辭行來了。」戴福穿著繡麒麟補服，腦後一支碩大的孔雀翎一翹一翹的，且也用官場套路與左宗棠請安，居然也像模像樣的。

左宗棠先是一愣，隨即哈哈大笑起來，口中不迭地說：「是戴福嗎？啊呀呀，幾天不見了，快過來，快過來。」

戴福和袁升點頭打過招呼，隨即上前來，挽起馬蹄袖子為左宗棠裝煙，全不是鎮台見制台的禮數。

左宗棠口稱「不敢當不敢當」，仍高高興興地接了。戴福又取几上的洋取燈兒為左宗棠點燃紙煝子，遞與他，然後垂手站著說話。

左宗棠吹燃紙煝子點上煙，咕嚕咕嚕抽了幾口，才眼望戴福，手中的紙煝子一揚，說：「你坐嘛，坐，在外面是總鎮大人，在我這裡還是舊人，不要拘俗禮，坐，坐，升匹。」

戴福坐下來。這裡袁升端了茶上來，戴福忙起來，袁升一手端茶盤，一手把戴福捺在匹上，說：「坐，坐，你現在是客人，該我們敬重你。」

待戴福重新坐好，左宗棠望著戴福喜滋滋地說：「好，好，我身邊的人，也放了實缺總兵，不簡單呢，戴福，你知道這總兵有多威風麼？它可是皇帝都想不到的呢。」

這一說，直叫戴福茫然不知其所。

左宗棠便滔滔不絕地說起來。

原來總兵一職始於明代，宋朝的張保是不可能當這個官的，開始時，總兵無品級，無定員，臨時出征臨時派，其地位相當於清代的大將軍，直到後來才固定下來。明武宗朱厚照是個暴君，淫逸無度之外，又異想天開，想親自帶兵，為此，他就曾親自加封自己為總兵，因為不倫不類，以致吏部不奉詔，並引起群臣諍諫。

左宗棠把這些歷史說過一遍後，便又回到眼前現實中來，他望一眼戴福，問過他上任的一些具體細節後，又瞅一眼身邊的袁升，袁升此時仍有些不自在。左宗棠臉上的肉微微顫了一下，對戴福的回答連說了幾句「好」，便突然說出了一句湘陰土話。說：「好，好，你總算是有了去處，我現在是一籃子斧頭沒有把呢。」

戴福是常德人，弄不懂這句湘陰方言的含意，但在左宗棠身邊多年，知道他的脾氣，自己來辭行，他總是說的好話，再說，仗著自己有名的耳朵背，答錯了沒關係，於是一個勁說是。

左宗棠也不管他，仍說他的：「不是嗎？營務處一班師爺，還有你們這一班人，就像未出閣的閨女一樣，都在巴望有個婆家，我哪裡尋這麼多地方安置呢？再說，放一個官是要為國家選擇賢才的，不是靠得住的人還不行。白吃了一份皇糧不打緊，洩了密，誤了事可不行。」

說著，嘴又向袁升一翹，說：「像這位，我就拿著他為難。那年從福州移督陝甘時，就有人說閒話，此番進京，我真不知如何安置他呢？在京師，皇宮的侍衛也不過四五品的，想大銜補小缺地放他出去，又不能放心。」

戴福先是哼哼哈哈地聽著爵相的訓詞，但聽著聽著，覺得有些不對勁，心想，怎麼啦，老頭子今天說話怎麼不怕別人聽了難過呢？他別過頭去瞅袁升，袁升正好接言：「我的三爹，戴鎮台一是來辭行，二是來討教的，初次赴任，有什麼緊要的您不妨對他多說說，尤其是古人的事，三國呀，孫子呀，您看得多，用得活，就多授他真傳吧，至於我這類家生奴才您不必操心，到時總會自己尋一個您放得心的地方去。」

戴福聽了這話有些莫名其妙。

左宗棠卻只微微冷笑了一聲，不再說什麼了。

戴福又扯了幾件不要緊的事，左宗棠敷衍了幾句，戴福便辭了出來。

這裡戴福起身，袁升忙上前替他打起棉門簾，戴福走到階沿上，回頭一看，袁升已送了出來，他轉身拉過袁升的手說：「去你屋裡辭行，你原來在這，今天你們爺兒倆怎麼啦？」

袁升拍著他的肩膀，送下階基，對著他的耳朵說：「謝謝，謝謝，沒什麼呢。」

戴福拉住他的手，回頭連望他兩眼說：「沒什麼？我看好像不對勁似的。」

袁升連說沒什麼，卻又微微歎了一口氣說：「我真羡慕你。」

戴福誤會了，以為是指他做了官，忙說：「這有什麼呢？你若想做官，還怕沒有好缺？只怕比我的去處好得多。」

袁升笑了笑說：「我不想做官，沒那個能耐，我只羡慕你——唉，怎麼說呢？我要生得像你那樣多好呀。」

這一說，戴福仍未聽出什麼名堂，好在聾子一慣不懂裝懂，於是連連點頭，這時，屋子裡左宗棠在咳嗽，袁升只好向他抱歉地拱了拱手，轉身又走了進去……

馬後「王橫」

直到天快黑下來，外面廚子在喊開飯時，袁升才抽身出來，這半天時間，袁升像在地獄裡待了十八年。他進門後，左宗棠一直鐵青著臉，沒有理睬他，只伏在案臺上批答文件，時不時發出一聲冷笑。他見狀，只好呆呆地站著，既不敢走開，也不能坐下，就像一個木人。

要在平日，左宗棠自恃有兼人之才，手批口答，輕鬆自如，主僕間氣氛很和諧，今日袁升算是飽嘗被冷落的滋味。

飯後，朱信等人上來替換他，他便一人出了左宗棠居住的東院，一路想著，心中紛無頭緒，他已隱隱猜到他三爹為什麼事在疏遠他，也察覺這些天，三爹有些話是故意說與他聽的。

袁升今年不到四十，在父母身邊生活不過十六年，在三爹面前可生活了二十多年，二十多年來，形影不離，比一個兒子更親近，他想三爹之所想，急三爹之所急，以三爹的好惡為好惡，以三爹的是非為是非，從沒有把自己當外人看，可是，眼下的形勢，三爹顯然是心生疑忌了，袁升熟悉三爹的脾性像熟悉自己身體上任何一個部位一樣，他明白，自己在三爹身邊的日子不多了。

然而，三爹能讓他這麼離開嗎？他能離開三爹嗎？

一人走著想著，不意已來到忠烈遺阡前的地坪裡，猛然記起孝同在飯桌上連打了兩個噴嚏，左宗棠抬頭連望了兒子兩眼，心想，孝同住西院，那裡較冷，那天颳大風，窗紙被吹破一塊，不知下面的人把窗紙重新糊好沒有，別讓四少爺給凍著了。於是，便踱到西院來，只見院子裡燈火通明，笑語喧嘩，他加快腳步走過去。

原來四公子孝同正和幾個幕友在談他和郭嵩燾為難的事——郭嵩燾回湘後，有段時間在長沙主講城南書院。有一回，他出題命學生作文，題目是「萬物皆備於我矣」。不料諸生文章做得皆不如意，第二天他向諸生講解，說諸生未理解題意，此文宜以孟子現身說法，文章才好發揮。孝同氣不過，第二天清早便在學堂照壁上貼了一副白頭對聯，道是：萬物皆備孟夫子，一竅不通郭先生。

此時孝同又拿來與父親幕府中人閒扯，作為茶餘酒後的談資，故事未講完，眾人聽見靴子響，忙一齊掉頭往外看，孝同一眼望見是袁升，對聯已說了一半卻不講了，且毫無表情地把頭別過一邊去。

左宗棠平日家規極嚴，子侄輩見了他的僚屬、幕友或像袁升這類隨他出生入死、極有身分的差官，皆必須起身，這回情形卻是迴異。

袁升心知肚明，又說不出的的憋屈，只好若無其事地笑了笑說：「各位先生在聽四少爺講故事嗎？我是來看這裡窗紙糊上了沒有呢，這幾天風大，怕四少爺著了涼哩。」

眾人一邊說早糊好了，一邊催孝同說對聯的下半截，孝同說：「等下再說吧」。

袁升見孝同那不理不睬的樣子，分明是不高興自己的出現，忙說：「講吧，四少爺還是繼續講，我這就走。」

一邊說，一邊趕緊退了出來。

再次回到空曠的地坪裡，四周黑洞洞的，寂無聲息。直到這時，袁升才發現自己是個多餘的人，雖兢兢業業，一門心思放在左家人身上，可他們父子對他的殷勤並不看重，自己似乎成了個「無事忙」。

有此一想，情緒一下消沉到了極點……

「袁大人，這麼晚您還出來呀？」

袁升一驚，抬頭一看，自己來到了吳翊元居住的客房前甬道上，吳翊元正坐在案邊若有所思地望著那一盞燈，說話的是吳翊元帶來的一個小廝。見此情形，袁升忙踱了進去，說：「吳大人還沒休息嗎？」

吳翊元側轉身，站起來打招呼。袁升見吳翊元臉上有淚痕，情緒也十分沮喪，知道他來蘭州後，為父親的事傷心不已，今天見了何紹南，未免又觸動往事。便安慰他說：「吳大人，凡事總要看開些。無論父子也好，朋友也好，就是主僕也好，只要自己一份心盡到了，也就算有個交代了，不要太癡心了啊，世上的事，總是癡心人吃虧呢。」

吳翊元點點頭說：「你說的何嘗不是呢，只是當局者迷。人人到了這境地便不能自已，你說是不是呢？」

怎麼不是呢？袁升說過後便自己察覺出來了，與其說是勸人，不如說是勸己，想起自己一片忠心反受猜疑，不由灰心喪氣……

二人默然相對，嗟歎不已。

為打破這局面，袁升無話找話，說：「吳大人，你此番來西北，既然想辦的事未辦成，何不也為自己打算一下呢？你是功臣之後，皇上也特別優待的，甘肅、新疆做官的多湖南人，你何不索性找三爹謀個差事呢？」

不料這一問，正問中了吳翊元的心事——他剛才想的正是這個。

朝廷制度，凡死於戰場的功臣，除本人卹典從優外，兒輩可得一騎都尉世職。這些年，湖南民眾踴躍從軍，出征各省。雖不少命大的，獲得了官職、財富，人財兩旺，衣錦榮歸，可戰死沙場的也不在少數，往往一次大戰後，家家設祭，戶戶招魂，故得襲騎都尉這一世職者亦比比皆是，於是，古民謠「關內侯，爛羊頭；騎都尉，爛羊胃」的話柄又出現了——本朝騎都尉戴水晶頂子，著繡老虎補子的官服，位同於武職四品。故又有人就此寫出了打油詩：水晶頂子老虎補，出身又不是行伍。若問官從哪裡來，只因爹爹死得苦。

聽了這些流言，吳翊元心痛之餘，深感氣憤，故無論何種場合，他一直不肯穿這一身官服，以免別人拿他最傷心的事做話題。現在，袁升又提起這事了，他只好苦笑著說：「唉，別人說這話，或許是對我不了解，你怎麼也說這話呢？你看我這人像做官的人麼？我又哪一門如愷仲呢？像他那樣有能耐的人也落個這樣的結局，我連想也不敢想呢。」

這一說，不覺把這個話題又扯回到了何紹南身上。袁升說：「吳大人，你為何總離不開何愷仲啊。」

吳翊元說：「咦，是的。今天在何愷仲那裡受他一頓搶白，一天也憂心忡忡的，不說了，不說了，他是木匠戴枷自作自受，誰叫一個讀書人竟做出屈志辱身的事呢？」

袁升又長長歎了一口氣說：「吳大人，本來我也不想再說了，可你這麼說，我又不得不還說兩句——何所謂屈志辱身嘛，好多人，好多事，只是沒人說出來罷了，我看愷仲吃虧吃在一個『憨』字上，不知藏拙，紙糊的燈籠戳不得他偏要戳，不該知道的事偏知道，當然，還是你開先講的，當局者迷，人到了這境地便跳不出範圍，道理是人人皆知道的，唉——」

袁升說完便告辭出來，可把個大大的疑團留在屋裡，吳翊元後來把他這句話又想了很久……

第八章 生死較量

威逼

余小虎鬆開那「天山神駒」的嚼口，讓它去啃路邊的野草，自己仰八叉地睡在沙灘上，沐著陽光，仰望藍天。

天空中正盤旋著一雙巨大的禿鷲，那光頭皮畜牲似乎把下面的人看成了一具死屍，正展開那兩片風帆似的雙翼，俯著頭，發出陣陣「嗷，嗷」的怪叫，準備猛地竄下來，啄食他的肉。他屏住呼吸，一動也不動，只慢慢地用右手把佩在腰間的短劍輕輕移到胸前，準備在它衝下來時，做致它死命的一擊。

禿鷲的身影已越來越明顯了，他已看清了它那尖鉤一般的喙，那一雙幽幽的，充滿貪婪、恐怖的圓眼睛盯著下面的他，好像在慶幸自己的好運氣，又好像在選擇下喙的部位。他靜靜地等待著，連呼吸也憋了很久了，可禿鷲卻仍只怪叫著，盤旋著，始終未做最後的一竄。

他等得不耐煩了，恰在這時，「天山神駒」一聲長鳴，「沙，沙，沙」地跑過來，那禿鷲一驚，隨即猛地升高，撲打著翅膀飛向遠方……

茫茫的荒原上，轉眼之間，空蕩蕩的，除了自己身邊這一匹高大的駿馬，再無其他的活物，甚至連一株能承受一刀的樹木也沒有。

極度的空虛和失望，迫使他舉起短刀，發瘋一樣在曠野中狂奔，在四周叢生的紅柳上狂揮，直砍得枝條紛紛落地……

——出蘭州城後，愈往東行，小虎的心情愈煩躁。

據他所知，左宗棠在蘭州待了七天，節園內，每日車水馬龍，笙歌聒耳，冠蓋如雲，置酒高會，就是聽不到半點有關他的凶信。

他明白那個「艾孜拉伊里」並沒遵照他的指令，把那「靈藥」送入左宗棠的口中，或者，就是事機不密，露出了形跡而反遭殺害，他幾次想重闖節園，皆因裡面防範太嚴而未能如願。

七天之後，左宗棠一行人繼續往東進發，他只好又一次咬牙而尾隨。

這些天，失望和悲觀像魔鬼一樣緊緊地追隨著他，使他時時感覺到對手的強大和自己的孤單，時時感覺到失敗的陰影像一片烏雲始終籠罩在頭頂上，很多往事和想法一齊出現，攪得他不得安寧……

記得最真的是阿依莎的父親馬壽的話：伊斯蘭的教義便是慈悲和忍讓；不要過分啊，真主不喜歡過分的人——這是明顯地勸他不抗惡，然而，馬壽的忍讓並未獲得惡魔的同情和理解，馬安良、韓文俊殘酷地殺害了他的愛女，阿依莎之死，只能堅定小虎的信心，激發他對左宗棠更深層的仇恨。

這些年，為主道而戰鬥到底的回民軍日漸式微，到眼下只剩下自己孤身一人，自己去向何方呢？他想起了義父白彥虎的「口喚」，也想起了自己在義父靈前的誓言，重新拉起大旗叩響西安府的城門是不可能實現了，唯一的出路就是用自己的微不足道的生命去和敵人拼到生命的最後一刻。

這天夜間，余小虎來到了隆德城。

隆德在六盤山腳下，屬平涼府，左宗棠一行到達隆德後，下榻南關。

這裡是隆德首屈一指的縉紳之家，主人曾中進士、點翰林，幾度出任學政和主考，晚年致仕，退歸林下，在家鄉廣治良田美宅，而今，給子孫留下一幢廣廈連宇的府第。今天，它暫時做了東歸的欽差大臣的行館。

左宗棠的寵姬住在後院的廂房中。到蘭州不久，跟隨東行的九名樂姬由左宗棠轉手，分贈那一班僚屬，僅指撥兩名漢族僕婦伺候她，因言語不順，脾性難摸，阿芙更覺形單影隻，終日無可與語者了。

這天晚上，眾人按各自身分被安排睡下了，阿芙一人獨宿，兩名僕婦就睡在外間。

夜深了，阿芙尚未入夢，冷幽幽的月光映在她居室的窗櫺上，院中一株丹桂樹影子像一個披頭散髮的妖精，在窗紙上搖曳生姿，外間傳來兩名健婦的鼾聲，她覺得孤獨極了。

就在這時，忽聽窗櫺輕輕一響，一條黑影一個鯉魚打挺躍了進來。

阿芙先是一驚，不容她起身叫喚，余小虎那熟悉的身影已到了床前。

猛望見余小虎月光下那猙獰的臉和陰狠的目光，阿芙幾乎一下昏厥了。

自從在蘭州督署接受了余小虎交與的「靈藥」，本來就愁苦、鬱悶的阿芙更增加了幾分恐怖，阿古柏臨死時的那一張慘烈、痛苦的臉，時時在她面前晃動。

她想，自己是一個女人，是他的妻子，曾經背著他幹了亂倫的勾當，卻又下毒殺害了他，雖不是出於自己的本意，但阿拉是不會饒恕的。

眼下，又做了總督大人的侍妾，可總督的仇敵找上門來，令她投毒，自己若順從，真是作惡太多了，按伊斯蘭的法律，這是該處以極刑的，不但肉體要受到懲罰，靈魂也將打下火獄，她不明白，「艾孜拉伊里」的陰影為什麼總追隨著她，使她總是陷入這種陰謀的漩渦之中，總擺脫不了被人利用，被迫當凶手的厄運。

她想，這裡的人一旦發現了她的陰謀，雖不會對她施以伊斯蘭式的懲罰，但絕不會比用亂石砸死、從懸崖上推下去摔死更好受。

「我原以為蘭州那一班南蠻子會飽啖一餐被藥死的老狗肉的，不料先知告訴我，危害陝甘穆斯林的災星並沒有隕落。寶貝，你難道要讓他那邪惡的身子永久地玷污你，然後又拿你去殉葬嗎？」

面對余小虎咄咄逼人的詢問，阿芙心煩極了。她冷冷地說：「別問了，我確實沒照你的吩咐去做，你不該把這麼一項重大的使命交給我。你看錯人了。老實告訴你吧，我不能。」

「不能，怎麼不能？」余小虎猛地去摸腰間的短刀。

自從阿依莎一家被出賣，楊五現出了原形——過去的盟友，甚至是並肩戰鬥的同教弟兄一個個成了孬種，余小虎殺心大起，除了想要殺掉這個最大的仇人，也恨不得殺盡一切動搖的、與自己意見不合的軟骨頭，他幾乎一聽到不順耳的話，便馬上聯想到了背叛與出賣，聯想到了陰謀和陷阱，並馬上習慣性地去抽刀……

「你要殺我麼？」儘管在黑暗中，阿芙也把他的動作看得清清楚楚，忙說，「也好，我正求之不得呢。」

余小虎聽了，不由一驚。面對懷中幽怨的麗人，殘存的理智突然告訴他，對付她，不可暴躁，只能軟磨。伯克胡里的經驗可借鑒，他正是在先得到她的身體，滿足她的要求之後，才得到她的幫助的。

想到這一層，他只好把刀推回去，捺著性子，把她攬在懷中，又把自己的臉緊挨著她的臉，一邊忍受著無比的噁心與怒火，一邊極力委婉地說：「為什麼要說不呢？你是無所不能的艾孜拉伊里，是受阿拉派遣，來懲罰不信主的邪教徒的，是來替千萬穆斯林復仇的。不然，能有那麼巧嗎？你想想，多少人千方百計想接近這個魔鬼都未能成功，而你卻輕而易舉地做到了。」

「小虎啊，你清醒一些吧，戰場上達不到的目的，用陰謀手段同樣達不到。穆氏聖人說得好，不要使用陰謀手段去對付你的敵人……」

「啪！」阿芙話未說完，余小虎又按捺不住火性了，他叉開五指，狠狠地扇了她一巴掌。

這一下，直打得阿芙眼前金星直冒，鼻孔出血，她驚叫一聲，身子一歪，倒在炕下，眼睛向余小虎投過憤怒的一瞥……

余小虎一驚，馬上察覺到自己失控。這時，睡在外廂房的一個年歲較大的僕婦被驚醒了，她推醒同伴，一邊往裡屋走，一邊叫道：「姑娘，姑娘，你怎麼啦？」

這兩個僕婦不知阿芙以前的身分，只道她也是女樂隊裡的人，這班舞女樂女，個個生得絕妙無雙，總督大人一時高興，把她們分賞給朋友同僚，只留下其中一個最美的，雖沒明確她的身分，卻令她們好生服侍她。她們當然心領神會，乃稱阿芙為「姑娘」，處處小心侍候，眼下一聽裡屋阿芙驚叫，馬上起來。

當兩個僕婦起床，擎燈向裡屋走來時，余小虎知道不妙。他顧不得炕下的美人，急忙起身，抽刀閃在帷幔邊，只要阿芙再叫，或者僕婦發現了他，三人便將一齊喪命黃泉。

阿芙還算機靈，或者說，就在這一瞬間她已權衡了利弊，也不願讓兩個無辜的僕婦陪她一道死。於是，她迅速爬上炕，並擦去嘴角鮮血。

兩個女僕進了房，其中一個擎著燈，四下照了照——這種照法其實只讓別人看清自己，自己卻看不清對方。另一個則問道：「怎麼啦，姑娘，可是夢魘了？」

阿芙正愁找不到藉口，忙順著她的話說：「是的，我做了一個噩夢！」

僕婦之一說：「要不，我陪你睡？」

阿芙一聽，連連搖手說：「不，不，我不習慣和生人睡，你們快走，快走吧。」

女僕們只好又轉回身，重新到外屋睡去了。待外間安靜下來，小虎又一次走攏來，他收起了刀子，抱住阿芙，用嘴去吻她發燒的面頰，並壓低聲音說：「怎麼，小寶貝，我的心肝。你看，我真該死。我怎麼一下發這麼大的火呢？你原諒我吧，要知道，我恨我的敵人，只要弄死他，可不惜一切代價，甚至違背阿拉的教導也不在乎——只要殺死了這個惡魔，阿拉也會原諒我的手段的。」

阿芙深深地歎了一口氣，半天，才喃喃地說：「我不願幹這事，老實告訴你，我不願殺死這麼一個行將就木的老人，他不久就會死去的了，何況他還是一個受人愛戴的英雄。他每到一個地方，就有成千上萬的人向他歡呼，包括不少的穆斯林；他很有知識，簡直是淵博，所以，命運決定他能成功，或者說這也是天意，也因為此，他不會被人暗算，暗算者不能成功。」

雖是在黑暗中，雖把聲音壓得很低，可語氣竟是這樣的堅決，像一個字一個字咬出來的，余小虎聽她公然當他的面如此恭敬讚美他最恨的仇人，恨得牙癢癢的，真想又狠狠地扇她一巴掌，或者乾脆捅她一刀，但他強忍住了，只說：「小寶貝，你怎麼能這麼說呢？他是南蠻子的英雄，可是咱穆斯林的罪人。你說這種讚美敵人的話不怕下地獄割舌頭嗎？當然，說起來，他還不應該是這麼個死法，他應該比那個畢條勒特汗死得更慘，更痛苦！」

阿芙聽他這麼說，乾脆默不作聲。

小虎見她不作聲，實際上是不理睬自己，於是又搬出最具誘惑的話語，他說：「寶貝，你難道不願意跟我逃出這個牢籠，不願去南疆，去俄國或者是阿富汗，去天房朝覲或是定居土耳其？難道你真願終身伺候這雞皮鶴髮的老頭，最後被活埋……」

接著，他又說起上次提到的虻子、沼澤、毒蛇和殉葬的事。

可是，這次效應完全不如上回了，阿芙不是個毫無見識的女人，她會聽，會比較，更會看人。余小虎那一巴掌打來，讓她一下全明白全看清了，余小虎並不愛她，那晚的甜言蜜語、信誓旦旦全是施放的釣餌，什麼帶她遠走高飛，和她生活在一起，愛她一輩子全是假的，無非是哄她，要她用自己的生命去完成那個骯髒的、血腥的使命而已。所以，余小虎的話雖娓娓動聽，她心裡卻一個勁地說：假的，假的，假的。可她不願戳穿它——既然自己已明白是假的，戳穿它又有什麼意義？

余小虎不甘心，以為她被自己感動了，於是，他幾乎變成了一隻饒舌的小雀兒，「寶貝，穆氏聖人說得好，天堂就在寶劍的綠蔭下。你只有幹掉這個惡魔，才能擺脫糾纏，才能脫身和我走，在南疆喀什噶爾郊外，你不是埋藏著很多金銀嗎？其實，我擁有的財富比你多得多，它藏在我一個朋友那裡，咱們殺了這惡鬼，取出金銀，一同去國外，有這麼多的金銀，財力雄厚，咱們先去麥加或麥迪那，去朝覲聖蹟，然後，隨便在哪個伊斯蘭的國度定居，做一個人人羨慕的富人，做一對人人羨慕的恩愛夫妻。」

余小虎口若懸河，說了很多，可不見阿芙的反應。小虎搖了搖懷中的美人，說：「小寶貝，怎麼啦？你說話呀，你睡著了嗎？」

他連喊幾聲，阿芙毫無反應。他伸手一摸，摸到了阿芙滿是淚痕的臉，不由一驚，悄聲說：「怎麼，你還在傷心麼？」

一言未了，只聽外面傳來雜亂的腳步聲和熊熊閃動的火光，一隊人分明朝這屋子走來……

這樣的時候，還能有誰呢？

再見的盧

一直懸在袁升心中的疑團終於找到了答案——他又見到了「妨主的盧」。

這天，他們到達隆德，可晚間驟降奇寒，天空下起了漫天雪霧，明知已被三爹猜忌的袁升，想到明天要翻越六盤山，心中不由忐忑不安起來，臨到入睡前，他又披衣下床，去前面縣衙，找隆德縣令王大化商議，令他增派民夫，多帶修路工具，明早提前出發——萬一大雪猛降，車輪打滑，也好派個用場，王大化儘管面有難色，還是接受了，於是，他又陪著縣令傳齊三班六房衙役，連夜出發徵集民夫……

直到夜深，他才回到左宗棠下榻的行館。

就在他再次脫衣上床之際，忽然，他聽到了外面傳來一聲悠悠的、音調頗著凄婉之色的馬嘶聲。

袁升驀然一驚——這個時候了，他人皆已進入夢鄉，車隊所有徵用的驢騾馬匹皆已進入縣署公廄，外面怎麼仍有馬的嘶鳴聲？

他一時興起，重新穿衣，帶上武器，叫了一名衛士又走到府外。

看了好幾處地方，終於，在這座府第斜對面轉彎處一座破廟的騎樓下，發現拴著一匹白馬。

袁升令從人舉著燈籠，走上去細細察看，此馬鞍韉依然，籠頭卸在一邊，可面前並無水草，馬料袋空空，鞍邊另吊有一個革囊，伸手一摸，裡面除火鐮、碎銀外，還有一個更小的皮套，套子裡並排十個位置，卻只插了六把什錦小飛刀。

袁升一見這雪亮的小飛刀，不由心中一動，立即認出，這正是在肅州道署時，刺客暗算自己的利器，當時即已認出，此刀為河州大河家番回打造，一套十把，那晚那刺客共向他拋出了四把，這裡正好剩六把；他又令從人撥亮燈籠，細看這馬，這一看，那一顆心幾乎蹦了出來——這不就是在南疆看見、眾人都想要而又不敢要的「妨主的盧」嗎？

劉錦棠收復南疆，朝廷除了給他升官晉爵外，又特沛殊恩，賞他以頭品頂戴、雙眼花翎。皇上的賞賜還在途中，左宗棠為使他早叨懋賞，早沐皇恩，同時，也為了那慕名已久的西域名姬伊帕爾罕，乃令袁升將自己的一副雙眼花翎先送到南疆，為此，袁升去了才收復不久的南疆喀什噶爾城。

那一天，他去郊外軍營看望記名提督余虎恩。余虎恩是平江人，與湘陰算是鄰邑，袁升愛去他那裡拉家常，不料因為下雪，袁升的馬在蹚冰河時，不小心卡在冰縫中折斷了腿，一個馬失前蹄差點把袁升摔到冰窟裡，為此，余虎恩很是過意不去，喀什噶爾圍城之戰打得很漂亮，官軍繳獲安集延人馬匹很多，其中不乏高大健壯的大宛良馬，於是，余虎恩一個勁要從這些馬中挑選一匹好馬送袁升。

袁升承其美意，便去選馬。

原來此番繳獲以余虎恩部最豐，上千匹安集延戰馬分關四處，令人眼花。袁升在余虎恩陪同下，從從容容，仔細挑選，但不知怎的，他左挑右揀，偏偏選中了一匹長著長鬃毛的白馬，這馬骨骼粗壯，渾身無一根雜毛，負責管理這一批戰馬的牧正原來是個蒙古人，最會養馬、識馬，見袁升來選馬，比迎接王爺還巴結，見袁升挑了這匹馬，馬上豎起大拇指恭維袁升有眼力。

據這個牧正說，有人認得此馬，原是陝西回民軍中的第二號人物余小虎的坐騎，在吐魯番的叼羊賽上，此馬和它的主人曾一舉擊敗眾多的大宛良駒和安集延騎手而奪魁，後來，它曾落到了阿古柏手上，安集延人愛馬，此馬在畢條勒特汗的御廄裡佔著頭等位置，阿古柏為它配上黃金鞍韉，彩絲轡繩，到官軍進攻南疆時，伯克胡里為籠絡白彥虎，又將此馬還給了余小虎，喀什噶爾圍城之戰，敵方死傷枕藉，劉錦棠就是根據此馬還在城內斷定余小虎並未逃走而下令大肆搜捕的，當然，劉錦棠不知當時的情景——余小虎為讓一個受傷的頭領能順利突圍，把自己的坐騎讓與了此人，結果，這人未出城便中彈而倒下了，下邊官軍為邀功，硬將一個模樣相彷彿的回民當作余小虎而殺掉了。

聽了牧正的一番介紹，袁升越加高興。他賞了這個牧正，又謝過余虎恩，便將馬騎了回來。不料在路過安西州時，在留守的旌善五營，他遇到了回民統領畢大才手下一名軍醫，此人醫術精嫻，且懂相馬之術，一口京腔講得極漂亮，見袁升騎了此馬，不由大驚失色，並一個勁勸袁升，切不要騎這馬。

「安集延古稱大宛，產良馬。安集延人個個都會相馬。此馬既然在阿古柏的御廄裡時也壓倒群雄而獨佔鰲頭，你為什麼說它不好呢？」袁升說完他所掌握的此馬的歷史，又不解地問。

軍醫聽了連連點頭說：「是了是了，馬的確算得上千里龍駒，只是此馬有個大大的破敗相，大人追隨左爵相左右，一舉一動牽繫左爵相的安危，因此之故，還是慎重一些為好。」

原來據他看來，此馬雖好，可與生俱來的一處破敗之相必須提防——眼下各有一道深深的淚槽，額邊又各有一個不太顯眼的斑點，據《馬經》所載，此乃妨主之相，當年劉玄德也曾得過一匹類似的馬，名曰「的盧」，徐庶就曾勸他不要乘坐，最後，軍醫說：「余小虎、伯克胡里雖因作惡多端而遭天譴，但伯克胡里讓出此馬後便脫身逃到了俄國，而余小虎得此千里駒何以反被遭擒受戮？大人，分明是此馬作祟啊。」

袁升識字不多，《馬經》沒讀過，但評書聽過不少，記得《三國演義》中是有這麼一段故事。他跟在三爹身邊，常聽三爹談人之相貌與一生禍福的關係，耳濡目染，深信不疑，尤其是「爵相安危」一句最入耳——為了三爹的安全，他性命也可不顧，豈有捨不得一匹馬的道理？

於是，忍痛割愛，用此馬向旌善旗的人換了一匹普通的馬。

「這些投降的回回，心懷叵測，如果此馬真的妨主，就妨他們去。」

當時，他是這麼想的，現在此馬卻又出現在這裡，這是怎麼回事呢？一連串的疑問在袁升心中升起——在安肅道衙門，如果那個刺客不是賴這麼一副好腳力，能如此行蹤飄忽，來往自如嗎？而且，這剩下的六把什錦小飛刀也說明這是同一個人呢？刺客是誰呢？

各種疑慮終於集中到了一處——那晚在安肅道衙門，雖只一線微弱的月光，但並未認錯，余小虎果真還活在人間。很多人都說，旌善五旗的人魚龍混雜，很多人頭上反骨依然，身在曹營心在漢，他們做皇上的官，支三爹籌措的錢糧，心仍向著造反的回子。看來，此說不誣，這匹馬就這麼又回到了余小虎手中了，那個軍醫一見這馬當場就一驚，哪知全是編造出來的呢。

有馬必有人，人在哪裡呢？

「不好，這傢伙一直在尾隨我們，那晚在節園有賊也可能是他，他必是奔我家三爹而來。」

袁升想到這裡，不由驚出一身冷汗，但他畢竟是見過大場面的人，心雖慌卻不亂，一面趕緊將此馬戴上籠頭，令親隨牽走，一面急忙忙趕回行館，先問過警戒左相住屋的親兵，回答是未有異象，放心進屋喊醒朱信等人，叫齊了左右五十名親隨，十人去破廟埋伏，張網以待，務必活捉前來尋馬的人，其餘的人則分成幾路，逐屋搜索，並特別將余小虎的相貌特徵告訴大家，要大家嚴格搜查，務必不使逃脫——他料定，余小虎人馬分離，受驚後必會跑去尋馬，這一去恰好落入網中……

一聽有刺客奔左相而來，而且刺客是大名鼎鼎的余小虎，朱信心動了。

這以前，他也是個安分認命的差官，可見戴福放了實缺後如此威風，不由也想向左相要官，一時又難以啟齒，今夜見有余小虎來，心想若抓了余小虎，立此奇功，正好一了心願，於是，自告奮勇帶人去埋伏，餘下的人由袁升帶著搜查。

眾人打著燈籠火把，把整個行館各個旮旯犄角搜尋遍了，連主人家長工、佃戶也驚動了，就是沒有發現一個人影。

另一隊人出門在行館周圍逐戶盤查，小小的隆德城，一下被驚動了，頓時雞鳴犬吠，人語嘈嘈，可刺客一點蹤跡也無。

袁升帶幾個人，搜到了行館內院，來到何姬的住房前，只見房門緊閉，屋子裡寂然無聲。袁升心想，這女人近日愁眉不展的，八成是思念故土，她是一個賊婦，三爹把她弄來，真沒有意思。想到這層，心生厭惡，只叫兩名隨從去叫門。

這時，二名僕婦因白天趕路勞累，剛又受過折騰，此刻早呼呼大睡了，連喊幾聲才醒，回答說是一切安然如舊，未聽見什麼異常聲音，袁升於是便轉到別處去了。

其實，一次生擒活捉余小虎的機會失之交臂——小虎見外面人聲嘈雜，火光閃耀，心中一驚，便欲破門而出。不料此時一直沉默不語的阿芙突然挽住他，悄聲說：「別動。先看看陣勢再說。」

余小虎只好靜下來。

這時隨從叫門，僕婦答話聲傳來，二人屏住呼吸，不敢動彈。待問過話後，眾人搜向旁邊的屋子後，阿芙悄聲說：「看來，有人發現了你的行蹤，這是衝你來的，不過，他們不會懷疑我，也不會隨便進我屋的，你安心穩住吧。」

和尚鋪

送別余小虎，阿芙沒有再回頭，此刻，她心中早已暗暗地拿定了主意。

昨天上午，東行車隊從靜寧城出發，經過一個村莊，她在車中無聊，剛掀起車簾，把頭探出車外，沒想到因車速太快，那轅馬的前蹄踹死了一條母狗，她還沒來得及放下車簾，一縷鮮血直噴射過來，濺到她腳上，就在那一瞬間，她還是瞥見了那露出腸肚血肉模糊的死狗，當時，除了噁心，另有一種不祥的預感也出現在心頭。

不料與此同時，只聽得一聲輕微的「沙啦」一聲，一件小東西從身上掉下來，從車縫中滾下去，只眨眼間便不見了。

她開始並不以為然，以為是頭上什麼釵環首飾之類。待舉起左手，才發現戴在無名指上的一枚骨製小指環不見了，一見剛才掉的是這件東西，那一顆心似乎一下便蹦到了口裡，可此時飛速行駛的馬車已不知走了幾里。

這以後，她便整天悶坐車中，心緒不寧，下午，她終於忍不住了，便在車中用兩枚小錢望空丟擲接住看正反的方法來算卦，這是在娘家無事時，跟一個巫婆學來的。

這兩枚天罡錢，出爐後一直未使用過，就珍藏在懷中，只用它占卜凶吉。她一連望空丟了幾次，越卜心越跳得厲害，因為一連幾卦，都是大凶，回過頭來一想，這也正好印證了馬踹母狗、血濺上身及指環丟失等異兆，尤其是這枚指環，是阿芙母親的遺物，當年，阿芙嫁與阿古柏之日，迎娶的車隊已到了府外，臨出門，母親將這枚指環戴在她手指上，並說：別輕看了它，有人在它上面施了法術，它是你今後的護身符。

阿芙看戒面，上面果然有一行阿拉伯文小字：環在人在，環亡人亡。

這以後，指環在她手上多年，一直未離開過，不意今天，上面還留有母親手澤的護身符丟了，她似乎明白，這是先知在通知她，日子該到盡頭了。

晚上，果然有余小虎的翻窗入戶，入懷驚夢，她認定他就是命中的災星。

接下來，余小虎那一記沉重的巴掌，徹底地破滅了她的幻夢，她終於徹底地醒悟了，原先想通過他的救助脫出樊籠去南疆，或者去其他伊斯蘭國度，自由自在地過一輩子的打算只是一種天真的、一廂情願的夢想，他，這個冷酷無情的余小虎心中根本就沒有她，他已成了個冷血殺手，不單是漂亮的女人、富翁的生活，甚至對一般正常人的生活也完全失去了興趣，一個人應有的溫情啊、愛憐啊，在他身上應有的人性統統被仇恨的烈火熔化掉了，口說的什麼心肝啊，寶貝啊，全是偽裝出來哄她的，連以真主的名義起誓、保證帶她遠走高飛的諾言也全是騙人的鬼話，他只不過想拉她去殉道，去做祭壇上的犧牲。

她不明白，自己為逃出樊籠，為抓住一根救命繩索竟不辨真偽，連別人的真心或假意也分辨不出來。

這一晚，外面是袁升率領的侍衛們鑽山打洞般的折騰，搜索刺客，她卻若無其事地和這個刺客交頸而眠，枕上，她和他極盡纏綿，使盡了平生風流放蕩的各種手段。

余小虎不知她的心，還認為這女人生就是個淫賤胚兒，長就了一副騷腸子、媚骨頭，遇上男人便通體化作了一灘稀泥如一個醉漢，他哪裡明白，這是她準備告別人生的最後一次縱欲。

阿芙還留戀什麼？

自初解人事，阿芙便是在羨慕和讚揚聲中生活的。天生麗質，帶給她無尚的光榮和夢想，她覺得應盡情地享受，切莫辜負了造物賦予她的、不同流俗的一副好皮囊，終於，在喀什噶爾城，她贏來了威震七城的「畢條勒特汗」的傾心和寵愛，也因此保全了父親、家庭，並獲得了金山、銀山一般多的財富。眼看著阿古柏及伯克胡里兄弟為爭奪她而明爭暗鬥，宮中由此爆出了無數醜聞，她只覺得這是上天的厚愛。這以後，她盡情地享樂，肆無忌憚地和所有她喜歡的男人偷情，放縱無度。她看多了他們的醜態，覺得自己如同一個神奇的牧羊人，放牧了一群可任意驅趕的羊群。

然而，現在回憶起來，阿芙卻覺得味如嚼蠟。當時，她玩弄了男人們，而那些放蕩的男人又何嘗沒有利用她、玩弄她？直到今天，余小虎還想重操過去那些可惡的男人們的慣伎。阿芙想，如果我還甘心被他利用，做他的工具，那真太愚蠢了……

完了，是該完了，這一切應該迅速結束。正想著，手觸到了余小虎交與的「靈藥」，她猛然省悟：自己的歸宿原來就在這裡，這才是真正的「真主的意志！」

傍晚，和尚鋪。

直望著眾人都已安置好，吃完晚飯，各就各位，打鋪、休息，袁升才鬆了一口氣，就在這時，他突然一連打了三個噴嚏，接下來，感覺到身子骨突然軟下來，酸酸的，渾身提不起勁，他明白，自己病了。

昨晚，幾乎徹夜無眠，「妨主的盧」的出現，似鐵的事實擺到了眼前，窮凶極惡的余小虎，已把他的復仇目標轉向了個人，且一直在伺機向左相下手。但是，自己設計的、滿以為會甕中捉鼈的計畫卻一無所獲——那麼多人聞風而動，四處搜索，整座府第及附近幾條街幾乎家家搜到了，至少也應驚動了他，而朱信一夥在破廟設伏也如同守株待兔空手而還，一夜奔忙，所獲得的仍只是一匹馬。

馬的主人哪裡去了呢？難道他余小虎有遁地之術？當然，繳獲了「妨主的盧」使余小虎失去了腳力，這或許也可予他以某種警告，但不管如何，袁升終究心中惶惶無主、惴惴不安，他覺得必須全副精神來對待這事。

出隆德縣後，排單上已註明，過六盤山後，只在和尚鋪打尖，在瓦亭驛住宿，平慶涇固道魏光燾為左相的過境，在瓦亭驛早準備了舒適而豪華的行館，備辦了精美而可口的飲食，不料突然降下的一場風雪改變了車隊的行程。

照常規，時已臘月，這風雪早應該下來了，這一年隴東十餘州縣蝗蝻遍地孳生，如再這麼暖和、晴朗下去，明年蒼生生計可慮，只是這一場暴風雪不早不遲，偏偏在這個時候襲來了，好像是故意要與這個自詡曾經造福陝甘的欽差左爵相為難似的。

早上出發，天空已是彤雲密布，陰霾不開，一片天就像鍋似的壓在頭頂上，接著，西北風從高山峽谷中滾滾而至，霎時之間，凍雨橫空，一撇一撇，夾雜著無數冰珠，打在車篷上、斗笠上，像滿山響起了急驟的鼓點。

左宗棠在苦水驛時為謝絕眾人的挽留，推託說怕六盤山風雪阻歸程，此語不幸而言中。魏光燾其實也考慮到了這點，早飭令隆德及平涼兩縣徵發民夫，加急搶修山上道路，只可惜人力畢竟不敵自然，加修的道路雖然平整，可天氣奇寒，滴水成冰，雨雪觸地，馬上結成堅硬的冰淩，路面霎時如同鏡面抹油，光滑得令人生畏——車輛只要稍有不慎，便有滑下深淵幽谷的危險。

袁升看到這種情況，馬上下令停止前進，並隨即令眾人動手，準備防滑措施，只見眾車夫及護衛紛紛從各自的車中、馬袋中取出蒲鞋、芨芨草繩子、破布頭，先用破布包好馬蹄子，再用芨芨草繩子把車輪子捆幾道交叉結，人則一律脫去靴子、鞋子，換上蒲鞋。

原來這一切全是袁升於昨晚預料到，又去隆德縣衙令縣太爺準備好的。今日一切如他所料，東西全派上用場。

袁升待眾人一切準備停當，再重新上路。他冒著雨雪，和馬夫雙雙護住馬轡頭，眾侍衛左右各三人護住車槓，車輪，一步步慢慢地轉著推著上山，又緩緩地放坡轉坳，每一個人都十二分地小心。

直到午後，才轉過六道盤旋而達到山頂，待下山，一色的放坡流水路，若在平日，真是順順當當，一晃而過。可今日則一道緩坡一道險，一道陡嶺一道關——眾人重新檢查過車輪、馬匹，確定一切正常後，再一人在前面駕車，一個人控制剎車，每邊三個人背背而行，一步步堵住車輪子，提著心吊著膽，一個坡一個坡地放下來，到得山下時，天已快黑了。

這時，人人筋疲力竭，連午餐也不曾吃得，見此光景，左宗棠只好下令停止前進，就在山下的和尚鋪住下。

直到這時，袁升才發覺，自己開先已出了一身透汗，此刻，濕漉漉的內衣，貼在肉上，一股鑽心的寒氣已透入肌骨，大約病症即由此而生。

這裡沒有像樣的驛館和客棧，加之平慶涇固道魏光燾及平涼知府、知縣已從瓦亭驛趕到了和尚鋪，兩停人馬合成一處，給這僅幾十戶人家的小村莊增加了擁擠和喧鬧。

魏先燾將左宗棠請到街中唯一的一家旅店住下。這旅店才上下兩進，陪住的除了孝同、左宗燦及何姬外，護衛們佔住了兩邊廂房、柴房，魏光燾偕下屬知府、知縣住前面，其他兵丁和車夫、馬夫則一律擠住在周圍百姓家中，再住不下的只好挨旅店搭起了簡易帳篷。

不等住宿安排妥當，眾人先各自打火弄飯吃。欽差的隊伍，這一路何等的威風，哪一處驛館、台站不是準備得一應俱全、周周到到？左宗棠又不同些，既是過境欽差，又為本省總督，沿途州縣，皆為舊部、僚屬，由左宗棠親自選派的官員，所以，一路東行，州與州、縣與縣幾乎是在比賽，看誰的差事辦得漂亮。可是，眼下天公不作美，弄得如此不周不到，不尷不尬，魏光燾心中很不是滋味。他趕到左宗棠車前，一邊扶左宗棠下車，一邊說：「老師，真對不起，學生把差事辦砸了。」

魏光燾是隨左宗棠起兵的心腹人之一，二十餘年由縣學生員當到候補臬司銜的實缺道台，左宗棠哪會計較他這點？他笑了笑說：「沒關係，這又不是你的錯嘛。」

魏光燾把左宗棠引到下榻之處。

平涼知府不知從何處弄來一大桶熱水，親自提到上房來，讓左宗棠及內眷盥洗，而平涼縣令卻跟在旅館老闆後面逼著他把柴火燒大、燒熱，不要讓屋內的人有冷的感覺。

這時平涼縣的三班六房衙役們已把在瓦亭驛預備招待欽差的飲食運到了和尚鋪，又在旅店的鍋灶上把食品加熱，熱騰騰端了上來。

望著這一切雖匆匆忙忙、手忙腳亂，畢竟仍算得周到，魏光燾這才緩過了一口氣。

袁升不聲不響地蹲在一邊。好像有某種預感似的，他心中總有些惴惴不安，眼前也時時浮起「妨主的盧」及余小虎的影子，特別是余小虎那一副桀驁不馴的神情和仇視所有人的眼睛，袁升一想起便有些心寒。

饑鷹餓虎，獵人難制。這傢伙已是一個十足的亡命之徒了，到此地步，他不達到目的是絕不會甘休的。眼下，他雖已失去了一匹好坐騎，但像他這種身手不凡而又不顧死活的人，要弄一匹馬還不容易嗎？

想到這一層，他便從心中湧上一股強烈的衝動：你小子不怕死，老子也只好奉陪到底了，不是魚死，便是網破，總又不能讓你得逞。

他一邊思量，一邊起身去舀水，準備洗抹一下身子。直到起身，這才發現自己已不行了，頭昏腦脹，望著頭上的屋頂、面前的人影全在晃動，心想，我就不信身子骨如此嬌貴，想硬挺過去。

「袁哥，你怎麼把水潑到了腳上呀？」朱信在後面不解地問。

袁升低頭一看，這才發現，因自己雙手在顫抖，一瓢水僅倒了一半進桶，一半就潑在自己靴子上。

他尚未回答，朱信已發現情形有異，他上來摸了摸袁升的額頭，詫異地說：「呀，你原來發著高燒呢，怪不得一雙手抖得這麼厲害。」

朱信一嚷，下邊幾個差官、護衛全過來了。

眾人捏手把脈看氣色，這個說袁升嘴唇發烏，那個說手心冰冷，袁升自知這感冒已是很深重的了。袁升平日最不偷懶賣乖，對別人體貼入微，所以，眾人都關心他。朱信說：「不行，你得去躺下，你的事我包了，你安心睡。」

眾人不由分說，七手八腳把袁升按倒在火房的臨時地鋪上，給他洗手腳、揩抹身子，袁升此時只好由眾人折騰。他雖感到頭沉鼻塞，渾身乏力，但心中卻極清楚，他一面吞著眾人遞上來的解表散寒的丸藥，一邊想主意。

昨天晚上為抓刺客已把眾人折騰了一夜，連左相也驚動了，今天，眾人勞累了一天，再不能又捕風捉影害得大家不能休息了。他想，左相往往要到夜深才入睡，他不睡，有好些人陪著，誰敢動他的手？怕的是夜深人靜時有人乘機溜進來。於是，他再三交代朱信，他現在先躺一會兒，待半夜時分再叫醒他。

朱信想一想，便答應了他。袁升這才安心躺下來，誰知這一覺睡下去，他便昏昏然然人事不知了。

這邊上房裡，左宗棠精神抖擻，興趣盎然。

隴東道上，這幾年人口漸豐，自蘭州至會寧、靜寧、隆德，一路上村莊絡繹不絕，雞犬之聲相聞，遠不是十多年前入隴時，觸目所見的那種兵燹之後的慘象了，車隊經過處，盡是頂香恭迎，遮道攀留的父老鄉親，天時的不順，絲毫不減人民夾道歡迎的喜悅。

望著這片生機勃勃、物與人歸的景象，左宗棠逸興遄飛，談鋒健銳，並多次情不自禁地誇獎平慶涇固道魏光燾，說他有能耐。

當年自秦入隴，平涼、慶陽、涇州、固原四個州雖迅速平定，但十數萬就撫回民仍流離失所，無處棲息。原來這裡最早造反的是穆生花，自稱「扶明滅清平南王」。穆生花奉新教，不但與漢民為仇，且也與老教回民如同水火，及穆生花兵敗被殺，民族、教派之間的仇怨並未消除，彼此互不相容，動輒發生械鬥。

為此，平涼縣著名耆紳韓尚德領頭向行轅遞稟，以就撫回民「侵佔地畝」、「掠取夏糧」等由，提出陝西客回不宜安置甘肅，「須安插遠方，以示畏儆」。

這以前，陝西回民之所以發動大規模的抗暴大起義，整村整片、連家帶眷地捲入起義隊伍，就是因陝西漢紳、團練提出了「秦不留回」之說，所謂「一寨連一寨，把回子趕出西口外」，而今，韓尚德之稟，顯然又是「隴不留回」了。

左宗棠讀罷韓稟，勃然大怒，於是，提筆痛駁，並引用林則徐《辦理回務疏》中一句名言：只分良莠，不問漢回，是良雖回亦保，是莠雖漢亦誅。並將此刻成布告，四處張貼。

這樣，雖稍稍抑制了漢紳的氣焰，制止了仇回的行動，左宗棠卻在這一帶漢族士紳中落下了「左大阿訇」的外號。為使這一帶盡快恢復元氣，左宗棠考慮再三，乃從部將中挑選了年輕幹練、遇事沉著、為人又極寬厚，且是出身書香門第的魏光燾來挑這副擔子。

魏光燾在平慶涇固道任上一幹十餘年，他是陝甘第一名能員幹吏，受命於百廢待興、瘡痍滿目之日，他先督四州十餘縣剿平了分散各處的散匪，安置了十幾萬就撫回民，又督促各府縣徵集民工，整修道路，橋樑，種樹造林，開渠引水，馬上治軍，馬下安民，做得井井有條，使左宗棠西征無後顧之憂。為此，左宗棠數次專摺保奏，今年春，魏光燾奉詔入覲，召對稱旨，蒙恩褒獎，得實授平慶涇固道加按察使銜。

魏光燾自在蘭州歡宴過左宗棠，第二天即出城至平涼，布置安排左宗棠過境的接待，一場大雪打破了原來的部署，雖左宗棠不責怪，他總有些歉然。

魏光燾此番有很多話要和左宗棠說，在蘭州時沒有機會，此番他把知府、知縣留在外面安排眾人生活，自己卻陪著左宗棠，把春間入覲召對的內容、京師見聞、士大夫的言論向左宗棠細細談起，直到交三更時，才依依不捨地告退出來。

送走了魏光燾，左宗棠準備休息。臨睡前，他又去隔壁房間看望孝同，孝同和左宗燦佔了一間房，但此時左宗燦不知去何處找熟人閒扯去了，孝同也已睡了，客棧鄙陋，孝同嫌棄它炕上鋪蓋骯髒，乃令人將炕上床褥統統撤了，換上自己車上備用的被褥，跟隨他的小廝打地鋪睡在炕邊，他卻縮在褥子裡，勾著身子很不舒坦的模樣。

看到這情況，左宗棠不由皺了皺眉頭，心想，三九天氣，這薄褥子怎耐得漫漫寒夜？想著，他令緊隨身後的朱信去自己房中，把自己蓋的一床加厚駝絨被子背來，親手加蓋在孝同身上，這才放心地出來。

到自己房中後，見炕上空空，朱信要去找平涼縣令，再弄一套乾淨鋪蓋來，左宗棠揚手制止，他一時心血來潮，走出房門，轉身去看何姬……

圖窮匕見

阿芙下車進入指定的房間後，也無心思吃東西，先只令兩個僕婦提來熱水，按伊斯蘭的傳統方式，先小淨洗過手臉，再大淨沐浴了全身，待打發僕婦去外間自便後，她從自己的行李中取出一隻西域式樣的小白銅茶壺，又取出乾酪和茶葉，為自己沏了一壺奶茶，再取出余小虎交與的「靈藥」，將它全撒在茶中，橫下一條心，跪坐在炕上祈禱。

自從在車上做出了人生的最後抉擇，心情反而輕鬆下來。

暗暗地推算了一下，今天應為禮拜五，是穆斯林做禮拜的「主麻日」。根據伊斯蘭傳說，凡肉孜節、古爾邦節或主麻日之類節日死去的人最幸運，靈魂可直接超升天界。

她不再猶豫了，決定把死亡之日訂在今天。

看看夜色已深，她暗暗祈禱，不要再有人來打擾她，不料就在這時，她正要飲用那壺放有「靈藥」的奶茶，突然聽到一種輕微的、熟悉的口哨聲，同時，有人用指甲在彈後面的窗櫺。

他又來了！

阿芙一驚，極不情願地背轉身子，想不去理睬他。可窗外的口哨聲一聲接著一聲，那手指彈窗櫺的聲音也愈來愈急，像是一種命令，叫人心神不安，非開窗不可。

阿芙心中煩躁，對著窗子「噓」了一聲，毅然地又轉過身子。這時，窗外的人終於不耐煩了，開始用刀挑窗栓。

阿芙既不願讓余小虎進屋，又不想大聲嚷嚷，招來護衛危及小虎，她想出一個阻止余小虎進屋的主意，於是，她對外屋大喊道：「秋姑、胖嫂，你們過來一下。」

外間的秋姑和胖嫂剛好入睡，只聽阿芙呼喚，以為她有什麼事，忙起床一前一後走了過來。二人尚未進屋，只聽「咔嚓」一聲，窗子一下被挑開，余小虎輕輕一躍，一下跳到了房中。

秋姑和胖嫂剛好進屋，見此情景，大吃一驚，剛要叫喚，余小虎已撲到跟前，出手飛快，只見銀光一閃，二人便撲地倒下。

阿芙目睹這慘狀，一下驚得目瞪口呆。

余小虎拖開二人屍體，扔在一邊，然後一手叉腰，一手持刀指著阿芙，鼻孔裡輕輕哼了一聲，說：「你想躲著我行嗎？」

阿芙白了他一眼，也哼了一聲，別過頭去，不加理睬。

余小虎走過來，凶狠地說：「我的天山神駒丟了，這大概是主的警告。阿拉已不耐煩我們的磨蹭，不是他死，便是我們死，再沒有第三種情況了。」

阿芙抬起頭，憤怒地向小虎瞪著眼說：「我知道，可我們不是已告別了嗎？我不怕死。」

余小虎把手中短刀向阿芙一擺，說：「你真是一個只會偷漢子的騷貨，昨晚你不是那麼有心計嗎？要知道，阿古柏是你親手毒死的，他的靈魂饒不了你，你如果再成心違背阿拉的意願，你的下場將比阿古柏更慘！」

阿芙冷笑道：「哼，下火獄、上刀山我全豁出去了，你殺吧，我不願幹的事始終不會幹的。」

余小虎一怔，他沒料到阿芙公然頂撞他，傾耳細聽，除前面挨著客棧的帳篷裡有一夥人因天冷無法安睡而在通宵賭博，不時發出吆五喝六的叫喊聲外，四周靜悄悄的。想到如今已是孤注一擲了，他不願錯過機會，又把口氣放軟一些，說：「好吧，你既然不願意，我也不強迫你。請看在主的份上，助我一把——領我去他的房間，或者去把他引來。」

阿芙仍只漠然地瞪他一眼，不動也不出聲，就像個木人。

小虎嚥下火氣，心想這個騷女人只要男人溫存她，她才順從你，正要上前摟抱，忽然，他發現她前面桌上丟棄的一截翎管，覺得眼熟，撿起一看，驚問道：「啊，這不是我的『靈藥』嗎？寶貝，原來你已經動手啦？」

阿芙不屑置辯地望他一眼，露出一種無可奈何的苦笑，然後端起桌上的小銅壺，對著嘴，咕嘟咕嘟地喝了幾口。

余小虎一怔，似乎一瞬間什麼都明白了。他猛地上前一把奪過茶壺，揭開蓋子嗅了嗅，又帶著幾分希望地問道：「寶貝，我的心肝，快告訴我真相，這是怎麼回事？」

阿芙輕鬆地笑道：「我真的是你的心肝、寶貝？」

余小虎急不可耐地懷著從她口中得知奇蹟的心情，一把抱住她，說：「怎麼不是呢？打從第一眼看見你，我就喜歡上你了。告訴我，你已經讓他喝了嗎？」

阿芙臉上露出一絲不信任的慘笑，她不回答小虎的詢問，卻說：「既然如此，你再吻一下我吧，不然，你會後悔的。」

余小虎心急火燎，剛要俯下去吻她的嘴，但他突然像想起了什麼，望一望銅壺，又望一望懷中的美人，說：「不，你先告訴我，你是否已經照我的吩咐辦啦？」

阿芙勾著小虎的脖子，笑著說：「我追求享受，可不想殺人，尤其是殺和我睡過覺的男人。所以，我把你的靈藥自己喝了。你若是真心喜歡我，就把剩下的喝了吧，喝了我們去地獄做夫妻。喝吧，喝吧！」

余小虎一聽，這才徹底地失望了。

他憤怒地盯著懷中的美人，兩人對視了片刻，就在這時，余小虎忽然發現這女人真美，比任何時候更讓人愛憐、讓人傾心，他只覺自己的脖子和摟她腰肢的雙手都有一種滑膩的感覺，遍體異香滿懷。

他一時激動、忘情，幾乎要捨去胸中那股衝騰欲出的殺機，俯下頭去和她做那告別人生的一吻了……

就在這時，只聽房門「咿呀」一聲，左宗棠悠然地踅了進來。

這一瞬間，雙方全呆住了。

「你是什麼人？」夜深人靜，面對一個與自己的寵姬廝抱親熱的陌生男子，左宗棠震驚之餘，迫不及待地喝問。

上身著乾隆時代寵臣福文襄公常著的「福色」——深絳色對襟馬褂，下身穿著青緞紮腳胯棉褲，腳踏一雙方口布棉鞋，一頂青緞瓜皮小帽，沒有頂戴花翎，也沒有正一品文官的仙鶴補服，但是，僅憑這一大把年紀，這一口純正的南音，余小虎立刻猜出了來人是誰。

《可蘭經》第二章一百五十三節轉述先知穆罕默德的話說：阿拉與堅忍者同在。第十章五十六節又說：阿拉能使死者生，能使生者死；你們只能召歸於他。

對於阿拉的恩賜，余小虎開始有些猶豫。難道這麼些年，十數萬穆斯林浴血苦戰而得不到的，自己沙漠煎熬、風餐宿露、朝思暮想、日夜祈禱而未攫取的目標就這麼輕易到手了嗎？這一切該不是做夢吧？自己哪來這麼好的運氣呢？但案上的燈光、房中的人影、窗外的北風、三人的呼吸，種種活生生的事實告訴他，這一切全是事實。

他猛地推開廝抱的、已經軟綿綿毫無知覺的美人，不顧一切地撲了過來，一把挽住了左宗棠的右手臂，挽得緊緊的，然後高興地說：「我是誰你不知道嗎？我就是你要千刀萬剮的余小虎啊！」

「余小虎？」

左宗棠似乎一下明白過來，但一切為時晚矣——余小虎扣緊了他的胳膊，右手舉起了一把血淋淋、明晃晃、上面鐫有一個阿拉伯先知名字的短劍。

余小虎愜意極了。

儘管未能使陝甘重新舉起伊斯蘭的旗幟，帶領十數萬同教弟兄殺回老家，叩響西安府的城門環；儘管這些年漂泊異國，無落足之點；儘管這以後遭受了種種挫折、犧牲了不少親人；儘管自己也將死在旦夕，但能換得穆斯林最痛恨的敵人左宗棠一死，種種失去全是值得的！

這以前，費盡心機，從尼牙孜手中取得能致人於死的「靈藥」，其實是為自己預備的，真主不喜歡玩弄陰謀的人，正直的穆斯林也不用陰謀的手段，再說，讓左宗棠像那個畢條勒特汗一樣死去，那只是在萬不得已的情況下，因為他覺得，這個仇人應不是這種死法，他手沾有太多的穆斯林的血，他應該被一刀一刀地碎割，異常痛苦地繳還他的可恥的生命。

不料今天，萬能的主竟讓他這麼活活脫脫地撞在了自己手中，自己可說既不是用陰謀攫取，又沒費絲毫力氣。

他想一切的一切，至此該打上結頭了，仇人固然完了，自己也應該完了，除非出現奇蹟。

像獵人玩耍自己攫得的獵物一樣，他一面扣緊自己的手臂，讓仇人緊緊地挨依著他，一面用勝利者的笑容，輕鬆而愜意地打量著這個極其凶狠曾使穆斯林世界聞風股戰的人物——實在是平凡而又平凡：微胖而短小的身材；稀疏的、漸已全白的鬚髮；胖而圓的面龐，一身鬆垮垮的肌肉。就是這麼一個糟老頭，竟指揮了十餘萬窮凶極惡的楚軍，攻滅了一個又一個的穆斯林佔據的堡寨、村莊，屠殺了一批又一批阿拉的順從者。

他想起了臨死的義父白彥虎那因遺憾而痛苦失望的面容，想起了自己在義父靈前的誓言，他在心中默默地祈禱說：「高興吧，義父！兒子雖沒能叩響西安府城的門環，卻為千萬喋血荒原峽谷的穆斯林砍下了一顆罪惡的頭顱。」

「你還有什麼說的？你這魔鬼！你是否也想祈禱、懺悔？」余小虎怒視著他，憤怒地質問。

直到此時此刻，左宗棠也沒想到，自己就這麼完了。這一切未必不是夢，不是一場噩夢？

他認為，自己有生以來從未沮喪過，儘管科舉不得意，但一直抱定「天生我材必有用」的宗旨，年過不惑之後，一切果如其言，全是那麼自然，那麼順暢，那麼理所當然地領袖群英。

這些年，國事蜩螗，內憂外患，自己以眾望之所孚，責無旁貸，大小事一力肩之，雖反反覆覆，卻從沒有出現過違反自己意願的結果。半生事業，就如同默寫一篇早已寫就的雄文，在他人看來驚詫莫名，在自己寫來則輕鬆自如，早預料應該是這樣的結果。萬不料今天，竟落在一個窮途末路的匹夫手中，為白刃所挾持。

「我能有什麼說的？特別是在你這樣的小人面前，能有什麼懺悔的？」在余小虎咄咄逼人的追問下，左宗棠矜持地盯著身邊的敵人，說，「幾十年來，託皇上如天之福，我終於次第翦除了你們這類跳樑小丑。特別是在我的有生之年，看到西域數萬里疆土重歸皇清版圖，我死也可瞑目了。可恨的是，以我的抱負，以我的作為，以我的地位，不應是這麼個死法，不應遭一個匹夫的暗算，就是戰場殞命或押赴市曹懸首國門也比這麼死強！」

說著，他又頓了頓，忽然怒聲叱喝道，「你等什麼，殺吧！如果你想挾持我，逼我上奏皇上赦免你們這夥漏網的逆賊，這是萬萬不能的！」

余小虎不由暗暗吃驚。

他原以為他的對手一定是個色厲內荏的懦夫，在刀尖的脅迫下，會渾身顫抖，尿滾屁流地求饒，沒料到，他竟如此沉著、鎮定、大義凜然。他想，如果他是個懦夫，哀聲求饒，自己會毫不猶豫地殺了他，可眼下，余小虎的自尊心受到了挑戰，受到了蔑視，他覺得，他已落到了這地步居然這麼猖狂，自己就這麼一刀殺了他豈不太便宜了他麼？

必須在氣勢上壓倒他，讓他認罪。

「哼，左屠夫，你想錯了！」余小虎圓睜雙目，用同樣傲慢，同樣嚴厲的口吻怒斥道，「赦免？我們需要你們的什麼赦免？千萬穆斯林早在天堂，早從阿拉那裡得到了赦免！今天我來，不是陰謀，是堂堂正正地來向你討還血債的。你欠下穆斯林的血債太多了，簡直數不勝數！」

「哼，你這是胡說！」左宗棠把胸部挺了挺，說，「我是陝甘數十萬穆斯林的救星，是我把他們從與漢民仇殺的血腥中解救出來，是我極力周全，設法貸與他們口糧、寒衣、牲畜、種子，是我力排眾議，說服漢紳讓他們就地安家。他們至今有口皆碑，稱頌我是他們的重生父母，甚至用聖人經典中的太斯密稱我，認為我是普慈今世、燭照後世的聖人，你如殺了我，不但國法不能饒你，你的同胞也會恨你！」

「哈哈！」余小虎爽朗地大笑起來，「你是普慈今世、燭照後世的聖人嗎？你怎麼不去陰間聽聽被你下令殺害的十數萬穆斯林憤怒的呼聲呢？你用安撫為誘餌，用屯墾為樊籠，誘使眾多的穆斯林上當受騙，慘死在你的屠刀下，金積堡、西寧、肅州的穆斯林不全是先降後殺的嗎？你們不但趕盡殺絕，殺人時還揪盡穆民的鬍鬚，讓他們死後升不了天堂，你們的種種駭人聽聞的暴行，是聖人所忍為的嗎？」

「不錯，金積堡、西寧、肅州三地之屠是我下的命令，對於一些執迷不悟的凶徒，特別是像馬化龍那類新教教主，是先皇時就堅決取締的邪魔外道，我必須狠心根治，不留後患。為了陝甘的長治久安，為了大軍西征無後顧之憂，我必須這麼辦，換一個人，哪怕就是你，也必定要這麼辦的！」

余小虎聽他這麼一說，知道要讓自己的對手認罪是不可能的，自己用不著和他磨嘴皮子，但不想讓他一下死去，要在精神上多折磨他一會兒，讓他看到死的恐怖。

於是，他嘴唇向炕上矮几上的銅壺翹了翹，命令似地說：「我想成全你，不用才殺過女人的刀殺你，因為你算是一條漢子，但你必須喝下那壺中的奶茶，那裡有我從和闐弄來的靈藥，一個曾經夢想在新疆稱雄的傢伙喝下它便去陰間了，你不也想著新疆嗎？喝！喝了可保個全屍！」

左宗棠瞥了銅壺一眼，昂然不動。

「喝！」余小虎一聲怒喝。

正在這時，只聽房門「咿呀」一聲，一個穿著官服、面目與左宗棠酷似的老頭突然撞了進來……

渾人

左宗燦年齡與左宗棠不相上下，面目也酷似，但二人的命運和結局卻真有雲泥之判。這以前，左宗燦也轟轟烈烈過好一陣子。

當年，左宗棠在金盆嶺募軍，他以族弟的關係前去投軍，雖是個文盲，但有力氣，又不怕死，所以，左宗棠讓他當一名旗官，行軍作戰，打一桿大纛旗走在前頭。

有一回，與長毛的侍王李侍賢作戰。左宗燦所在的營奉命增援，他打著大旗，走在亂石山中，不小心，腳尖碰到一塊突出的石頭，他連人帶旗摔倒在地，這一跤摔下去，可引起全軍大亂。

原來大旗為全軍進止的號令，旗子向前眾人向前，旗子後退眾人後退，偃旗息鼓便是撤兵。眼下大旗倒地，眾人以為發現了敵情，一齊止步備戰，巧就巧在此處果真有大隊長毛設伏，那長弓、硬弩、抬槍、鳥銃一齊把準頭對著山下大道，還有那瓦罐子裝的石灰，生漆桶灌滿的火藥，拋石機裝著的石頭，也一齊停停當當地備好了，只等官軍進入埋伏圈，便要用這些東西「犒賞」官軍。

眼看官軍前隊已轉過山坳，走到了埋伏圈邊上，卻突然倒旗勒馬，長毛以為自己隱藏不善為敵方發覺了，沉不住氣，竟提前開火——誰知不在射程之內，傷人不著，反暴露了自己，就連那石灰罐子、拋石機拋出的石頭也全拋在空地上，火藥桶滾到沒人的地方爆炸了。

這邊帶隊的營官周開錫是個足智多謀的人物，見此情形，馬上臨機應變，督兵搶佔了對面的山坡，又分兵從兩翼包抄長毛的後路，一仗打下來，官軍大獲全勝，長毛大敗。

事後論功行賞，眾人推左宗燦為第一，說若不是及時發現敵情，倒旗勒兵，差點中了敵人的埋伏。

秉筆師爺見左宗燦與左宗棠只差一字，只道是左相親兄弟，為巴結上頭，在戰報上特為左宗燦加了八個字的讚語，道是「機警多智、洞燭奸謀」。戰報報到左宗棠的手上，自然不會再查證、批駁，理所當然地在奏報時，把左宗燦的名字排在前頭，奏報上去，蒙聖旨嘉獎，宗燦得賞四品軍功，並獲「忠勇巴圖魯」的名號。

有了這一進身之階，左宗燦便加緊營謀，時代多警，軍人受寵，到左宗棠移督陝甘，左宗燦已保舉到武職從一品記名提督。熟知內情的人，皆笑左宗燦這一品官是一跤跌倒撿來的。左宗棠念同族之情，幾次想尋一個好缺安置他，無奈他稀牛屎糊不上壁，大事幹不了，小事不願幹，每日在蘭州三街六市打茶圍、吃花酒、胡地胡天。

西安、蘭州等地戲班子多，左宗燦愛好秦腔，是個無師自通的票友，這還不算，不知幾時，他又沾上了大煙，每日無論在行館還是在營房，他往横鋪一倒，吞雲吐霧，天塌下來也不管。

左宗棠見他越操越全備也越出格，實在不成體統，便把他叫來，狠狠地教訓一通後，一紙八行書，把他薦到西安，去陝撫譚鍾麟處候差。臨行之際，左宗棠又不忍心，把他叫進督署，千叮嚀，萬囑咐，勸他改弦更張，打起精神做人。他當面哼哼哈哈，滿口答應，過後便什麼都忘了。

西安仍在左相治下，合省官員，哪個不賣左相的面子？左宗燦到西安才半個月，藩司便掛出牌子，放左某人為軍裝局委員。

軍裝局委員品級不高，衙門不大，但算是極有油水的差使，是一般人營謀不到的。

他聞訊後，便赴藩署謝委。藩台馬上接見他，想就此也考察一下他的學識應對、辦事才能。他東扯胡蘆西扯瓢，談個天花亂墜、語無倫次。藩台見他於做官要義皆不甚了了，十分失望，但既然是撫台關照過的，也只好勉強裝出笑臉，敷衍幾句，便端茶送客。不想左宗燦騄得美缺，高興之餘，抑制不住狂勁，戲癮也上來了，臨別時，馬蹄袖一撒，竟高唱秦腔《斬青龍》中一句道：「辭別了兄長出帳去！」

唱完躬身朝藩台打個拱手，又「鏘，鏘，鏘」三聲鑼響，搖搖擺擺走出官廳，引得堂下候見的下屬文武及差官大笑不止。

這事傳出來，成為陝西官場上一個大笑話，藩台開始還想遮飾，無奈隱瞞不下且越傳越廣，實在有礙官箴。藩台至此，只好將事情經過詳詳細細寫信告知左宗棠，並以「心瘋未癒」四字將左宗燦開革。

西北軍中，董福祥以唱《斬青龍》而保命，左宗燦卻以唱《斬青龍》而丟了官——一時都成了談資。

左宗燦丟官回家，又不會其他營生，幾個錢都送到了煙館和戲樓。後來，貴重如皇恩懋賞的黃馬褂子也要進當鋪，當鋪不敢收，他便罵街耍無賴，因他是從陝甘退伍回來，名字又與名崇位尊的左相只差一個字，模樣又酷似，在長沙城裡說開來，實在有失司馬橋左侯府的面子，於是，左宗棠在接閱家書、得悉這位族弟流氓行徑後，即指令兒子們，把他收進府來，只供吃喝，不管他的賭債和嫖資，養一個食客。

此番左孝同西北省父，年輕人初次出門，儘管沿途有人照應也不放心，左宗燦在西北多年，看在這點，左宗棠便令偕他同行，以做個嚮導，左宗燦於是又過了一番官癮——這一路上，眾人見孝同喊他為「叔父」，面目又和左宗棠無二，便認定他是左宗棠至親，把他當個活佛供奉。東歸途中，日坐車中無聊，他年雖老而腿力健，一到站住下他便出外閒逛，晚上去軍營中找同鄉故舊閒扯。

剛才，他在和尚鋪街上走了一下，又來到正賭博的帳篷裡，眾人邊喝酒邊賭，他一旁看得手癢便要參賭，眾人本是寒夜難挨而賭博的，也無心計較輸贏，又知他衣著雖華麗而腰上不名一文，便有心逗他，和他約定，輸贏以酒為注，贏了給他錢，輸了讓喝酒。

儘管不要錢的賭，他也手氣不行，被人連灌了幾大杯，虧一旁有明白人，見他年紀一大把了，怕一下醉翻，眾人才沒有繼續灌他。別人又勸他回去睡熱炕，要來扶他。他摔開眾人，一人踉踉蹌蹌進了內院，又找錯了門戶，一頭直往何姫房中倒了進來……

見有人進屋，余小虎不由一怔。倒進來這人，無論年齡、相貌與手中獵物酷似。他是誰呢？他想：樹敵眾多的左宗棠，莫非豢養了替死的「替身」，自己費盡九牛二虎之力而攫取在手的莫非是個贋品？

就是這麼一閃念之間，因思想走神，手臂不免有所鬆動。生死關頭，左宗棠縱是上了年紀的人，也不知哪來的勁，乃趁著這一刻的鬆動猛一抽手，竟從余小虎死死扣住的手臂中掙了出來。

余小虎一驚，馬上舉起右手上的短劍，向欲逃走的左宗棠的背心刺去，說時遲，那時快，只聽「砰、砰」兩聲，余小虎右手臂和右手腕同時各中一槍，只覺右邊一麻，手中刀一下落地。

隨著槍聲，袁升和朱信分別從後窗和前門同時躍了進來，如岩鷹搏兔，「忽」地一下撲上了余小虎……

擒虎

好像是有鬼似的，袁升是被自己的噩夢嚇醒的。開始，他只覺得渾身燥熱，頭昏腦漲，上床後迷迷糊糊，人事不省，也不知過了多久，他發現自己隨家主爺走在荒野地裡，說是去看回民為家主爺修建的生祠。

眾回民為感謝三爹撫回之情，特集資為三爹修造了一座生祠，旁邊不少文武官員皆議論紛紛，說回民性情反覆多變，身為全軍統帥，不宜輕易去蹈險地，但三爹興致極高，一定要去看。

終於，他們一行人來到一座城鎮，看到了一座祠廟，塑了個神像，卻是個青面獠牙的夜叉，根本不像三爹。三爹大怒，正要下令毀廟，並抓為首的人，只見祠廟兩邊跳出無數穆斯林，他們多為殘疾，缺胳膊短大腿的，樣子極凶狠，發出一聲怒吼，一齊向他主僕衝來。

袁升見此情形慌了手腳，忙抽出刀來護衛家主，並一邊喊人，一邊狠命抵敵住敵人，護著家主往後退。眼看回民越聚越多，他們主僕二人終於被逼到一間小閣樓上，袁升把三爹推上閣樓，自己持刀把住樓梯口，不料下邊的人見上不來，竟從底層放起火來，霎時之間，煙薰火燎，直薰蒸得樓上人喘不過氣來。

他心想，這下可完了，眼看要葬身火海了，突然「轟隆」一聲，樓板一下坍塌了，自己一驚卻一下驚醒過來了。

他睜眼一看，自己正躺在火房裡，剛才受的是一場虛驚。想起臨睡前的情況，忙從懷中取出打簧表一看，正是才交子時的光景，起身探頭一望，見客棧寂然無聲，但燈火通明，左宗棠住處似有人在走動。

他知道他三爹尚未入睡，自己醒得正是時候，忙穿衣起來，走至後面小便。此時，他的頭仍很沉，身上的熱未完全退盡，走路也還搖搖晃晃，但自覺比開先要好多了。外面風雪交加，白皚皚一片，靠後門空地上，支了好幾架帳篷，旁邊擺了十幾輛大車，守車人早鑽入帳篷，關緊帳門在參與賭博。

袁升解帶正要撒尿，忽然映著雪光，發現地上一溜足跡，直向這邊過來。

此時的袁升，儘管仍頭有些昏，但思緒卻一點也不亂，這裡不是客棧前門，且這足跡也不是筆直印在路上，而是彎彎曲曲，沿著牆根、樹下，轉幾個圈，竟向他的三爹所在的那一排房子走過去。

袁升一驚，溲也不解了，忙抽出腰間的短槍，順足跡跟了過去，這一跟，竟一直跟到了何姬的後窗下。

窗子半開，裡面透出了燈光，袁升探頭一望，一下驚得心直蹦到了口裡——余小虎手持一把血淋淋的短刀，正威逼著他的三爹。

袁升本欲立即開槍，可一看，余小虎與三爹正好成一條直線，響槍沒準不傷著三爹，但形勢已成千鈞一髮，容不得他猶豫，就在他提心吊膽，橫下心舉槍欲擊的關頭，左宗燦突然撞進，余小虎一分心，左宗棠得從虎口脫險，而袁升手中槍乃不失時機的擊發了……

這邊朱信當時也是處在兩難境地。他一直緊緊地跟著左宗棠，半步也不曾離開，但左宗棠去看何姬，且是要住在她處的模樣，這有些違犯常規，他也未作安排，於是，他趕緊轉身去通知值上半夜班的親兵們，讓把崗哨及巡邏的人員派在何姬房子的四周，有甚呼喚時，可隨喊隨應。

待他從楊四海等親兵屋裡回來，這一去一回不過一袋煙工夫，走到何姬窗下，聽出裡面聲音不對，從視窗往裡一望，驚得冷汗一下冒了出來。

朱信想：左相已處在凶犯刀尖之下，此時若猛地衝進去，只能迫使凶犯立即動手，哪怕自己快如閃電，恐來不及了，開槍吧，凶手的身子在那邊，且與左相貼得緊緊的，子彈難免不傷左相，正左右為難。

因他的注意力已全部集中在房子裡二人身上，左宗燦醉醺醺地、恰到好處地撞進了屋，這真是臨時安排也沒有這麼巧妙……

深夜的槍聲立刻驚動了所有人，腿快的幾名護衛及外面賭博的人已奔這邊來，待他們衝進何姬的房中，袁升和朱信已基本上降住了受傷的余小虎。

余小虎儘管被二人壓在地上，右手臂、手腕皆受了槍傷，骨頭也被打斷，但他仍在做最後的掙扎，躺在地下，就像一頭暴怒的獅子，揮動左手和雙腿，嘴裡發出「哇，哇」的怪叫聲，拼命地踢打和亂咬。

袁升和朱信用盡力氣，和身子壓倒在他身上，好容易才壓住他的雙腿不讓他爬起來，但未受傷的左手仍在空中揮舞，把袁升和朱信的臉抓破了好幾處。

這時人越來越多，他已無力掙扎了，可氣惱和悔恨竟迫使自己把頭往地上碰，一個護衛去扳他的頭，不小心被他猛地一口咬住，竟在手背上扯下一大塊皮來。

護衛中，楊四海是個屠夫出身的蠻漢，一見這情形，怒不可遏，乃從身邊取出小刀，在眾人協助下，幾下就挑斷了余小虎的腳筋，余小虎這才因失去支撐而停止掙扎……

左宗棠驚魂甫定，遠遠地站在一邊觀看，口中咬牙切齒地叫道：「好，好，終於制住了這頭惡虎！」

眾人將余小虎拖到旁邊空房子，派人看守，聽候發落。

這時前後左右的人全驚動了，一齊往後院來，當聽說左相無恙後，眾人鬆了一口氣。

魏光燾不意在自己的轄區出了這等事，一下慌了手腳，忙帶著府、縣官員前來請安——他其實告辭不久，回到下處尚未入睡。

左宗棠只留下幾個親隨，其餘人一律擋在門外，並派人傳話說：爵相無恙，有話天明再說。

這時，袁升在嚷口渴，並不待別人端茶來，就將桌上擺的何姬的小銅壺取在手中。

左宗棠眼睜睜望著他，只略一遲疑，袁升已咕嘟嘟把何姬剩下的奶茶統統地喝光了……

第九章 凶終隙末

放心了

袁升之死，只是頃刻之間的事。

制服了刺客余小虎，特別是由袁升指出左相幾次遇險皆其一人所為之後，眾人都如釋重負。氣憤之餘，有人提議活剮了他，就在此時，左宗棠發現袁升有異。

他先是彎下腰，捂著肚子不吭聲，漸漸地，只見他臉色發烏，嘴唇發白，渾身突然篩糠似地抖動起來。

眾人見此情形，忙撇開面前的事，一齊圍住他。朱信撫著他的肩，問他哪裡不舒服？袁升搖一搖頭，眼睛卻呆呆地望著左宗棠，眼淚竟無聲地流下來。

左宗棠走上前來，拉住他的雙手，問他是否病了？他也只搖了搖頭，嘴張了半天，說出了一句令人莫名其妙的話：「三——爹，這下您放心了！」

左宗棠無言，只令人扶他去臥房休息，可他卻推開眾人，把身子貼緊炕沿，藏頭於土炕的陰影之下——這分明是畏冷、怕光的症狀。

眾人以為他發了寒痧，一面令人速傳隨行的郎中，一面拿出辟瘟金丹化開水灌服。

這辟瘟金丹又名「紫雪丹」，乃胡雪巖從浙江捎來的，胡雪巖自發家後，為方便自己，就開一藥店，重金聘請名醫和製藥高手，得古祕方多種，依法炮製，製出「胡氏辟瘟丹」、「諸葛行軍散」、「八寶紅靈丹」等。由此，「胡慶餘堂」藥店名滿江南。這「紫雪丹」即胡雪巖寄與左宗棠的靈丹妙藥。據說，此丹處方乃南宋宮中傳出，配製時，手續繁複，配方要求嚴格，最後一道工序要不用銅、鐵鍋熬煎，胡雪巖聘能工巧匠打製銀鍋一口，黃金鏟一把，才把這「紫雪丹」製出來，臨床試用，鎮驚通竅有奇驗，胡雪巖將此丹贈左宗棠，左宗棠平日亦不輕易動用。

此時，左宗棠吩咐朱信從他的箱籠中取出來解救袁升。

朱信親自開箱取來，眾人端來開水，將金丹又灌入袁升口中——半天之後，袁升不但沒半點起色，手足也開始痙攣、抽搐，顯出異常痛苦的樣子。

這時，別人問他什麼，他再也不開聲了。

朱信一邊頓足，一邊加派人去催郎中，自己則撫著他的肩，盲目地去拿捏、撫摸。

袁升毫無表示，由他擺布。朱信焦急地看著他，一邊捏摸，一邊低聲喚著袁哥，可只覺他手腳在慢慢地冰涼，慢慢地收縮，最後，就在朱信懷中，頭足痛苦地勾成一團，聲息全無了。

這時，郎中才氣喘吁吁地趕來。

朱信憤怒地瞪著郎中，怨他來得太慢。

郎中也不分辯，眼望著已落了氣且立刻改變了體形的袁升，他也莫名其妙，只好躬身翻弄了半天，扎銀針、灸艾火、拉寒筋、掐人中，手段用盡也無濟於事。

這時，整個屋子裡的人，都如同廟裡的菩薩，一個個目瞪口呆，望著袁升像變魔術一般的把命變去，身體變得不成人形。

眾人議論了半天，左宗棠撐扶著孝同，默默地坐著歎氣。

左宗燦則站在階簷下，和一個同鄉軍官指手畫腳——這世界真奇妙，才一餐飯之久，出了一件令人驚心動魄的險事，接著又出了一件令人驚詫莫名的怪事，任他饒舌也一時說不完、說不清。

直到發現何姬也死了，且死相與袁升一模一樣，眾人才認定，袁升絕不是死於寒痧。

何姬趴伏在裡間小屋的暗角裡，這裡是女眷方便的所在。裡層躺了兩個僕婦，皆是刀傷致死，與常屍無異，唯何姬身無傷痕，可死相猙獰可怖——眾人發現，活著時是那麼令人銷魂的美人，死後竟像一隻馬猴，佝僂著身子，皮膚皴裂、焦黑，像被火烤過的一般，齜牙咧嘴，眼球突出，奇醜無比，最令人不解的，是眾人動手去拖她的屍體時，發現她的衣裙皆是平日沒有穿過、折痕顯然的新衣，且無比鮮豔美麗。

這應該是極不正常的，聯想到余小虎在她房中出現，事情便更蹊蹺了。

朱信令人將余小虎拖進來，逼他說出實情，余小虎只是憤怒地瞪著左宗棠，只想一口吞下去的樣子，任你踢打，用小刀錐、割，無動於衷。

左宗棠一眼碰上余小虎的目光，也覺生寒生畏，忙揮手令人把他拖下去。

朱信無法，心中生火。突然，他瞥見了橫倒在桌上的小銅壺。何姬房中除了這小壺曾經盛滿了食物，別無殘存食品。

朱信記起來袁升剛才只喝了這壺中剩下的奶茶，於是，他集疑團於這茶壺上。

左宗棠接過茶壺看了看，又嗅了嗅，叫人用冷饃蘸了壺中餘汁去餵狗。果然，不一會兒，這狗便渾身顫抖，活生生地死去。

於是，真相大白。

據史載：北宋時，被俘的南唐後主李煜，因吟「問君能有幾多愁，恰似一江春水向東流」之句忤太宗，太宗乃以牽機藥毒死李煜，李煜死時，頭足勾連，如牽機狀。

比較史籍所述，他二人似乎也死於這類藥物。

左宗棠想，何姬出身叛逆之門，以身侍奉偽主，稱「王妃」，應是死有餘辜，自己一念之差，留在身邊，幸天公有眼，令其自斃，難以言傳的悔恨是袁升之死，一塊石頭在懷中揣久了也能熱哩，何況他如影相隨，如爪如牙地聽用二十餘年呢？

「自從在福州有人就此事作俳體詩，說我紊亂朝廷制度，我就在想著發遣你們，讓你們各奔前程，無奈他心眼太直，隨你好大的官、極好的缺他就是不願去。此回返京，終不能讓他戴二品官的頂子當跟班，我只想開導他，勸他就此與我分手，不料想會是這麼個下場，這真是意想不到的。」望著眾人七手八腳為袁升擦抹身子，更衣下榻，左宗棠絮絮叨叨，在一邊向朱信、陳迪南數說，眼裡竟淌下了兩行老淚。

朱信和一班差官、護衛都默默地於一旁啜泣不已。

左宗棠隨即傳令，就在平涼城為袁升停靈發喪，將靈柩暫厝平涼，待日後有便，再運靈柩南歸。

天涯未歸人

一連兩天，他都處於一種悵然若失、懊惱不已的情緒中，而在夜間便做噩夢，時而夢見余小虎手執尖刀向他刺來，時而夢見白彥虎率十幾萬陝西回民，扯起漫天的月亮星星旗，殺向了西安府……

然而，不早不遲，偏偏在這個時候，不識顏色的洋人石德洛末於此時趕來拜會他。

此時，左宗棠已到達了平涼府城，暫設行館於柳湖書院內。

石德洛末是個德國人，為蘭州機器製呢局聘請的洋教習之一。他在華雖久，學會了一口流利的華語，但對中國官場內幕仍不甚了了。此番因製呢局兩架機器安裝後有些毛病，他親自趕赴上海購買了一些配件，回蘭州時，與左宗棠一行相遇於平涼城。

石德洛末進來後，左宗棠先和他寒暄了幾句，又問了一下製呢的細務，便說：「石德先生，聽說你曾在貴國皇家海軍服役，並一度當過艦上管帶，想必對俄羅斯的海軍有所了解。本大臣此番返京，將籌畫對俄羅斯的軍事，很想聽一聽你的見解。」

「大人可是想了解俄國的海軍？」石德洛末露出幾分驚歎的神色，竟學著中國人的神氣，翹著大拇指道，「他們的海軍堪稱世界第一流的，無論是波羅的海艦隊，還是黑海艦隊，都非常的強大！」

「啊，第一流的？」左宗棠微笑著說，「今天說俄國人是第一流的，過幾天，又說英國人是第一流的。前幾天，《申報》撰文，又說貴國的海軍，還有軍火廠也是第一流的，哪來這麼多第一呀？」

「嗨，大人，那又怎麼說呢？」石德洛末漲紅了臉，不知該如何措詞，僵了半天，只好把他所掌握的知識全攏了出來，「大人，鄙人可沒有一點誇張，說的全是事實。聽說，這回沙皇已飭令本國海軍主力艦隊東調，來華的艦船中，旗艦為『大彼得號』。此艦為他們新近才下水的國內最大的戰列艦，排水量為九千六百噸，比英國皇家海軍最大的軍艦『鐵公雞號』還大一倍，裝甲厚十五英寸，炮重四十噸，另外，還有『阿非利加號』、『忌黎沙號』、『沙卑握加號』等二十三艘軍艦，都是五千噸級的新式鐵甲船，您說，世界上還有哪個國家一下能調動這樣一支龐大的遠洋艦隊呢？」

左宗棠聽了，鐵青著臉，不作聲。

石德洛末不會看臉色，一口氣把俄國的海軍著實誇獎了一遍。又說：「假如這仗若真打起來，中國只怕要特別注意保護沿海港口，加強炮臺的防禦力量，海戰是不可能的，因為兩國的海軍力量太懸殊了，只能防他們登陸。」

這一說，左宗棠臉色更難看了，他抬起頭，緊盯著石德洛末的臉，一字一頓地說：「何以見得？」

石德洛末仍不知進退，竟高聲地說：「大人，這不很明顯嗎？就憑中國水師那幾條破木船，幾門土炮，在內河緝私、捕盜還差不多，若出海與鐵甲艦對陣，簡直是兒戲呀。」

話未說完，只聽得上頭有茶盅蓋重重扣擊的聲音。石德洛末側目一望，這才發現陪坐一旁的平慶涇固道魏光燾及平涼知府、知縣等皆向他瞪著眼睛，顯得很驚奇的樣子，主座上，左宗棠臉色鐵青，一副像要和他決鬥的神色。

石德洛末覺得很不好理解，既然有可能與人家開戰，自己介紹的又全是實情，這麼一片赤誠，毫無保留地直抒己見，這位總督、欽差大臣怎麼不高興呢？難道要說假話麼？

「石德，你可去看過我們爵相大人親手創辦的馬尾船政局？可知我們也有新式鐵甲軍艦？」

魏光燾指著石德洛末，毫不客氣地質問。

「馬尾船廠鄙人去過呀。」石德洛末漫不經意地一笑。這個船廠的總管便是日意格，石德洛末就是在這個船廠參觀，由人介紹和日意格相識，並又由日意格推薦來蘭州的呢。石德洛末最後一次去馬尾便在今年春上，親眼見馬尾船廠所造的一艘新式包鐵甲的艦船下水，馬尾船廠開辦才幾年時間，共造出十幾條木殼船，兵、商兩用，最近造的一艘最大的鐵甲船也不過一千三百噸，尚未放洋試航，怎麼能比得俄國的「大彼得號」呢？

他還要爭辯，只見上座的總督大人向他擺一擺手，制止他再說下去，並接過魏光燾的話頭，毫不留情地指斥說：「洋人哪能對中國的事都了解？就是略知一二也不肯承認。他們皆一個腔調，就是他們什麼都行，中國什麼都不行，這不，又一個戈登來了。」

於是，兩邊陪同接見的官員紛紛發言，指斥石德洛末虛張聲勢，為俄國人張目。直到這個時候，石德洛末才發現自己失言。於是，他見風使舵，馬上轉彎說：「當然，鄙人說的可只是他們的情況，也是很不全面的。俄國人儘管擁有第一流的海軍艦隊，可對中國沿海水道、港口、炮臺都不很熟悉；在遠東沒有一個港口作基地，補給很困難，加之他們才結束與土耳其的戰爭，民窮財盡，國庫空虛，軍士非常疲憊，在多種不利條件下遠征，恐怕犯了軍事上的大忌。」

這一說，左宗棠的臉色才稍稍地和緩過來，但不十分滿意，就在他端茶送客之際，仍用教訓的口吻說：「石德先生開始那一番話，不過是蹈襲上海租界新聞紙上的讕言，一點也不新奇。要知道，俄羅斯地廣人稀，兵員少得可憐。在與我們東北接壤的地方，據本大臣所知，他們連幾個『紅鬍子』土匪也應付不過來，在新疆，什麼土耳其斯坦總督、七河巡撫手下的兵也不多，全靠我方跑過去的幾個回回兵、黑黑子為他們守地方，怎麼可比我們楚軍精銳？再說，他們的鐵甲船固然厲害，也不是沒法破的，一物降一物，水雷、魚雷就可致它於死地，水雷、魚雷是磁性，不撞木板專撞鐵，一撞上就炸，本爵大臣早已與上海胡雪巖寫了信，讓他盡量多購些，到時我要讓人瞧瞧，到底是俄國人封我們的海港，還是我們布雷於海港，嚴陣以待地等他們；到底是俄國人的鐵甲船厲害，還是我們水雷、魚雷厲害。只要他們海上佔不到便宜，陸路上我們就要他的好看囉。劉錦棠、張曜的大軍在西北，王德榜、王詩正去東北，他們這一班身經百戰的猛將，手早就癢癢的了。」

說到興頭上，他手之舞之，手中茶杯便成了水雷、魚雷，在空中揮來揮去，本是起身送客，卻站在石德面前幾乎把這個洋匠教訓了一頓。

送走了石德洛末，左宗棠胸中這一口氣仍未順過來，他清楚，石德洛末是看多了上海官場那一班畏敵如虎的人的嘴臉，便以為中國人全是膽小如鼠之輩了，俄國人又有什麼可怕的呢？難道就因他船堅炮利，咱們就放棄權益，讓他佔著伊犁不還麼？假如此番讓了他，保不定明天就會要整個新疆或整個東北呢？那中國之地雖大，又能經幾回割讓呢？

想到這裡，他恨不得馬上下一道手令給劉錦棠，讓整裝待發、躍躍欲試的楚軍馬上對伊犁發起進攻，先挫一挫俄國人的驕氣，讓京師那一班談俄色變的人看看。

不料就在這時，一盆意想不到的冷水兜頭向他潑來——劉錦棠，這個視為心腹的西線統帥變卦了。

這天，辦完袁升喪事，他正預備第二天啟程之際，劉錦棠的督辦新疆軍務欽差大臣行轅用快馬遞到一封劉錦棠的親筆信，他還以為是伊犁方面俄國人又有什麼新的調動或進攻跡象，心想，自己臨走時，已對可能發生的情況做了估計，並交代劉錦棠，只要他們打響，一定奮起反擊，只怕這時已打起來，那麼正好合了自己的意。

不料剪開封皮，讀了內容，才知事實並非如此——劉錦棠在這封親筆信中，先草草敘過寒溫，接著便訴說別後情景：哥老會匪徒開山設堂，聚眾鬧事，防不勝防；戍邊將士，瓜代無期，常有怨言；上頭餉薪不繼，籌措無著，更使全軍怨聲載道等等，直說到自己「才疏德鮮，難孚眾望，請由關內遴選統兵大員，率帶勁旅，依照換防之法，准予更代，以示體恤」。

寥寥數語，竟把兩個月前，要與俄國人決一雌雄的英雄氣概一掃而空，完全變成了另一個人的口吻，若不是他的親筆，左宗棠甚至懷疑不是劉錦棠的。末尾，他還怕左宗棠不懂、不氣，又將明代邊塞詩人郭登的一首《涼州曲》稍加竄改，抄錄附後：

天山四年羈旅客，
白髮雙淚倚門親。
莫道得歸心便了，
天涯多少未歸人。

一口氣讀完這信，左宗棠不覺呆住了，口中喃喃地念道：「莫道得歸心便了，心便了，我幾時又『了』了呢？」

一旁的魏光燾不知左相何以讀信後神色不對，正要請教。左宗棠知其意，乃將手中的信遞與他。魏光燾匆匆看過，不解地問道：「劉毅齋這是什麼意思呢？」

「他大概以為我此番回京，必是做太平宰相，專享清福唄。」左宗棠苦笑著說。「我今日才知道，劉毅齋還有這乍寒乍熱的脾氣，『遴選統兵大員，率帶勁旅』，這不是空口打哈哈麼？幾萬人馬換防於一觸即發的前線，我還從未聽說過呢。」魏光燾說著，竟有些激動，又說，「他這是發了瘋麼？」

左宗棠搖了搖頭，露出一臉無可奈何的苦笑，乃向魏光燾說出自己的揣測——離疆前，他已再次向朝廷提出在新疆建省的建議，並密保劉錦棠為巡撫，這是一樁大事，朝廷一時難以定奪，所以，沒有立刻答覆，前不久，他看到金順那伊犁將軍由署理改為實授的上諭，應該說，這是朝廷未雨綢繆，先安排好金順，接著便會安排劉錦棠，可劉錦棠不明就裡，竟然就等不及了。

說到此，左宗棠不由說：「他的脾氣我清楚，不但乍寒乍熱，且鼠目寸光，此番他見金順的伊犁將軍已改為實授，而自己仍在以三品京堂幫辦軍務，便耐不住這寂寞了，唉！你是漢人，能跟金和甫比呢？」

其實，劉錦棠向他撂擔子也不止一回了。

同治十年，陝甘各戰場仍炮火連天之際，已攻克金積堡的劉錦棠僅因寧、靈二州降回安置一事，他與左宗棠意見不合，就以扶劉松山靈柩南歸為名，請長假回了老家；吐魯番戰役打響前，又因和金順起衝突一事，藉口養病，婉轉向左宗棠提出辭職，合這回已是第三次了，在這以前，每遇到劉錦棠任性使氣，左宗棠總是苦口婆心，循循誘導，責之以忠孝大義，啖之以功名利祿。田舍郎出身的劉錦棠，本無所謂天下之志，在功名利祿面前，往往就範，只是他的胃口卻是越來越大了。

替朝廷著想，值此中俄前途未卜之際，前線離不開他，新疆數萬將士也離不開他，可他卻偏偏不是個自重的人，這樣的人，也算是自己選定的後繼者？他深感悲哀——國家於中興之後，人才難乎為繼，十萬精銳，戰將如雲，竟選不出強於劉錦棠的人！

「劉毅齋這信，您還是回不回他呢？」一旁的魏光燾也覺很氣憤，他問道，「這種人真不識大體。」

左宗棠鼻子裡輕輕地「哼」了一聲，說：「你沒有看出來嗎？這主要是為了氣我，原來就不打算要回信的——我已辦過了交卸，途中又無新命；他劉毅齋位至京卿，掌欽差印，有權專摺奏事。若真是不想幹，何必跟我嘮叨，向兩宮太后、皇上，還有樞府大臣們撂擔子去！」

這之後，他便不作聲，只在肚子裡生悶氣，整整一天，心緒不寧，想的都是往事，總有些悵然若失之感。

這時，他忽然懷念起袁升來，覺得這個長工的兒子難能可貴，做田漢子出身，無所謂安邦治國平天下，或以天下為己任，只要平步青雲，便經不住聲色犬馬之誘，玩物而喪志，甚至連曾文正公的老弟九帥曾國荃，不也在攻破金陵後，滿載著從天王府掠奪來的金銀，稱病告假，回湘鄉去購良田、砌精舍、廣徵嬌娃，做起了寓公麼？只有這個袁升，沒有野心，沒有欲望，朝如斯，夕如斯，幾十年如一日，而且，提得起，放得下，眼看大功已成，便急流勇退，撒手去了。這才真是農家子中極難得的人呢！

直到此時，他才發現失落了的原是最難得的，也終於領悟到，物毀人亡，是造物對自己在做出凶終隙末的警告。

刑天夢

平涼一帶，安置有大批陝西及寧靈一帶的土客回民，他們早已得到左宗棠過境的消息，紛紛趕來送別，為此，左宗棠不想在這裡處置佘小虎，也不願公布佘小虎的名字，因為這個名字已數度出現在官府的布告上了，一個人焉能死三次？這只能證明官府的無能，對民眾，甚至對皇上欺罔、愚弄。

就在這時，陝西傳來了小塊地方重又爆發了漢回衝突的消息，陝西巡撫譚鍾麟寫信告訴他，對事態發展深表憂慮。

佘小虎原籍渭南，正是回民的聚居區，當年的白彥虎在這一帶仍享有盛譽，被回民看成英雄。左宗棠考慮了很久，遂在平涼打造了一輛囚車，將佘小虎押赴西安，請譚鍾麟將他押往渭南斬首示眾，以資鎮懾。

這天，眾回民公推屯墾的回民頭目馬順清等人來行轅請安，因聽說左爵相忒愛娃娃，馬順清還帶來了幾十個著實健壯可愛的娃娃，都只八九歲模樣，他們先在袁升的靈前上了供、磕了頭，再來見左宗棠請安。

左宗棠在書院的大堂上接見了這一班子人。

當看到眼前這麼一群娃娃，左宗棠果然開顏笑了起來。他問馬順清道：「看來，這些小娃娃都是我走之後出生的了？」

馬順清說：「是的，是的，爵相再造陝甘，撫輯流亡，貸糧貸畜，使百姓們重新安家，這一班子娃娃，便是受撫安家後出生的。」

說著，他手一抬說：「娃娃，爵相大人是真正的救世主，是《可蘭經》上所說的聖人，你們還不快磕頭?!」

這些娃娃們從沒見過這場面，尤其是那麼多的兵，一個個荷槍實彈，手中有的還拿著明晃晃的刀，加之他們父母不在身邊，故一個個嚇得遠遠地站在地坪裡，瑟瑟發抖，見馬順清在招呼他們，才由幾個膽大的領頭，起起落落地跪下去，一個勁地磕起了響頭。

左宗棠見三九天氣，娃娃們中，不少的還穿著單褲，沒有棉衣，一個個凍得直流鼻涕，忙揮手說：「快起來，快起來，別凍壞了孩子。」

待孩子們站好後，左宗棠喚朱信近前，低聲地交代了幾句。朱信於是將娃娃們帶到平涼西征軍需轉運站，每人發了一件小號的軍裝棉衣，再賞五百大錢。

望著孩子們離去的背影，左宗棠向馬順清道：「這些年來。為了不負國家，不負皇上，我在你們這裡確實狠心殺了不少的人，使你們中不少人家失去了親人。如今，你們又背井離鄉，流離遷徙，直到現在仍土窯瓦灶，家徒四壁，你們恐怕對我怨毒很深吧？」

馬順清及同來的幾個回紳忙說：「豈敢豈敢，斷不敢有怨。」

左宗棠微微歎了一口氣，說：「此話未必是真。許多人家，妻別夫，父別子，眼睜睜妻離子散，又豈能沒有仇恨之心？只是，這事也怨不得我，我也是出於不得已啊。」

眾人不知他的心思，他何以要這麼說，只好一再賭咒發誓，聲稱眾回民感恩戴德還唯恐不及，絕不敢對恩人有怨毒之心。

左宗棠又問：「聽說馬化龍還剩下了一個孫子在，有這回事嗎？」

馬順清回稟道：「是有此事，他叫馬近西，乳名五九。當年辦善後，劉爵帥嚴辦馬化龍等首惡，凡成年的皆處磔刑，未成年的女子發配為奴，男子處以宮刑。因馬近西由別人冒認才得免死，現在仍住在金積堡附近。」

眾人據實以告馬近西近況，以為左宗棠一定會要窮究馬近西。誰知他聽後只點了點頭，沒有再問下去。停了停，他又向馬順清等說：「我一路東行，聽很多人提起馬化龍，大家都說他是個聖人，按說，他一度改名馬朝清，接受朝廷授予的副將官位，未必就是成心要反叛朝廷、一條黑道走到底。這中間，陰錯陽差，一怪他名聲太大，二怪他樹敵過多，就連你們同教的人，也不能容他，不殺他也就難以收拾這局面了。這事你最清楚不過。如今，人死了，不能活了，到後世你們準備和他去打官司吧。」

馬順清聽了，不由臉上一陣紅一陣白的，這些話旁邊人也明白所指何來——馬順清早年也像任五一樣流落雲南，曾參與杜文秀的回民軍，杜文秀失敗後，他和任五先後回陝甘，他奉老教，與馬化龍是對頭，任五在陝西領頭暴動，他在甘肅回應，但與馬化龍不相往來，左宗棠入隴後，他見官軍勢大，馬上投誠。

因他對各地回民情形了解，左宗棠一度留他在營務處聽用，同治九年冬，左宗棠正駐節平涼，也在這柳湖書院內。劉錦棠決秦渠、灌金積，馬化龍終於因糧盡而自縛請降了。前線的劉錦棠為報叔父之仇，早就恨極了馬化龍；而行轅這邊，馬順清也一度在左宗棠面前進言，說馬化龍是邪教教主，禍國殃民，不殺不足以平民憤。

於是，一道命令發下，馬化龍全家及一千八百餘名回民丁壯統統被處死。

今天，左宗棠提起這事，馬順清心中未免有愧，面上不由訕訕的。

左宗棠又和他們敷衍了幾句，端茶送客。

第二天啟程，繼續東行。

余小虎終於看到了西安府的城樓。

在蒼茫暮色中，高大的城牆門洞張著黑洞洞的大口，像能吞噬無數的行人。漫天風雪，來往之人極少。當囚車經過時，很少有人回頭，自然，誰也不認識這個余小虎。

余小虎十餘歲便離開了家鄉，還從未到過省城，有幸瞻仰父輩們常念叨的城樓及名聞西北的清真寺。他用一隻未受傷的左手，緊緊地抓住囚籠的木柵，拖起自己沉重的身軀，向雪地的四周掃視，想印證一下義父及許多鄉親提及的地名，什麼大學習巷的西大寺，化覺巷的東大寺，這些令人悠然神往的誦聖之地。

囚車從西開進城，為了示眾，押解他的官員有意識地從兩座清真寺前繞過，匆匆進出清真寺的穆斯林，一眼瞥見武裝的官軍與囚車，馬上避開，躲閃不及的也把眼睛投向別處，因此，誰也沒看清他是誰。當然，就是看清了，也不會想到，他就是名震西北的、本民族的英雄余小虎。

看見了，看見了！化覺寺省心樓的金頂，這不就是義父朝思暮想日夜叨念的聖地嗎？

余小虎肅然起敬，端坐車中，向它行了一個長長的注目禮。

看到了這一切，余小虎心安理得了，為了給廣大的穆斯林報仇雪恨，他歷盡了艱險，目的雖未達到，可自己的英勇果敢精神已給凶殘的惡魔以震懾和警告，使他明白，穆斯林是永遠不會屈服於血腥的鎮壓的，自己雖然失敗了，行將喋血轅門，可是，能死在故鄉，不能不說是一種幸福。

譚鍾麟不明白左宗棠為什麼到了年底還送一個死囚來，這實在是有傷天和的事。待讀了左宗棠的信，才知此人乃是大名鼎鼎、十惡不赦的余小虎，此回且又差點犯下更令人震驚的大案——謀刺欽差，看來，一死尚不足蔽其辜，只是真要劃刑判斷，他又頗費躊躇——渭華一帶，新近漢回又大起衝突，究其原因，主要是漢紳倚勢凌回，動不動便誣回民造反，而回民卻一直心存疑懼，時時懷疑官府有心庇護漢民，要剿滅他們，秦不留回。

譚鍾麟勘得實情，派員大力曉諭，又就事論事，公正懲處了幾個漢紳，回民情緒才穩定下來。眼下，若將余小虎公開在那裡處決，豈不要將費了九牛二虎之力才平息的騷亂重又挑起？

譚鍾麟猶豫了許久，終於做出決定，請出王命旗牌，就將余小虎在西安處斬。

第二天，恰好又是一個主麻日，余小虎被斬首在西關大街。這裡是穆斯林聚居的地方。這一天，眾穆斯林皆聚集在清真寺做主麻拜，當悠揚的鐘聲響過之後，大街上驟然響起了三聲號炮，眾回民不知何事，只見各街口突然站了許多荷槍實彈的官兵，一小隊鼓樂，「嗚嗚啦啦」地吹打著，恭迎王命旗牌到來，監斬官草草宣讀了事由，劊子手們將余小虎從囚車上拖下來，用鬼頭刀砍下了那顆不屈的頭。

漫天的大雪，不久便掩蓋了他的殷紅的鮮血。

及至看到了隨即貼出的陝西巡撫出的罪狀，眾穆斯林才知被殺的是一個「圖謀刺殺欽差大臣左爵相的逆回」。

後來，監斬官又透露了一條消息，這個「逆回」的真實名字就是余小虎。

眾人這才愕然一驚，給予廣大穆斯林極大的震動——余小虎未死，且已混入陝甘，這是在他們內部傳了很久的祕聞，今天終於被證實了。大多數人認為，余小虎是本民族的英雄，值得人們尊敬；但也有人認為，他過於狹隘，不應該以公仇而報復個人，特別是使用陰謀手段，這太過分。

議來議去，大家都一致認為他死得壯烈，於是，都靜下來，虔誠地為這個死於主麻日的穆斯林做了禱告，散場後，眾人又趕到刑場，可余小虎的屍體已不知拖到什麼地方去了，而他的頭顱卻懸掛在城門上示眾。

眾人仰望著，只見裝頭顱的木籠由風吹著，叩擊著城門，似乎是在重複白彥虎臨終的口喚：娃，有本事就去叩響西安府的城門……

議和

年前，一份電報奏稿從俄國的聖彼得堡輾轉傳到上海，再由上海馳報到京——曾紀澤一行與俄國的外交大臣等經過四個月的討價還價，終於達成協議，局勢旋即緩解下來。

「倉猝珠盤玉敦間，但憑口舌鞏河山。」儘管崇厚與俄國人簽訂的條約簽字蓋印墨跡未乾，曾紀澤仍折衝樽俎，與俄羅斯帝國外交大臣格爾斯、外交部顧問熱梅尼及駐華公使布策唇槍舌劍，終於「障川流而挽既逝之波，探虎口而索已投之食」，最後，達到了修改條約的目的。可也真難為他了。

他把談判經過及條約細則寫成《遵旨改訂俄約蓋印畫押疏》電傳奏報到京。新約大致為：

一　歸還伊犁南境，即帖克斯川大草原；

二　喀什噶爾界務不據崇厚所訂之界，雙方實地勘測，按實際控制區劃定；
三　塔爾巴哈台界務照崇厚、明誼所定兩界之間酌中勘定；
四　松花江行船至伯都納專條廢除；
五　嘉峪關通商仿照天津辦理，西安、漢中兩路及漢口字樣均刪去；
六　添設領事僅於吐魯番設一員，餘俟商業興旺時再行添設；
七　天山南北路貿易納稅事改「均不納稅」為「暫不納稅」。

此外，則補償俄國白銀五百萬兩折合盧布為九百萬。

此約比較崇厚所定之約，算是為中國挽回了部分權益，特別是一、二條，這是國人矚目、痛心疾首的。

看到這份奏摺，兩宮太后、皇帝及樞府一班人一齊鬆了一口氣，認為曾紀澤不愧為勳臣之後，為國家爭回了權益，為老太后爭了光——強權即公理，弱國無外交。審時度勢，曾紀澤做到了這點，的確也是很大的成功。

次日，滿朝公卿紛紛進宮遞如意，上表慶賀。朝野上下，一致認為西征算是圓滿地畫上句號了。

中俄談判已進入最後簽字畫押階段的消息見之於邸抄之日，左宗棠正頂風冒雪，行進在甘肅涇川至陝西長武的途中，他一口氣讀完了東使遞來的消息，明白這已是最終的結局了。

他想，俄國人這些年未費一槍一彈，卻先後佔去了相當於內地好幾個省的地方，眼看著祖宗的基業，包括東三省皇清的龍興之地一塊塊讓人家佔去，這蠶食鯨吞、瓜分豆剖的局面還不知要延續到何年，袞袞諸公、濟濟多士平日談兵時，那指陳剖畫、心雄萬夫的勇氣到哪裡去了？辜負了白頭人，耄耋臨邊，餐風宿露，到頭來，還落下賠款贖城的名聲，倒成全了曾紀澤說嘴，談判桌上盡領風騷，自己此去京師，已毋庸置喙了。

此時此刻，皇帝朱墨一點，草約即成鐵案，所謂木已成舟飯已熟，人到地頭鐵落爐，即使改朝換代，條約也不能更改。若再多言，旁人要說你多事了。

想到這裡，他不由唤著前大學士文祥的字道：「唉嗨，文博川，你死得太早了。你一死，中樞算是只剩幾個木偶了！」

不料邸抄上，就在這則消息的後面，還附有一道上諭，說的是另一件足使功高柱石、一向聖眷優隆的左爵相大丟面子的事：

……左宗棠奏請將前任總督賀長齡事蹟宣付史館立傳、入祀湖南鄉賢名宦祠等語。已故總督賀長齡，於道光年間因在雲貴總督任內辦理回務不善，獲咎甚重，欽奉諭旨革職。前經黎培敬以開復原官予謚、立傳建祠，冒昧陳奏，當經明降諭旨駁斥，並將黎培敬交部議處。該督豈未聞知？此奏殊屬率意。本應予以處分，著加恩寬免，所請著不准行，嗣後該督陳奏事件，務當加意審慎，毋稍輕率。將此諭令知之。欽此。

讀了此則明發上諭，左宗棠無異於又讓人打了一悶棍，心中悶悶不已。

看來，這中間另有文章。它用明發上諭的形式出現，發在自己赴京途中，發在中俄條約即將簽字之日，這無異於先給個軟釘子碰碰，無異於一個警告，也無異於向內外臣工宣示，功高如左某，亦不宜多言。今後，自己還能說什麼？特別是於中俄條約說什麼？

「嗣後該督陳奏事件，務當加意審慎，毋稍輕率。」這是「婆婆」對即將過門的「媳婦」含意雋永的告誡。左宗棠反覆讀著這一句，不由又長長地歎了一口氣。

靈芝

傍晚，車隊抵達陝西省的長武縣。在長武，除地方官員外，陝西撫台譚鍾麟已差一名撫標參將劉萬鵬專程迎左宗棠於邊境。

主持西安軍需局的記名道沈吉田也專程趕來。

這沈吉田名應奎，本是左宗棠的心腹，掛記名道銜，主持西征軍在陝西的軍餉、軍需及各項承辦採購轉運事宜，一人經手銀錢幾百萬，是僅次於胡雪巖的大財神。

此番左宗棠東行，他要向左宗棠稟報的事很多，左宗棠也有很多細事要向他做交代，故寫信約他專程來長武，好一同在路上細說。

當劉萬鵬、沈吉田迎住了左宗棠的車隊後，劉萬鵬只車前請安，道乏，沈吉田卻特別些，他鑽進左宗棠的車廂，一同去驛館休息。

「大人，談判的消息可看到了？」沈吉田急不可耐地問。

「看了。」左宗棠極平靜地回答。

「這怎麼行呢？」沈吉田知道左宗棠一向主戰，恥居贖城之名，忙說：「還是要賠款五百萬兩，比崇地山的條約還多出幾百萬，《申報》上回發表社評，認為崇地山『虛擲國帑』，此番不更有說的了？」

「嗨，廟謨深遠，或另有良圖呀。」左宗棠一個勁搖頭、苦笑。

「這事情您最有資格說話的，頭白臨邊，百戰艱辛，卻讓那黃口孺子與人家訂約，虛擲國帑，您未必就這麼緘口讓他？」沈吉田試探著問，在他心目中，只要仗還有的打，這西征軍需局就不會裁，差事有辦，財就還有發，所以，一聽不打仗了，沈吉田比誰都急。

左宗棠一眼看穿了沈吉田的心事。這些年，他風聞外間輿論，胡雪巖、沈吉田都從他手上發了國難財，且發得不少。他聽了也無可奈何，因人成事，沒他們用別個也一樣肥私。這年頭，向別人要錢便如鈍刀割肉，也虧胡雪巖借到外債而使他成功。可悲的是，和談固然誤國，可滿朝公卿無一人出面說個「不」字，沈吉田算是他聽到的第一個反對者，然而，沈吉田這反對，卻又出自個人發財的私心，這國家還有什麼救藥呢？

此時的左宗棠，真有點「欲將心事付瑤琴，知音少，弦斷有誰聽」的感慨。他沉吟半晌，敷衍說：「來不及了。奏疏往還便是一兩個月，草約也成鐵案了。」

「哎喲喲，我的爺，您急糊塗了不是？西安至京師才多遠的路？一來一往哪要一兩個月？正常郵程也才一個多月，用八百里加緊不要幾天。當年世宗賜年大將軍鮮果，只限四天跑到也成呢。」

不料沈吉田此話一出口，只見左宗棠臉色大變，竟鐵青著臉，像一下能刮下一層霜來，只盯了他一眼，便不再說話了。

沈吉田見狀，也不知自己說錯了什麼，還是左宗棠另有心事，也不敢再說什麼，默默地陪他到了驛館。

左宗棠心事重重，晚膳也只虛應故事地扒了兩口便回到臥室。

沈吉田到底不放心，他跟隨左宗棠多年，出入也一向隨便。於是，他等劉萬鵬回到下處後，自己匆匆洗過腳便又趕來。他先在孝同及左宗燦的房子裡問了左宗棠在蘭州及這一路情況，便又一人過正房這邊來問候。不料此時左宗棠已披衣坐在床上了。

只半天工夫，左宗棠那癢身之疾又犯了——渾身發燒、口舌乾燥，下肢及腋窩等處奇癢無比。他先是令朱信隔衣為他抓搔，到底不止癢，後來，他索興解開衣裳，坐在床上，令朱信前後亂搔。

「這紅斑不像濕疹，而是旅途奔波，熱盛而導致火毒升騰。」沈吉田也略知醫理，他看了患處後說，「宜服用清火敗毒之藥。」

左宗棠一邊由著朱信提手捉腳地抓搔，一邊說：「你說的與張掖臥佛寺的老和尚法通說的一模一樣。」

沈吉田說：「我的爺，您明天無論如何不能再走了，就在這裡休息幾天，聽說這裡近日也來了一個老和尚，為人看病把脈，很有奇效，明天差人去請他來看看。」

左宗棠說：「算了，這病是個頑症，不是幾劑湯藥可斷根的。再說，癬疥之疾，誰把它當作一回事呢？」

沈吉田說：「爺，您不是常訓示我們，所謂癬疥之疾，也是五臟六腑有病才發出來的麼？自己身上這癬疥之疾，怎麼又大意起來呢？」

左宗棠一聽，不由又歎了一口氣，默不作聲。

沈吉田見狀，忙向身邊一個跟班努一努嘴，那跟班手中托著一個杭綢包裹，馬上呈了上來。沈吉田接過包裹，打開來，只見內有兩個十分精緻的盒子。頂上一個盒子蓋上嵌了西洋鏡片，未曾打開，已看得裡面清清楚楚——原來是一棵拇指般大小的人參。

左宗棠一見，眉頭一皺，連連搖手說：「這個不濟事的，且我這病你不是也知道嗎？正熱毒升騰呢。」

沈吉田笑瞇瞇地把盒子遞到左宗棠的膝蓋上，說：「我的爺，您仔細看看，可別把它當成一般的吉林參，這是道道地地的花旗貨呢。嘻嘻，這上面還有洋文，學生不認得，只知這東西好，藥性溫涼，能養陰、清火、生津，主治陰虛發熱及口渴津少等症。爺眼下陰虛陽亢，虛火上升，正宜服用。」

左宗棠一聽，這才沒有作聲。

沈吉田代左宗棠將西洋參收好，又打開手中另一隻盒子，這盒子用宮錦蒙面，紅緞襯裡，裝潢比西洋參洋式盒子講究多了，揭開盒蓋，只見裡面正躺著一對虬龍般的紫芝。

左宗棠心下詫異，忙問：「這東西哪來的，又有什麼用？」

沈吉田說：「這是來自四川雪峰頂上的寶物，是學生多方打聽，才從一個川鹽巨賈手中花大價錢購得。據他說，他託親訪友，費時幾年才弄到。識貨的人認得，這是真正上了千年的寶物，只因聽說是要獻與功業彪炳、名尊位崇的左爵相，他才看在這金字招牌上肯轉讓的，不然，誰在乎這五百兩銀子呀？爺，此靈芝服後，可返老還童，祛病消災，延年又益壽。現在國家太平無事了，河清海晏，萬國來朝，您正好過幾年舒心日子，當它幾年太平宰相，您就選一個吉利的日子服用吧。」

左宗棠聽了，木然地接過來，擎著這紫芝的根，在手上搖了搖，擺一擺頭，露出幾分無可奈何的苦笑。

沈吉田又絮絮叨叨，揀幾件他認為最要緊的事向左宗棠一一回過，見他一副無可無不可的神態，不但無事交代他，且露出一臉的倦意，只好道一聲安，低頭退了出來。

當下，左宗棠因口舌乾燥，鼻腔呼出的熱毒，手也感覺得出來。想起沈吉田說起花旗參的效用，便叫朱信拿些去煎水當茶喝，朱信依他的吩咐辦了。折騰了半晚，身上熱斑如故，且地方之大，蔓延之快，奇癢難熬，勝過以往任何一次。

第二天上午，沈吉田便著人將那個雲遊和尚請到了驛館。

左宗棠手下那一班戈什、差官一見老和尚，不由發笑——竟又是法通。他在張掖接待過左宗棠後，有約赴長武完一場法事，恰好又遇上了他們。

左宗棠為病魔困擾了一整晚，頭昏腦脹，要睡又睡不著，朦朧中，聽到法通的聲音，乃強睜睡眼，於迷離恍惚中，似乎面前立著一尊金身羅漢，頂上透出了一道道靈光，在眼前形成一道光環。他心中似有所悟，忙勉強坐起。這時，沈吉田已退至外廂，炕上只坐著左宗棠及鶴髮童顏的老和尚。

左宗棠勉強露出微笑，說：「禪師西來，可是為解黏釋縛，超度於我？」

法通雙手合十，朗聲答道：「菩提只向心覓，何勞身外求禪？施主當自省。」

左宗棠搖一搖頭，說：「陰虛陽亢，熱毒升騰；邪魔纏身，終難擺脫，眼下是似悟非悟，欲省難省。」

法通見說，乃微微歎道：「山河大地，已屬微塵，而況塵外之塵？血肉之軀，終歸泡影，而況影中之影？非上上智，無了了心。」

左宗棠經法通如此一點化，心中霎時如烏雲散去，頓見紅日，又沉吟了半晌，仍不甘心，乃長歎一聲，說：「想左某一介寒士，早年屢困場屋，淹蹇鄉間。蒙先帝拔識，封侯建圻，騰驤亨衢。奮力三十餘年，終於拯危救亡，挽狂瀾於既倒。眼下瘡痍漸復，國勢方張，朝廷倚畀正力，世人期望正殷，正好乘勢乘時，再幹一番驚天動地的事業。豈可遽生倦翮悼翅、息影蓬茅之念，做一個超然世外、辜恩溺職之人？」

誰知話剛落音，法通卻哈哈大笑道：「好一個瘡痍漸復，國勢方張。真是不識廬山真面目，只緣身在此山中。依貧僧看來，眼前之局勢，已如浸水之牆，受蠹之木，風搖浪激，日日可危。施主縱有通天的本領，只恐手持火炬，難以燒天。」

左宗棠思前想後，只好無可奈何地說：「唉，誠如禪師所說。可我受先帝知遇之恩，亦不可不報，不可不勉力為之呀。」

法通說：「鏡花水月，不可當真；虎尾春冰，豈可久恃，施主自忖這一份知遇之恩，可抵得當年的年大將軍？」

昨晚沈吉田無意中也提到了世宗賜鮮果與年大將軍事，引起左宗棠浮想聯翩，極受震動，不意今日老和尚又提及此事，真如當頭一棒，一時開口不得。

法通又說：「天道循環，分合治亂皆由天意。愛新覺羅氏帝輪西墜，縱有醫國聖手，又豈能與天抗爭？正如人體，若衰老至極、病入膏肓，縱有仙草，亦回生無望呢。」

左宗棠聽著，望一眼枕邊，那靈芝依然在側，很有些不自在。

不料法通也一眼望見，乃隨手拈起左宗棠枕上靈芝，一邊在手中搓玩，一邊徐徐說道：「世俗以此物為瑞草，甚至說它有靈性，服之可祛百病，得道成仙。施主乃通人，難道也信此說？」

左宗棠只好解釋道：「此為下屬所獻，實在不忍拂其美意。」

法通隨手將靈芝丟於左宗棠榻前痰盂內，說：「芝生於朽木，如蝦荒蟹亂，不祥之物也。方士以木積濕處，以藥敷之亦能生五色靈芝。李時珍《本草綱目》上載道：芝乃腐朽餘氣所生，正如人生之贅瘤。」

說畢朗聲大笑。

聽他所言，正好印證了三十三年前縣城文廟生芝，左宗棠兄弟那一番議論。左宗棠似乎從中一下有所覺悟，只管連連稱是。

法通當下青山白雲，淨和左宗棠扯一些不相干的閒事，左宗棠反覺通關醒竅，心氣平和了很多。直到這時，他才忽然發覺自己幾時心閒起來，隱隱然，已置身於物我兩忘之境界裡，心靜得如山坳裡的冷泉，明澈無塵，微波不起。什麼煩惱、憂患，皆渾然不覺……

下午，他安然地睡了一覺。

到此為止

睡夢中的左宗棠，進入了另一個世界——他統率的十萬湖湘健兒，一舉擊敗了俄羅斯帝國的數路大軍，奪回了東北大片皇清龍興之地。凱旋之日，正是一個風和日麗的春天，滿朝文武，直至皇叔恭親王也一齊迎至京郊。

他高興之餘，和眾人行圍狩獵，為追一頭白眉的花鹿，縱馬追過了幾座山頭。眾人皆跑散了，回頭一看，只袁升跟在身邊。

於是，他與袁升並轡驅馳。忽然，他發現進入了一個陌生的地方，這裡古木參天，綠茵遍地，鳥語花香，瑞靄氤氳。

他按轡徐行，只見綠林中隱隱露出一座很大的廟宇，紅牆金瓦，氣勢輝煌。廟邊一座大墓，牌坊、石碑、翁仲赫然。

他心中詫異，策馬上前一看，只見碑上大書一行金字，道：「漢丞相武鄉侯諸葛孔明之墓。」

再看這廟，上面亦是匾額依然，道是：武侯祠。他心想：武侯墓與武侯祠都在陝西沔縣定軍山，怎麼忽然跑到這裡來了呢？他抬頭細看武侯祠，的確沒錯，而且門邊還有一副楹聯。左宗棠讀那楹聯，右邊是：

能攻心則反側自消，自古知兵非好戰；

左宗棠讀後，若有所悟，沉吟不語。再起眼看左邊：

不審勢即寬嚴皆誤，後來治蜀要深思。

讀了這下聯，左宗棠更覺反感，好像是別人在諷刺他，心生憤懣，正要尋人罵，猛然記起，這一副楹聯是近人題在成都武侯祠的。

天下武侯祠多多，楹聯亦不少，多從「功蓋三分鼎，名成八陣圖」這類話語中做文章，歌功頌德。唯此聯有褒有貶，寓意深刻。

左宗棠一向自比諸葛，每每要拿自己一生功過與諸葛亮比較，也常將自己所知道的武侯祠的楹聯細細推敲，每每想到此聯，心中就有些發毛，不意今日見到的武侯祠卻正是此聯。

所謂「寬嚴」不外乎剿與撫，但不能審時度勢，也無異於逆天行事。「謀事在人，成事在天」，「盡人事以聽天命」這是諸葛亮的自知之明處，而自己的自知之明又在哪裡？

他從容下馬，想進入祠內看個究竟。凝視著，猜測著，一步步踏上臺階。不料就在此刻，廟內突然閃出無數金甲神人，手持金瓜鉞斧，攔住了左宗棠的去路。

袁升此刻正按劍隨後，見此情形，乃拿出二品總鎮的威風喝道：「嗨，何處毛神，敢攔我家侯爺的道路？」

門口為首的神將說：「什麼侯爺，我們聞所未聞！」

袁升說：「喲，這麼孤陋寡聞麼？這就是立功西域、拓疆萬里、掃平了各種丑類的大學士、恪靖侯呀！」

另一個神將說：「什麼恪靖侯，這裡是名播九州的武鄉侯。」

袁升說：「我們侯爺早年自比諸葛，晚年業績賽過諸葛，諸葛大名能垂宇宙，我們侯爺可要名傳出寰宇了。」

那個神將冷笑道：「哼，真不知世上有羞恥二字。也罷，我也不與你爭高下、論長短。你只去問你家恪靖侯，要他捫心自問，在『民胞物與』這四個字上，可是問心無愧？無愧請進，有愧免進！」

袁升還要與爭，左宗棠在後面聽得明明白白，頓覺面上發燒，忙招呼袁升，回頭就走。走到路邊，只見一個課棚，裡面坐一位先生，雖不是「羽扇綸巾」，但面目清奇，仙風道骨，言談舉止頗有法通的神韻。

左宗棠不由心中一動，忙偕袁升上前，與那個先生作揖。

先生微笑道：「貴人可是要測字？」

左宗棠一聽，忙順水推舟道：「正是。」

先生問道：「是測國家大事，還是測個人休咎？」

袁升一旁插嘴說：「我家侯爺一身繫國家安危，他個人休咎不就關乎到國家興衰麼？」

那位先生冷冷地一笑，也不答話，只鋪開紙筆，眼望左宗棠道：「請隨便報一個字罷。」

左宗棠猶自沉吟，袁升又說：「我家侯爺以書生從軍，自比諸葛武侯。況且，他一生事業，又都體現在一個『武』字上，更何況又在這武侯祠呢，依我看就測個『武』字。」

左宗棠不由點頭。

那先生不作聲，只將個武字正楷寫在白紙上，左右端詳，看了半天，忽然連連搖頭說：「不好不好！」

左宗棠忙問道：「為什麼不好呢？」

先生說：「武字起首一筆是個一字，旁邊一個弋字，弋字乃代字缺人旁，下面接著一個止字，這分明是說：一代無人，到此為止。」

袁升一聽，非常惱火，說：「胡說三千。眼下國勢方張，人人齊頌同光中興；我家侯爺封侯拜相，極富極貴，帳下謀臣如雲，戰將如雨。說什麼一代無人，到此為止呢？真敗興，我掀了你的課棚！」

說著，拔劍而起。

那先生一下跳起說：「無知無識的瞎眼狗，你知道什麼天下大勢？愛新覺羅氏帝運已衰，滅國之禍只在眼前，你家主人不識時務，逆天行事，只是個瞎了眼的幫閒而已，你也只是隻瞎眼走狗，逞什麼能耐！」

說著，將手中羽扇一揮，左宗棠只覺一陣冷風吹來，把自己捲出了夢境。

醒來之後，夢中情景依然歷歷在目，此時，夜已深了，驛館的人皆已進入黑甜之鄉。四周靜悄悄的，房中一盞孤燈，映照四壁，周圍陳設皆掩映在模糊的黑影中。燈光搖曳，黑影幢幢，顯得危機四伏。

館內雖闃然無聲，館外卻不時傳來人聲，間或還有零星的鞭炮聲，一陣蓋過一陣。他這才記起時日——今天應為臘月二十三，是民間送灶祭神的日子。

在普通百姓中，哪怕是雇個工都只做到今天歇工，教書先生，也在今日閉館，匆匆趕回家去，與親人圍爐向火，共享天倫之樂。而自己，雖已位極人臣，世人矚目，可誰能知道，老病伴孤燈，天明尚要在漫天風雪中蹭蹬。行行重行行，何處才是真正的歸宿？

一時之間，孤寂與憤懣之情，齊上心頭。夢中的情景，又一一重現——眼下，朝中袞袞諸公，無不沉醉在「同光中興」的夢囈裡，焉知列強蜂起，步步進逼；百姓饑不得食，寒不得衣，勞不得息；加之兵連禍結，民財已盡，民力已凋，而人才匱乏，幾成後繼無人之局呢？一代無人，到此為止，到此為止！

因為輾轉難寐，他浮想聯翩，思緒所及，幾乎歷盡了自己一生——以饑寒之身，而懷天下之志；處窮迫之境，而有濟世之心。憑心而論，該算得仁人志士。幾十年來，風雲叱吒，費盡心機，能得到此地步，未必不是破釜沉舟地抗爭的結果。然而，又誰知，眼前的通達，只是一個幻影，所謂奇蹟，亦只是虛假的成功，國家社稷，仍是處於乾柴火藥堆上，只待引發而已。鏡花水月一場空，自己僅落下個「瞎幫閒」的惡諡而已。

小網輕舠繫綠煙，
瀟湘美景個中傳。
君如鄉夢依稀候，
應喜家山在眼前。

猛然，他瞥見了自己頭下的這個枕頭。它雖然很破舊了，可三十餘年來，一直沒有離開過自己。如今那白緞子的底子已呈暗黃色，他仍是不棄不離，每晚必用它枕頭。這是周詒端夫人留下的一件紀念之物。

想當初，自己在醴陵淥江書院教書，周夫人寄住娘家，彼此相距一百餘里。恩愛夫妻，半年難得見兩次面。為慰寂寥，詒端夫人特地做了這個枕頭寄他，繡的是湘陰八景之一的「漁村夕照」圖，題了這首詩繡在上頭。

詒端號筠心，是個博通經史、能詩善畫的奇女子。「自嫁黔婁」，安居寒素，淡泊自甘，且小夫妻時相唱和，苦中有樂。特別可貴的是在夫婿騰身天壤、名位日隆之際，她仍安之若素，無半點驕矜之態，遺憾的是詒端夫人竟不得其壽——她先他而去，逝世於同治九年。

「珍禽雙飛失其儷，繞樹悲鳴淒以厲。」左宗棠特為她作的悼亡詩，她是永遠地聽不見了。結縭三十八載，一直長相廝守，但自大亂驟起，左宗棠許身於國，夫妻便聚少離多——他自咸豐十年督師閩浙，詒端僅在福州和他有過小聚。至左宗棠奉詔北行，出征秦隴，夫人餞行漢口，臨別時，他曾執夫人手說：「春蠶遺絲未盡，仍須作繭，夫人可耐煩，靜候佳音。」

詒端夫人面容戚戚，說：「國家多難，大丈夫義不容辭。惟大亂彌平，宜早作退步。名利場中，無異於蹈虎尾而涉春冰，終不可久恃。」

此情此景，記憶猶新。他想，若不是這撇不下的空事，自己也可夫妻長相廝守，粗茶淡飯，恩恩愛愛過一輩子，豈不強於操這一份空心，當一個「瞎眼幫閒」麼？

嬌女七齡初學字，
稚桑千本乍堪蠶。
不嫌薄笨妻能逸，
隨分齏鹽婢尚諳。

這是他們夫妻昔日的唱和之作，是他們往昔隨分安貧生活的寫照。他無所留戀，唯嚮往昔日「湘上農人」的生活……

第二天，眾人進來請安問候。他發現這一日一夜，自己病體驟減，渾身輕鬆。於是，他吩咐下去，一行人改走栒邑，經陝北直奔山西，不要去西安了。眾人以為他急於趕赴北京，只好遵令，獨沈吉田和孝同不樂。孝同在他耳邊低語說：「爹，不是要就郭筠仙之事，囑譚鍾麟出奏嗎？怎麼可不走西安呢？」

左宗棠望了他一眼，沒有回答，卻叫人快喊陳迪南進來。陳迪南進來後，左宗棠問他道：「你可否為我回一趟蘭州？」

「當然可以，您是……」

「去蘭州，向楊石泉傳鄙人的口信，說何愷仲關押已久，畢竟查無實據，送他一筆銀子，讓他回去和親人團聚罷。」

「啊，您是說何紹南可不予追究了？」陳迪南幾乎不相信自己的耳朵。可面前一向睜著一雙鷂鷹一般利眼看人的左爵相，目光忽然慈祥、和善起來，加之笑臉團團，竟是一副冬烘面孔。待他把自己的話又重複了一遍，陳迪南不禁歡欣雀躍而去。

當然，陳迪南沒料到，就在左宗棠動身離蘭州後，何紹南已投繯自盡了。陳迪南剛翻過六盤山，便遇上了順路運他靈柩南歸的吳子和。

晚清風雲. 第二卷, 西省戰紀 / 果遲著. -- 一版.--
臺北市：大地, 2015.06
面：　公分. --（History：79-80）

ISBN 978-986-402-057-7（上冊：平裝）.--
ISBN 978-986-402-058-4（下冊：平裝）

857.7　　104008479

晚清風雲 第二卷 西省戰紀（下）

HISTORY 080

作　　者	果遲
發 行 人	吳錫清
主　　編	陳玟玟
出 版 者	大地出版社
社　　址	114台北市內湖區瑞光路358巷38弄36號4樓之2
劃撥帳號	50031946（戶名　大地出版社有限公司）
電　　話	02-26277749
傳　　眞	02-26270895
E - mail	vastplai@ms45.hinet.net
網　　址	www.vastplain.com.tw
美術設計	普林特斯資訊股份有限公司
印 刷 者	普林特斯資訊股份有限公司
一版一刷	2015年6月

大地

定　　價：250元

本書原著作者為「吳果遲」中文簡體版書名為《晚清風雲》，中文繁體版經吳果遲先生授權由台灣大地出版社獨家出版發行。

Printed in Taiwan